Das richtige Leben

Daniel Bielenstein

Das richtige Leben

Roman

Scherz

www.fischerverlage.de

Erschienen bei Scherz, ein Verlag der
S. Fischer Verlag GmbH, Frankfurt am Main

Satz: MedienTeam Berger, Ellwangen
Druck und Bindung: Ebner&Spiegel, Ulm
Printed in Germany

ISBN 978-3-502-11001-9

Für Dörte, Hendrik und Kris

1. Ein Tag im Juni

Ich kam am Mittag des 2. Juni 1967 auf einem eilig herbeigeschafften Ho-Chi-Minh-Plakat auf die Welt, gezeugt von zweierlei Latten – der meines Vaters und der des Schahs von Persien. Sie traf meine Mutter im Gedränge einer Demonstration an der Schläfe und löste eine Art Sturzgeburt aus. Geburtsort: Der Kennedy-Platz in Berlin-Schöneberg. Meine Mutter: Frau Monika Eckhorn, genannt Mo, 26 Jahre alt, ledig. Vater (vermutlich): Dr. Klaus-Joachim Krämer, Kajo, 27 Jahre alt, wissenschaftlicher Angestellter der Freien Universität Berlin, Studentenführer und renitenter Aufwiegler…

Was für ein Tag! Ich war schon erschöpft, obwohl ich gerade erst wenige Minuten auf der Welt war, aber bei dem Trubel, der um mich herum tobte, war das auch kein Wunder. Eine grandiose Show, von der ich nicht wusste, ob sie Party oder Bürgerkrieg war – prügelnde Perser, jubelnde Bürger und kreischende Studenten.

»Schah… Schah… Scharlatan…«

»Es lebe die Schahbanu…«

»Mörder, Mörder…«

»Mein Gott, dieses Studentenpack…«

Nur bei meinem Vater, der während der Demonstration von meiner Mutter und von mir getrennt wurde, klang die Sache anders:

»Monika! Monika! Wo bist du? Ist alles in Ordnung?«

Während die Studenten unter den Knüppeln von Polizei und Schahgetreuen umfielen wie die Fliegen, entdeckte er uns im Gedränge auf dem Boden, robbte zu uns hinüber und nahm meine Mutter liebevoll in den Arm. Mo lag erschöpft da, war blutverschmiert und begann wieder zu schreien. Die zweite Welle der Wehen begann gerade, schließlich sollte ich noch eine Zwillingsschwester bekommen.

»Wenigstens haben unsere beiden Kleinen ihren Platz in den Geschichtsbüchern sicher«, sagte Monika mit tapferem Lächeln und schmerzerstickter Stimme.

»Und du genauso«, antwortete Kajo.

Für mich war es entschieden an der Zeit, auch etwas zu sagen. Also stimmte ich mit meinem neugeborenen Krähen in den Chor der Demonstranten ein. Mein Vater lächelte stolz, meine Mutter war gerührt, zwei Zivilpolizisten allerdings, die in diesem Moment dazukamen, verzogen angewidert die Gesichter. Sie blickten auf das improvisierte Kindbett und versuchten zu begreifen, was vor sich ging.

»Nicht schon wieder so ein Häppening...«, stöhnte der erste Polizist auf. Er hatte den Knüppel schon aus dem langen Mantel gezückt. Ob das hier Kunst oder Politik war, sollte bitte schön ein Gericht entscheiden. Aber erst hinterher! Er wollte sich gerade auf meine Mutter stürzen (der die Nabelschnur noch aus dem Unterleib hing), als sein Kollege, ein hagerer Kerl mit schlechten Zähnen, ihn am Arm hielt.

»Du, Karl-Heinz... ich glaube, das ist echt, das Kind. Hör doch mal...«

Ich schrie immer noch aus Leibeskräften, aber das beeindruckte Karl-Heinz, den Polizisten, wenig.

»Komm, Josef, nicht lang fackeln...«

»Wenn du meinst, Kurras…«

Sie wollten für Ruhe und Ordnung auf den Berliner Straßen sorgen und machten den entscheidenden Schritt vorwärts. Mein Vater, der Held, erkannte die Gefahr, stand auf und trat den anrückenden Polizisten entgegen. Kajo wusste, dass es jetzt um alles ging, er kämpfte, ohne dabei an seine eigene Sicherheit zu denken, warf seinen eigenen Körper in die niedersausenden Knüppel der Zivilen…

Genau in diesem Augenblick steckte meine Zwillingsschwester Janis ihren Kopf ins Freie. Dr. Weingart, ein Arzt, der zufällig dabei war und der schon mir meinen ersten Klaps auf den Hintern verpasst hatte, zog sie auf die Welt, alles schien bestens, eine wundervolle Geburt, glatt und problemlos. Aber dann… Eine seltsame Ruhe trat ein, die Demonstranten verstummten, die Prügelperser senkten ihre Knüppel, sogar die Polizisten hielten inne. Kajo, schon wieder am Boden, richtete sich halb auf, und Monika erstarrte vor Schreck.

»Das Kind atmet nicht…«

Dr. Weingart legte die Stirn in Falten, während er meine Schwester mit einer Hand an den Füßen hielt und sie kopfunter über das Berliner Trottoir schwang.

»Machen Sie doch etwas, Doktor!«, schrie Kajo.

Und meine Mutter, viel leiser, flehend:

»Bitte, Doktor, helfen Sie ihr…«

Dr. Weingart erlebte eine Situation wie diese nicht zum ersten Mal. Janis lief blau an, und alles, was er im Moment tun konnte, war, den Schlag auf ihren roten, mit Schleim bedeckten Hintern zu wiederholen, wenn auch kräftiger. Alle, die gerade noch mit Fäusten, Knüppeln, Wasserwerfern aufeinander losgegangen waren, hatten sich inzwischen um meine am Boden liegende Mutter versammelt, und alle starrten auf das kleine Mädchen, das schon auf dieser Welt war und doch nicht auf diese Welt kommen wollte.

Dann spuckte Janis Wasser aus, eine kleine, eitergelbe Fontäne aus Fruchtwasser, die sich in ihrer Lunge festgesetzt hatte, sie hustete, sie saugte gierig die Luft ein, und dann schrie sie, laut und immer lauter. Der Planet begann sich wieder zu drehen, die Menschen rührten sich wieder, und jeder beendete die Aufgabe, die ihm aufgetragen war. Die Polizisten prügelten meinen Vater, die Perser prügelten die Demokraten, und Bürgermeister Albertz herzte seinen Staatsbesuch aus dem Morgenland. Janis und ich, wir machten das naheliegende: Wir schmiegten uns an die prallen, milchgefüllten Brüste unserer Mutter.

Eine Geburt soll etwas Schönes sein, ein Grund zum Feiern, aber nachdem Janis und ich auf die Welt gekommen waren, konnte von guter Laune keine Rede sein. Alle waren angespannt, alle redeten durcheinander, diskutierten endlos, schrien sich an. Natürlich, der Kreislauf des Lebens (wie Maya, die schamanistische Freundin meiner Mutter, das nannte) besteht aus Geburt und Tod, und so wie wir auf die Welt gekommen waren, hatten andere die Welt verlassen. Am gleichen Tag, am gleichen Ort. Nur ein paar Stunden nach unserer Geburt erschoss unser verbeamteter Geburtshelfer Kurras den Studenten Benno Ohnesorg. Samsara, das Rad des Lebens, die Drehtür allen Seins, hatte rotiert – wir waren drin, Benno war draußen. Große Oper.

Monika war eine der Ersten, die davon erfuhren. Sie wurde nach der Entbindung durch Dr. Weingart zusammen mit uns und Kajo ins städtische Krankenhaus Moabit gebracht. Dort lagen wir bis zum späten Abend in der Aufnahmestation. Monika erschöpft, Kajo aufgeregt, wir schlafend.

Mein Vater ging unruhig im weiß gestrichenen Flur der Klinik auf und ab. Er war hin- und hergerissen zwischen seiner neuen Familie und seinen Pflichten als Revolutionär. Als Kajo vorsichtig die Tür öffnete, um nach Mo und uns zu sehen, blickte unsere Mutter ihm aus müden Augen entgegen.

»Wie geht es dir?«

Typisch Mo. Sie lag im Kindbett und stellte Fragen nach dem Wohlbefinden der anderen. Kajo gab sich ausnahmsweise tapfer. Er klopfte sich gegen den rötlich schimmernden Verband, der seinen Kopf wie ein Turban umhüllte. Er hatte einiges abbekommen.

»Kopfschmerzen, aber nicht so schlimm... Ich bin stolz auf dich.«

»Komm her, gib mir einen Kuss.«

Er näherte sich ihr, etwas zögerlich, sogar ängstlich. Das Wunder der Geburt, das er mit eigenen Augen mitangesehen hatte, hatte ihn verunsichert. Monika spürte, was in ihm vorging.

»Sei nicht albern, komm her. Ich bin nicht zerbrechlich.«

Er trat an ihr Bett, und sie zog ihn zu sich herab, um ihn zu küssen.

»Ich bewundere dich...«, sagte er vorsichtig.

»Wie geht es dir? Ist es ernst?«

Kajo machte eine wegwerfende Handbewegung.

»Ich war schon immer ein Dickschädel. Das weiß jetzt auch die Polizei.«

»Sag der Schwester, dass sie die Kinder bringen soll.«

Als Kajo ins Zimmer zurückkehrte – er trug jetzt einen weißen Besucherkittel und sah aus wie ein Heiliger –, fand er uns beim Abendessen an ihrer Brust beschäftigt, und Mo selbst lächelte glücklich.

»Sieh mal. Vor kurzem hast du da noch genascht…«, sagte sie.

Kajo wurde rot, wollte aber nicht so prüde erscheinen, wie er war. Er ließ sich in den Besuchersessel fallen und sah uns bei unserer gemeinsamen Mahlzeit zu, jung, unschuldig, hungrig… Stimmte es nicht doch? Waren Kinder nicht die immer neue Hoffnung in einer hoffnungslosen Welt? Das richtige Leben im falschen? Kajo war außer sich vor Freude.

»Sie sind die schönsten Kinder der Welt…«, seufzte er.

Monika lachte.

»Abgesehen davon, dass die beiden wie zu heiß gewaschene Kapuzineräffchen aussehen, hast du Recht. Komm halt sie…«

Kajo trat ans Bett, und nahm Monika Janis aus dem Arm. Er wiegte sie im Arm, schritt mit ihr durchs Zimmer und dachte dabei an die Genossen, die draußen waren und sich eine passende Antwort auf die Provokation der Staatsmacht ausdachten.

Es war meine Mutter, die für Kajo die Entscheidung traf. Sie klopfte ihm mütterlich auf den Hintern und sagte mit erschöpfter Stimme: »Na los, Kajo, geh raus da…« Er drückte erst ihr, dann uns beiden einen Kuss auf die Stirn, verließ die Klinik und fuhr auf direktem Weg auf den Ku'damm, wo das SDS-Büro und seine politische Heimat war.

Mein Vater war zu dieser Zeit ein hagerer, großgewachsener Mann mit Henriquatre-Bart, stechendem Blick und politischen Überzeugungen, die ihn damals ins Gefängnis brachten und heute lächerlich wirken – der *rote Kajo*, wie ihn die Zeitungen nannten, war Ende der 60er ein berühmter Mann, ein Protestler der ersten Stunde, ein revolutionärer Vordenker, kompromiss- und humorlos.

Meine Mutter war eine hübsche Frau mit nach außen geföhnten Haaren und langen schlanken Beinen. Sie wurde von Männern umworben und von Frauen bewundert, und im Übrigen war sie mindestens so radikal wie mein Vater, eine ernsthafte Kommunistin, eine unermüdliche Demonstrantin und dazu eine begabte Naturwissenschaftlerin. Damals glaubten meine Eltern noch, dass sie für dieselbe Sache stritten, Kajo für eine bessere Welt, Mo für ein besseres Leben, aber dass das in Wahrheit verschiedene Dinge waren, merkten sie zum Glück erst viele Jahre später.

Meine Eltern lebten seit einigen Monaten mit acht oder zehn anderen Studenten (niemand wusste, wie viele es genau waren) in einer großen, unaufgeräumten, ziemlich verqualmten Wohnung, sieben Zimmer, Bad, Balkon, kaum Möbel, dafür um so mehr Poster an den Wänden und Bücher in den Regalen. Die ideale Umgebung für zwei Neugeborene, davon waren Kajo und Monika überzeugt: Eine DreiZimmer-Wohnung mit Diele, Küche, Bad und Kinderzimmer wäre das reinste Gift für den revolutionären Nachwuchs gewesen.

Als unsere Eltern spät in der Nacht die Wohnung betraten, drehten sich alle Köpfe neugierig um, und alle im Zimmer blickten erstaunt auf die junge Familie, die unerwartet hereinkam.

»Was macht ihr denn hier?«

Maya sprang auf und stürmte uns entgegen. Sie war Halbamerikanerin, aufgewachsen in der Wüste von New Mexico, und sie kannte sich bestens mit Kräutern und allerlei Zauberei aus. Außerdem verstand sie sich als eine Art Hebamme. Sie wusste, dass wir Kinder, und auch Monika, nicht in der Verfassung waren, um sich dem Leben in dieser Umgebung auszusetzen.

»Wir haben etwas Schreckliches gehört…«, erklärte Kajo atemlos.

Inzwischen war die Meldung im Radio gelaufen. Benno Ohnesorg, der 26-jährige Germanistik-Student, der zum ersten Mal in seinem Leben auf eine Demonstration gegangen war, war tot. Erschossen. Die Kugel hatte erst seinen Hinterkopf durchschlagen und flog seitdem ungebremst durch die Köpfe und Herzen der ganzen Stadt.

»Jetzt kommt erst mal rein und ruht euch aus. Vielleicht wollen die Kinder ja ein Bier oder einen Kaffee.«

Typisch Possi. Er sah aus wie ein Komposthaufen, mit einem Bart bis zum Bauchnabel, verfilzten Haaren und winzigen, leuchtenden Äuglein, und für mich sollte er so etwas wie ein Onkel werden, wenn auch nicht blutsverwandt. Egal was passierte, Possi konnte einfach nicht ernst sein. Die Revolution war ein Spiel, und wenn es wirklich ernst wurde, war die beste Zeit für Späße. Dafür liebten die anderen und später auch wir Kinder ihn. In diesem Augenblick allerdings war weder Monika noch Kajo nach Späßen zumute.

»Tut einfach so, als wenn wir nicht da wären. Wir kümmern uns um die Kleinen. Dieser historische Moment bedarf einer klaren und fundierten Analyse. Fangt also schon mal an.«

Kajo legte seinen Arm um Monika und brachte sie und uns nach hinten in unser Zimmer, das die anderen liebevoll für uns eingerichtet hatten und das als einziger Raum in der Wohnung eine Tür hatte, was Bad und Toilette mit einschloss. In der Ecke stand ein Wickeltisch (ein umfunktioniertes Bügelbrett), dazu eine Waschschüssel, eine Kommode mit Spiegel, an den Wänden hingen schöne, bunte Jimi-Hendrix-Poster. Heute würde man zu dieser Umgebung *kindgerecht* sagen.

Mo sank erschöpft auf die Matratze, Kajo, der mich und Janis im Arm hielt, schmiegte sich an sie.

»Was müssen wir tun? Müssen wir die beiden füttern? Oder waschen? Oder wickeln?«

»Ja, das müssen wir«, sagte Mo mit schwerer Stimme. Sie war schon im Halbschlaf.

»Alles zu seiner Zeit«, murmelte Kajo.

Ihm ging es nicht anders. Sein Kopf sank auf Mos Schulter, seine Augen fielen zu. Janis und ich schliefen ohnehin schon längst, glücklich, erschöpft, überwältigt von dieser verrückten Welt.

2. Maskerade

Im Winter des Jahres 2004, betrete ich, Karl Ho Bob Krämer, Mitinhaber einer Designagentur in Berlin-Mitte, mein Büro. In den 37 Jahren seit meiner Geburt – Brandt, Kohl, Schröder, lange Haare, kurze Haare, egal was für Haare – hat sich eigentlich nichts geändert. Das Chaos, das damals noch einigen ausgeflippten Wohngemeinschaften vorbehalten war, hat zwar inzwischen den Rest der Republik erobert, also auch unser Büro. Aber da ich nie etwas anderes kennen gelernt habe, bin ich auch nicht weiter schockiert.

Wie auf einer Dschungelexpedition bahne ich mir meinen Weg vom Eingang der Agentur nach hinten in mein von einer Glaswand abgetrenntes Zimmer. Ich steige über Berge von Pappschnipseln, die Aymara, unsere Modellbauerin, hinterlassen hat (beim Versuch, den Rohling einer neuen Espresso-Maschine herzustellen, die nicht weniger als den aktuellen *Zeitgeist* widerspiegeln soll, wobei wir alle ahnen, dass es so etwas gar nicht mehr gibt). Ich überwinde einen Turm aus Aktenordnern, der vermutlich etwas mit der überfälligen Jahresbilanz zu tun hat, ich durchschwimme danach eine Kaffeepfütze von den Ausmaßen des Tanganjika-Sees, die sich vor der Küche gebildet hat, und schon ist es Zeit für meinen ersten cholerischen Anfall an diesem Tag.

»Verdammt noch mal, Leute, ist es so schwer, die Glaskanne unter die Maschine zu stellen, bevor man sie anmacht?! Und überhaupt, muss es hier wirklich so aussehen, als wäre vor einer Minute ein Terroranschlag passiert? Was ist eigentlich los mit euch?«

Ich brülle ziemlich los. Eindruck mache ich damit allerdings nicht. Auf keinen von meinen Leuten. Im Gegenteil. Die Agentur-Crew, immerhin fast zehn Personen, kann nur mühsam ein Lachen unterdrücken.

»Hey, Ho. Alles klar? Mann, siehst du müde aus, geh wieder nach Hause, schlaf dich aus. Erbärmlicher Anblick. Wirklich erbärmlich.«

Das ist Michael Tenhagen, ein sympathischer Kerl, der eigentlich bei uns für die Buchhaltung und das Rechnungswesen zuständig ist, der aber die meiste Zeit des Tages mit der Pflege seines Aktiendepots und seiner Beziehungen zubringt (fallende Kurse, an beiden Fronten).

Ich knurre Michael im Vorbeigehen an, dass er sich verdammt noch mal um seine eigenen Dinge und zur Abwechslung vielleicht auch einmal um den Jahresabschluss kümmern soll, aber auch das beeindruckt ihn nicht im Geringsten:

»Ich sag's ja: erbärmlich, dein Zustand.«

Ich bahne mir weiter meinen Weg nach hinten, wobei mich Peter von Kampen strahlend wie ein 15-Jähriger angrinst. Er ist in Wahrheit 42 und einer der talentiertesten Graphiker, die ich kenne, allerdings verbringt er seine Zeit am liebsten als Hobby-DJ – Techno und Ambient, also im Prinzip Oldies – in irgendwelchen Clubs und Diskotheken, was dazu führt, dass er den Schlaf, den er nachts nicht bekommt, hier im Büro nachholt. Er ist, kurz gesagt und abgesehen von mir selbst, der faulste Mensch der Welt, was ihn nicht davon abhält, ungefähr alle drei Stunden in meinem Büro zu erscheinen und eine Gehaltserhöhung zu verlangen:

»Nicht für mich, für die Kinder« – er hat zwei uneheliche Töchter, an deren Zeugung er sich angeblich nicht erinnern kann, die er aber dennoch abgöttisch liebt, weswegen ich nicht selten Ja sage, und da die Agentur ohnehin vor dem Ruin steht, macht das auch keinen Unterschied.

Peter klopft mir im Vorbeigehen versöhnlich auf die Schulter.

»Hallo, Ho. Wir wollten in der Mittagspause kickern gehen. Bist du dabei? Nein? Wieso nicht? In drei Wochen ist Weihnachten. Es gibt sowieso nichts mehr zu tun. Also los, gib dir einen Ruck…«

Am liebsten würde ich ihm einen Ruck geben, allerdings einen, der ihn auf dem schnellsten Weg aus der Agentur herausbefördert. (Nur kurz zur Erinnerung: Diese ganzen Leute sind meine Angestellten. Ich, Ho Krämer, benannt nach einem vietnamesischen Revolutionär, bezahle sie. Ich könnte ihnen Dinge befehlen. Ich könnte sie schikanieren. Ich könnte sie entlassen. Theoretisch jedenfalls.)

Stattdessen knurre ich Peter einfach nur an.

»Wir wär's, wenn du einfach einmal die Skizzen für den Electrolux-Auftrag fertig machst, Peter? Sind seit drei Wochen überfällig, und die Chancen, dass wir den Auftrag verlieren, steigen mit jeder Stunde, die du weiterhin mit Nichtstun verbringst. Mach dich einfach an die Arbeit. Gute Idee?«

»Schlechte Idee. Und überhaupt, was'n mit dir los, Ho? Schlechte Laune? In dem Ton musst du mir nicht kommen… Also echt. Ach, leckt mich doch alle am Arsch, ich mache heute frei.«

Ich sehe fassungslos dabei zu, wie Peter aufsteht, sich seinen Parka greift und mit offenen Turnschuhen zur Tür hinaus schlurft, wobei er im Vorbeigehen noch eben Tina, unsere Praktikantin, und Aymara dazu überredet, mitzukommen.

»Verdammt noch mal! Wollen wir von irgendetwas leben? Ja oder nein?«, schreie ich quer durch das Großraumbüro.

Keine Reaktion, stattdessen bin ich Gegenstand der Diskussion.

»Mann, hat der eine Laune heute morgen…«

»Was ist eigentlich Hos Problem?«

»Eigentlich ist er echt nett, aber trotzdem ist er unausstehlich.«

Aymara scheint die einzige auf meiner Seite zu sein.

»Ach, ist doch normal bei ihm. Es ist Montagmorgen, er ist genauso müde wie wir alle und vermutlich hat er sich mit seiner Celia gestritten«, sagt sie mit einem Strahlen im Gesicht. »Ärgert euch nicht drüber.«

Dann schmatzt sie Peter einen Kuss auf die Wange, der mich an den Rand des Wahnsinns treibt. Sie ist halbe Ghanaerin und eines der süßesten Mädchen der Stadt, allerdings auch eines der wenigen glücklich verheirateten.

»Ach, Scheiße, macht doch, was ihr wollt«, seufze ich resigniert. Woraufhin sich sämtliche Mitarbeiter in einer synchronen Bewegung zu mir umdrehen, lächeln und im Chor verkünden:

»Das tun wir sowieso, Ho.«

Kurz darauf winkt mir Peter von der Tür aus noch einmal zu, und verschwindet dann mit den beiden Mädchen im Arm nach draußen. Immerhin kann ich nicht ausschließen, dass dieses Zusammenkneifen seiner Augen und dieses schnalzende Geräusch mit den Lippen, mit dem er sich verabschiedet, so etwas wie eine Entschuldigung andeuten soll. Spuren von Reue. Von schlechtem Gewissen. Von Einsicht. Hey! Es könnte bedeuten, dass sogar noch heute, zu Beginn des dritten Jahrtausends, gewisse Restbestände an Sekundärtugenden vorhanden sind, diese seltsamen Eigenschaften wie Pünktlichkeit, Höflichkeit, Verantwortung, die Kajo immer für den ersten Schritt zum Faschismus gehalten hat.

Ich knalle meine Bürotür hinter mir zu und lasse mich in meinen Sessel fallen. Es ist zehn Uhr morgens. Es ist ein ganz normaler Werktag. Und ich bin in einer Stimmung, die mir keine andere Wahl lässt, als über mein Leben nachzudenken. Insofern bin ich sogar froh, dass ich inzwischen fast allein in der Agentur bin und mich eine himmlische Ruhe umgibt – denn mehr oder weniger alle haben sich Peter, Tina und Aymara angeschlossen und sitzen nun vermutlich drüben bei Claudio, einem jungen Italiener mit einer wunderbaren, gemütlichen Espresso-Bar, und dort trinken sie Latte macchiato und sinnieren dabei über das Ende der fetten Jahre, den Niedergang des Landes und die Härten der Globalisierung. Ja, und vermutlich essen sie dazu Marzipancroissants. Und wenn ich ehrlich bin, dann beneide ich sie darum.

Die Frage, die mich wirklich interessiert, ist die, warum ich eigentlich in dieser grüblerischen Stimmung bin. Ist irgendetwas passiert? Fehlanzeige. Wenn ich in aller Kürze die wichtigsten Parameter meines Lebens Revue passieren lasse, dann komme ich schnell darauf, dass die Dinge eigentlich ohne dramatische Ausschläge laufen, alles ist mehr oder weniger in Ordnung, alles schnurrt wohlig dahin. Ich habe einen Job, ich habe eine Freundin, ich habe eine Wohnung, ich mache Urlaub, ich sorge für meine Rente vor – *alles chico*, wie Peter es ausdrücken würde, meine ganze Existenz und das Leben überhaupt ist eine wunderbare, bequeme Chill-out-Zone, in der ich mich behaglich zurücklehnen kann.

Andererseits: Vielleicht ist gerade das das Problem? Dass ich keine Probleme habe? Ich meine, wenn man mal drüber nachdenkt, ist das doch wirklich ein erbärmlicher Zustand: Ich bin 37 Jahre alt und kann einfach kein Haar in der Suppe entdecken! Wenn ich jetzt das Fenster öffnen und rausspringen würde und die Leute dann kopfschüttelnd vor meiner Leiche stünden und sich fragen würden, warum ich das wohl getan habe, dann würde irgendwer vielleicht sagen: »Ja, er hatte einfach zu wenig Schwierigkeiten im Leben.« Und dann würden die Umstehenden bedächtig nicken und so etwas murmeln wie: »Oh ja, das ist wirklich schrecklich.«

Vielleicht hat Michael Recht. Vielleicht sollte ich nach Hause gehen. Vielleicht sollte ich ausschlafen. Oder ich sollte einfach zu den anderen rüber gehen. Die sind nämlich in Wahrheit nicht meine Angestellten, sondern meine Freunde, und wenn sie mich Chef nennen, meinen sie es garantiert nicht ernst. Und das ist gut so. Ich bin kein Chef. Ich will es auch nicht sein. Ich will einfach nur meine Ruhe haben.

Ich lege die Füße auf meinen Schreibtisch, lehne mich weit im Sessel zurück und schließe die Augen. Es ist nicht schwer darauf zu kommen, dass das größte meiner Nicht-Probleme ungefähr vor einem Jahr in mein Leben getreten ist und Celia heißt. Sie ist ein Jahr jünger als ich, sie ist bildhübsch, und sie ist meine Freundin. Sie hat die Dinge ins Gleichgewicht gebracht, sie war der letzte Nagel zu meinem Glück, der Tropfen, der das Fass voll gemacht hat, der Funke, der die Dinge zu einem harmonischen Glühen gebracht hat.

Celia und ich haben uns auf eine ziemlich altmodische Art kennen gelernt: Wir sind verkuppelt worden. Im Nachhinein sind wir Angelika und Thomas, unseren gemeinsamen

Freunden, die das Werk vollbracht haben, natürlich dankbar. An dem Abend aber, an dem es geschah, waren wir zunächst beide fest entschlossen, Widerstand zu leisten.

Thomas, den ich noch aus Studentenzeiten kenne und der inzwischen ein erfolgreicher Rechtsanwalt ist, hatte mich ein paar Tage vor unserem Zusammentreffen in der Firma angerufen.

»Hallo, Ho. Angelika und ich würden dich gerne am Samstag zum Essen einladen.«

Ich kannte ihn gut genug, um die Sache sofort zu durchschauen. Die beiden hatten schon zu viele rührende Versuche unternommen, mich in die Arme einer Frau zu treiben, und selbstverständlich war der Erfolg bis dahin ausgeblieben. Und so sollte es auch bleiben, dachte ich jedenfalls. Ich hatte damals, also ungefähr vor einem Jahr, endgültig die Nase voll davon, Beziehungen einzugehen, die nach einer Woche oder einem Monat wieder zerbrachen, auch wenn ich schuld daran war und auch wenn sie im Rückblick gar nicht so übel waren.

»Ich komme sehr gerne«, hatte ich in den Hörer gesäuselt. »Allerdings nur unter einer Bedingung.«

»Und die wäre?«

»Ich komme alleine, und ich gehe auch alleine.«

»Nenn es, wie du willst – Hauptsache, du hast dabei Celia im Arm…«

»Wen?«

»Die Frau, die wir dir am Samstag vorstellen wollen.«

Thomas besitzt einen unerschütterlichen Optimismus, für den man ihn lieben oder hassen kann. Für mich ist er einfach ein guter Freund und darum sagte ich zu – erlebte an dem folgenden Samstagabend allerdings eine ziemliche Überraschung.

Anders als ich erwartet hatte, saß nämlich an Michaels und Angelikas Wohnzimmertisch keine verstörte, sexuell ausgehungerte, zu laut lachende und zu leise redende Mittdreißigerin, die mir zur Begrüßung um den Hals fiel, mich mit Freundschaftsküssen bedeckte und mir ihre Lebensgeschichte erzählte, noch bevor ich mich hingesetzt hatte. Celia lächelte mir zur Begrüßung ziemlich distanziert zu, sie gab mir die Hand und im Übrigen das Gefühl, dass ich sie nicht sonderlich interessierte. Als uns unsere Gastgeber allein ließen, ganz zufällig natürlich, weil es angeblich noch einiges in der Küche zu erledigen gab, sagte sie zu mir:

»Nur damit keine Missverständnisse aufkommen: Ich möchte weder eine Beziehung mit dir anfangen, noch dich heiraten, und wenn Michael oder Angelika irgendetwas in der Richtung angedeutet haben, dann war das garantiert ohne mein Einverständnis.«

Ich hatte nicht damit gerechnet, dass mir die Sache so einfach gemacht würde.

»Perfekt. Dann haben wir nämlich etwas gemeinsam…«

»Nein, haben wir nicht!«

Ich wäre beinahe darauf hereingefallen, aber dann bemerkte ich, dass Celia mir zuzwinkerte.

»Keine Sorge, ich meinte bloß, dass ich ebenfalls keine Lust habe, verkuppelt zu werden.«

»Topp.«

Sie hielt mir die Hand hin, und ich schlug ein. Wir wussten natürlich beide, dass Michael und Angelika den ganzen Abend damit zubringen würden, zweideutige Bemerkungen zu machen, unsere jeweiligen Charaktere in den Himmel zu loben und in einem fort zu betonen, wie unglaublich gut wir doch zusammen passten, und welch schöner Zufall uns zusammengeführt hätte.

Noch bevor die beiden also ins Wohnzimmer zurückkehrten, rückte Celia an mich heran und flüsterte mir mit Verschwörermiene zu:

»Ich mache dir einen Vorschlag, wie wir uns die beiden und ihr Getue vom Hals halten.«

»Das ist möglich? Da bin ich aber gespannt.«

»Ganz einfach: Wir spielen Liebe auf den ersten Blick. Wir geben Michael und Geli das Gefühl, dass alles wie am Schnürchen läuft und dass ihre Verkupplungspläne funktionieren – selbst wenn du mich eigentlich grässlich findest. Ich verspreche dir, dass sie sich total zurückhalten werden, um das junge Glück bloß nicht zu stören. Was meinst du?«

Sie sah mich prüfend an und kniff dabei die Augen zusammen, als wäre sie kurzsichtig (was sie tatsächlich ist, aber das wusste ich damals natürlich noch nicht). In jedem Fall gefiel mir diese seltsame Mimik. Ich überlegte nicht lange und ließ mich auf ihr albernes Spiel ein. Genau wie sie freute ich mich darüber, dass wir uns auf diese wunderbare Art und Weise an Michaels und Angelikas ungebetenen Einmischungen in unsere Leben rächen konnten.

In den nächsten zwei Stunden lieferten Celia und ich ein Schauspiel ab, für das wir den Oscar verdient hätten. Wir warfen uns begierige Blicke zu, unterhielten uns so intensiv und vertraut miteinander, als würden wir uns seit Jahren kennen, berührten uns, scheinbar versehentlich, an den Händen, wenn wir dem anderen ein Getränk oder einen Teller reichten, und wir führten auch ansonsten die gesamte Palette der erfolgreichen Flirtrezepte vor – nur dass wir dabei aufpassen mussten, nicht in lautes Gelächter auszubrechen.

Das einzige Problem, mit dem ich fertig werden musste, war die Tatsache, dass sich Celia als exzellente Gesprächspartnerin herausstellte. Sie interessierte sich für italienische

Küche, Tango tanzen und die Frage, in welcher Stadt auf dieser Welt man am besten leben konnte, und außerdem hatte sie das faszinierendste Lächeln, das mir seit langem begegnet war. Und da man im Leben ohnehin nicht unterscheiden kann, was Wahrheit und was Schauspiel ist, beschlossen wir wohl beide, im Rahmen unseres Versteckspiels etwas übereinander herauszufinden. Ich erzählte ihr von meiner Arbeit für die Agentur und von den DVD-Playern, die wir gerade entworfen hatten, und sie versprach hoch und heilig, nächste Woche sofort loszugehen und sie sich in einem Geschäft anzuschauen. Sie selbst arbeitete an der Universität, ohne allerdings verstaubt oder vergeistigt zu wirken, und all das steigerte meine Neugier. Ich war mir auf einmal nicht mehr so sicher, ob ich jemanden spielte, der verliebt tat, weil er in Wahrheit nicht verkuppelt werden wollte, oder ob ich jemanden mimte, der uninteressiert war, weil er in Wahrheit längst angebissen hatte.

Als unsere Gastgeber uns wieder einmal allein ließen, dieses Mal um den Kaffee zum Nachtisch zuzubereiten, zogen wir aufs Sofa um. Celia schmiegte sich so dicht an mich, dass ich beinahe aus der Rolle gefallen wäre.

»Hey, wenn du so weitermachst, wird es wirklich noch ernst zwischen uns«, zischte ich ihr zu.

»Ich versuche nur, möglichst überzeugend zu sein. Aber keine Sorge, in Wahrheit bin ich froh, wenn ich dich nicht mehr sehen muss.«

»Dann haben wir ja doch was gemeinsam.«

Michael und Angelika kehrten ins Zimmer zurück, er mit einer Flasche Grappa in der Hand, sie mit dem Tablett mit den Espressi.

»Na, ihr beiden scheint euch ja wunderbar zu verstehen.«

»Das tun wir in der Tat, und ich bin empört, dass ihr eine

so wunderbare Frau wie Celia bisher vor mir versteckt habt«, sagte ich und warf ihr einen entschuldigenden Blick zu. Sie rollte genervt mit den Augen, und ich war mir nicht sicher, ob sie mich meinte oder unsere rührseligen Gastgeber.

Wir tranken unseren Kaffee, vertieften uns dabei in ein Gespräch über Bücher und Kinofilme, und dann nötigten wir Michael dazu, eine weitere Flasche Wein zu öffnen. Während unsere Gastgeber demonstrativ gähnten, erzählten Celia und ich uns Geschichten von unseren Urlauben (sie Ägypten, ich New York), und beim anschließenden Eis, das Angelika ungefähr um Mitternacht servierte, waren wir schon dabei, uns von unseren Vorlieben bei Wohnungseinrichtungen, Restaurants und Bars zu erzählen – immer wieder unterbrochen von geflüsterten Bemerkungen wie »Bild dir bloß nicht ein, dass ich das ernst meine« oder »Sei froh, dass ich dir nicht meine wahre Meinung darüber sage« bis hin zu »Oh Gott, bist du grässlich«.

Die Sticheleien hielten uns allerdings nicht davon ab, auf das Thema Beziehungen zu kommen, und plötzlich waren wir dabei, uns gegenseitig von unseren Ex-Partnern zu erzählen, von den peinlichsten Vorfällen und den albernsten Trennungen, die wir erlebt hatten. Celia erzählte von ihrem Exfreund Raffael, und spätestens da wusste ich, dass ihr Beziehungsleben mindestens so chaotisch war wie mein eigenes. Raffael hatte ihr bei dem gleichen Treffen, an dem sie mit ihm über das Scheitern ihrer Beziehung hatte sprechen wollen, einen Heiratsantrag gemacht, und dabei war ihr klargeworden, dass sie und er zwei Jahre lang hundertprozentig aneinander vorbei geredet und gelebt hatten. Es war eigentlich eine traurige Geschichte, aber Celia ließ sich nicht anmerken, was sie in Wahrheit empfand.

Ich wiederum erzählte ihr von meiner Exfreundin Marlene, die, als wir zum ersten Mal miteinander geschlafen hatten, seufzend neben mir gelegen hatte. Und die dann diesen kleinen, aber unvergesslichen Satz gesagt hatte: »Oh Gott, ich liege mit dem Sohn von Kajo Krämer im Bett. Ich kann es nicht glauben.«

Celia schüttete sich aus vor Lachen, als sie das hörte.

»Du hast halt einen berühmten Vater«, sagte sie.

»Hey, das ist nicht unbedingt das, was man hören will, wenn man einem Mädchen nahegekommen ist«, sagte ich.

»Was willst du denn hören?«

»Probier es doch aus.«

Sie blitzte mich aus ihren dunklen Augen an, ohne dass ich hätte sagen können, was sie empfand, und wir setzten unser Duell fort. Es ging hin und her, und ich war mir nicht mehr sicher, ob wir immer noch ein Spiel spielten.

In jedem Fall hatten wir unser Ziel erreicht. Michael und Angelika waren davon überzeugt, zwei Menschen zusammengebracht zu haben, die sich prächtig verstanden, und ich ertappte mich bei dem Gedanken, dass sie sogar Recht damit haben könnten.

Wir verabschiedeten uns schließlich von unseren Gastgebern und standen gemeinsam an der Tür. Angelika legte den Arm um Michaels Schultern. Die beiden boten ein perfektes Bild ehelichen Glücks, und wieder einmal dachte ich, dass sie die einzige heile Familie in meiner Generation sind und dass sie vermutlich eines Tages ausgestopft und im *Haus der Geschichte* ausgestellt werden, und vielleicht, wer weiß, werden Celia und ich ja direkt daneben stehen.

»Ihr seid noch nicht müde? Dann geht doch noch in die Cocktailbar gleich hier um die Ecke«, sagte Angelika, als wir schon im Freien standen.

Celia lachte und schmiegte sich an meine Seite.

»Darauf kannst du wetten, dass wir noch was trinken gehen.«

Als wir schließlich alleine auf der Straße standen, sah ich sie neugierig an: »War das jetzt auch gespielt? Oder wollen wir wirklich noch einen Drink nehmen?«

»Sorry. Es war gespielt.«

»Oh… ich meine: Gut so. Hervorragend. Ich hatte schon befürchtet, dass du wirklich…«

Sie lachte und brachte mich damit zum Schmelzen, und dann sagte sie: »Naja, ich dachte, ehrlich gesagt, wir fahren direkt zu mir. Oder zu dir.«

Drei Stunden später stand ich in ihrem Schlafzimmer und wollte mich wieder anziehen, um nach Hause zu fahren. Celia lag nackt in den Laken, sie rauchte und beobachtete mich mit nachdenklichem Blick.

»Warum bleibst du nicht einfach hier bis morgen früh?«, fragte sie mich.

»Ist das klug? Machen wir es damit nicht kaputt?«

»Was ist schon klug?! Bleib einfach hier.«

Ich ließ mich überzeugen, warum auch immer, und ich verbrachte die Nacht bei ihr. Wir schliefen bis in den Vormittag. Irgendwann klingelte mein Handy, und ich ertrug die lange und schimpfwortgespickte Beschwerde meines Freundes Moritz, mit dem ich zum Brunchen verabredet gewesen war.

»Ich bin nicht allein, Moritz«, sagte ich leise in den Hörer.

»Na prima, du hast dir also endlich einen Hund gekauft.«

»Ich bin bei einer Frau…«

»Wir reden jetzt nicht über deine Mutter?«

»Nein, tun wir nicht.«

Langes Schweigen am Telefon. Moritz hielt mich für genauso wenig beziehungsfähig wie ich mich selbst, insofern musste er die Nachricht erst einmal verdauen.

»Und du hast die Nacht bei dieser Frau verbracht?«

»Mmm.«

»Warte mal… jetzt ist es Sonntagmittag, und du bist immer noch bei ihr. Das heißt, du bist nicht mitten in der Nacht oder im Morgengrauen geflohen…«, sagte er erstaunt.

»Nein, bin ich nicht.«

»Du magst sie also?«

»Ich kenne sie erst seit gestern Abend.«

»Das ist keine Antwort auf meine Frage.«

»Ja, ich denke, ich mag sie.«

»In Ordnung, Ho. Das ist großartig. Das ist ein guter Anfang. Mach weiter in dieser Richtung, und ich bin dir nicht böse, dass du mich versetzt hast. Hauptsache, du nutzt die Gelegenheit, um dein Beziehungsleben, deinen Hormonspiegel und dein gesamtes Menschenbild wieder in Ordnung zu bringen…«

Ich beendete das Gespräch, und Celia, die in der Tür stand, lächelte mich an.

»Frühstück ist fertig«, sagte sie.

Ich nickte, aber natürlich schafften wir es nicht bis in die Küche, sondern wieder nur bis in ihr Schlafzimmer.

Als wir zwei Stunden später erschöpft und zufrieden am gedeckten Tisch saßen, sahen wir uns nachdenklich an. Wir waren beide müde und ausgelaugt, wir hatten in der Nacht kaum ein Auge zugemacht, aber das spielte keine Rolle. Wir sprachen wenig, wir sahen uns an, wir belauerten uns, bereit zu fliehen, bereit uns zu wehren, was immer nötig war. Wir waren beide jenseits der 35 und damit zu alt und zu erfahren, um solche Momente nicht schon mehrfach erlebt zu haben. Wir hatten miteinander geschlafen, aber was hieß das schon? Mit einer einzigen gemeinsamen Nacht war nichts entschieden, und das, was wir gemeinsam erlebt hatten, konnte ein Anfang sein, genauso gut wie ein Ende. Es gab keine Verbindlichkeiten mehr, keine Regeln, nach denen sich zwingend das eine aus dem anderen ergab. Sex hatte nichts zu bedeuten, ein harmonischer Morgen danach genauso wenig. Wir waren unerträglich frei, und es war ganz alleine unsere Entscheidung, ob wir mit der Chance, die uns unverhofft in den Schoß gefallen war, etwas anfingen oder nicht.

Am Nachmittag verabschiedeten wir uns ohne Kuss, ohne Floskeln, und beide mit dem bitteren Geschmack im Mund, den Nächte wie solche nun einmal hinterlassen. Ich spazierte den ganzen restlichen Tag durch die Gegend. Es war Dezember und das Wetter ähnlich wie im Moment. Ich wärmte mich bei einer Tasse Kaffee auf, besuchte ein Museum, ohne mich auf ein Bild oder eine Skulptur konzentrieren zu können.

Es dauerte nicht lange, und ich ertappte mich bei der Hoffnung, dass dieser einen Nacht mit Celia möglichst bald eine nächste folgen sollte. Sie folgte tatsächlich, und noch einige weitere, und all das führte dazu, dass sich unsere Leben ineinander schoben wie zwei Fahrzeuge, die auf einer Kreuzung zusammengekracht sind. Der Leichtigkeit der ersten Tage und Wochen folgten Monate des Kampfes, die bis in die Gegenwart andauern. Wir hatten und haben beide ein eigenes Leben, einen Beruf, Freunde, Vorstellungen davon, wie die Dinge zu sein haben, und es wäre eine Illusion zu glauben, dass ein einziges Jahr reichen könnte, um aus unserer Affäre eine wirklich verbindliche Sache zu machen. Das sieht sie so und das sehe ich so, und wenn ich entscheiden müsste, was Celia und mich miteinander verbindet, dann würde ich sagen, dass es dasselbe ist wie am Morgen nach unserer ersten Nacht. Es ist immer noch die Frage, ob das, was sich im zurückliegenden Jahr zwischen uns entwickelt hat, ein Anfang oder ein Ende ist, ob wir schon das Beste hinter uns gelassen haben oder ob wir es schaffen auf eine stetige Umlaufbahn um eine gemeinsame Sonne einzuschwenken. Im Unterschied zu allen vorherigen Malen spüre ich eine tiefe Zuversicht in mir, und darum bin ich zum ersten Mal nicht mehr auf der Flucht vor dem Glück einer gelungenen Beziehung, sondern auf der Suche danach.

3. Ein neues Spielzeug

Ich war zwei oder drei Monate alt, als eines Morgens Mayas Stimme durch die Räume der Kommune schallte. Sie war damals schon, im Herbst 1967, also lange vor New Age und dem Wassermannzeitalter, praktizierende Taoistin, und sie war daher auch diejenige, die die Dinge in die Hand nahm. Es war elf oder zwölf Uhr und in das große Bett, in dem wir alle – Janis, ich, die Erwachsenen – gemeinsam schliefen, kam Bewegung, ein langsam erwachendes Knäuel aus Beinen, Armen, Köpfen. Die ersten geöffneten Augen, ein gähnender Mund, ein morgendlich aufgerichteter Schwanz. Und über allem der Geruch von Schlaf und Schweiß.

»Na, los. Hoch mit euch, es gibt etwas zu tun«, rief Maya. Sie stand, die Hände in die Hüften gestemmt, vor dem Bett. Sie war als einzige seit Stunden auf den Beinen, hatte meditiert, hatte ihre Yoga-Übungen gemacht – eine Pionierin, die heute als Unternehmensberaterin arbeitet. Maya hatte sich ihr Priesterinnen-Gewand angelegt, eine Mischung aus mexikanischem Poncho, indischen Tüchern, ein paar Vogelfedern, die angeblich die eines Seeadlers waren.

»Richtig. Lasst uns aufstehen. Und lasst uns die Kleinen einmal ansehen«, sagte Ulf, ein junger Revolutionär mit Lockenkopf und einer winzigen Nickelbrille. Er sprang aus dem Bett, zog dabei Liesel, die hübscheste unserer Mitbewohner, mit sich. Nach und nach standen auch die anderen auf, eine nackte Polonaise auf dem Weg ins Kinderzimmer.

Es gibt ein Foto von diesem Moment, eine Schwarzweiß-Aufnahme mit breitem Rand, die Oberfläche schon etwas vergilbt. Eine Prozession weißhäutiger Erwachsener, schlackernde Hoden zwischen blassen Beinen, bis zum Bauchnabel behaarte Frauen, angeführt von einer seltsam gekleideten Figur mit Federn im Haar, und direkt dahinter ein Elternpaar, das zwei kleine, speckige Kinder in die Höhe hält.

Die Prozession, deren Teil wir jetzt sind, erreicht die Küche. Es sieht anders aus als sonst. Der Tisch ist nicht wie sonst eine Collage des Jahrzehnts, übersät mit Tellern, Tassen, Aschenbechern, Büchern, Kondomen, Flaschen, Zeitschriften. Maya hat alles zur Seite geräumt und ein sauberes, weißes Laken über das Holz gebreitet. Mo und Kajo legen uns Kinder in die Mitte, die anderen stehen reihum Spalier, die Gesichter ernst, die Körper würdevoll aufgerichtet, nichts in der Hand außer ein paar qualmenden Zigaretten.

Die Priesterin Maya spricht:

»Wir haben uns heute morgen versammelt, um zwei neue Mitglieder in unserer Gemeinschaft aufzunehmen. Wir alle tragen gemeinsam Verantwortung für sie. Ihre biologischen Eltern waren nur das Gefäß, in dem ihr Leben herangereift ist. Jetzt aber sind wir alle ihre Eltern.«

Horst, pragmatisch wie er ist, räuspert sich, hebt den Finger wie in der Schule: »Moment mal, heißt das, ich bin auch der Vater? Dabei habe ich mit Monika nicht mal gepoppt. Jedenfalls nicht vor neun Monaten. Und zahlen werde ich auch nicht, falls ihr das meint.«

Er erntet einen bösen Blick meines Vaters. Kajos Humor hat deutliche Grenzen. Maya kramt einen Zettel aus der Tasche, auf dem zwei lange, mehrfach durchgestrichene und korrigierte Reihen Namen stehen. Sie sind das Ergebnis der nächtelangen und ausgesprochen demokratischen Diskussionen, das schließlich (Jahre später) von einem bestochenen Standesbeamten amtlich besiegelt wird und in meinem Personalausweis nachzulesen ist.

»Wir schreiten jetzt zur Taufe. Possi, das ist dein Job.«

Er nimmt das Rotweinglas, das sie bereitgestellt hat, und kniet sich vor mich und Janis hin. Er nimmt einen tiefen Schluck, gurgelt, schluckt herunter, nimmt noch einen Schluck, den er im Mund behält.

Maya macht einen Schritt auf meine Schwester zu.

»Du, Menschenkind, Tochter der Revolution, Botin der Freiheit, wir taufen dich auf den Namen Rosa Janis Angela Maria Jiang Krämer-Eckhorn.«

Possi beugt sich vor, Blitzlicht, eine weitere Schwarzweiß-Aufnahme, und spuckt einen feinen Nebel aus Merlot, 66er, auf Janis, die wie am Spieß zu brüllen anfängt.

Maya macht einen Schritt zur Seite und stellt sich vor mich.

»Und du, Menschenkind, Sohn der Revolution, Bote der Gerechtigkeit, wir taufen dich auf den Namen Karl Ho Bob Mick Friedrich Che Krämer-Eckhorn. Auf dass ihr die neuen Menschen werdet, die diese Welt zum Besseren führen…«

Blitzlicht, das sich im feinen Rotweinnebel spiegelt. Und ich, der zweite Säugling, öffne schreiend den Mund und erlebe den ersten Vollrausch meines Lebens.

Und dann standen sie um mich, erwachsene Menschen, lachten, kreischten, tanzten, berauscht von sich selbst, von der Zeit, von der Geschwindigkeit, mit der sie der Zukunft entgegenstürzten. Sie starrten mich und Janis an, ein paar

Sekunden betretenes Schweigen, und wir schienen ihnen regelrecht unheimlich zu sein. Als wären wir die erste Ahnung davon, dass das Spiel auch sehr ernst werden konnte. Was tun? Tolstois Frage, Lenins Frage, sie schoss meinem Vater und meiner Mutter durch den Kopf. Die Kinder zurückgeben? Die beiden sahen sich an, glücklich, verwirrt, und wir waren der erste Schritt zu der Einsicht, dass sich dieses verwirrende Leben nicht verstehen ließ.

»Ich bin Vater«, sagte Kajo unbeholfen.

Possi: »Ach?! Das ist ja allerhand.«

Und Mo, die das überhörte: »Komm her.«

Meine Eltern küssten sich, und dann küssten sich alle anderen, dann schliefen sie miteinander, und mit etwas Glück würden wir in neun Monaten ein paar Geschwister bekommen.

Unser frühes Leben war ein großes, rauschendes Fest, das niemals aufhörte. Ich liege auf meiner Decke im Kinderzimmer. Die Tür geht auf, Possi kommt herein. Gerüche nach Tabak, Mottenkugeln, Kernseife, Bratkartoffeln in seinem Bart. Possis große Hand, die Fingernägel schwarz, greift nach mir. Es geht aufwärts in die Luft, er hält mich fest, ich vertraue ihm, ich, ein halbes Jahr alt, ein Jahr alt, anderthalb. Ich lache. Possi lässt mich über den Köpfen der anderen schweben. Ich sehe die Welt aus der Perspektive einer Stubenfliege. Ich summe ins Wohnzimmer, das ausgelegt ist mit alten Teppichen. Rechts das Matratzenlager, in dem Beate, eine weitere meiner Tanten, liegt und schläft, links die Bücherwand, auf dem Fußboden ein Fernseher, dazu Stapel mit Zeitungen, alten Kleidern, ein Obstkorb (auch fliegenumschwirrt), ein paar Studentinnen, die nackt sind und kichernd in der Ecke hocken, wo sie von Ulf befummelt werden:

»Ihr wollt wissen, was Kommunismus ist? Dann passt mal schön auf.«

»Hier kommt der Flieger«, ruft Possi. Er lässt mich höher steigen, ich kreische und spucke vor Vergnügen. Auf dem Fußboden sitzt Peter, Kajos politischer Genosse, mit einigen Kommilitonen, ein Arbeitskreis.

»Der Sozialstaat hat die Arbeiterklasse korrumpiert. Die antagonistischen Kräfte der kapitalistischen Gesellschaft sind strukturell integriert. Eine revolutionäre Strategie kann nicht mehr auf den natürlichen Druck der Verelendung setzen.«

»Und was kann man da machen?«, fragt ein anderer.

»Ist doch ganz einfach«, entgegnet ein Dritter (der heute eine Führungsposition in der SPD bekleidet). »Wir schaffen erst den Sozialstaat ab. Und dann machen wir die Revolution.«

»Ja, natürlich… ich meine, nein, auf keinen Fall«, entgegnet Peter erschrocken. »Eine Bewusstseinsschaffung durch materielle Erniedrigung verbietet sich. Die revolutionäre Avantgarde kann nicht die Drecksarbeit der herrschenden Klasse übernehmen.«

Ich fliege weiter ins Badezimmer, wo Maya und Liesel in der Wanne liegen.

»…ihr sprecht immer nur von den offenen Adern der dritten Welt«, sagt Maya, deren nasse Haare an ihren Wangen kleben. »Dabei ist es in Wahrheit umgekehrt. Das geistige Zentrum der Menschheit liegt im Osten. Was ist denn schon der historische Materialismus im Vergleich zur Baghavad Gita…«

Sie streicht Liesel mit einem Schwamm über die Schultern und gleitet allmählich tiefer. »Liebe ist die eigentliche Revolution, egal ob indisch oder marxistisch.«

»Wird man von den Upanishaden satt, Maya? Kann man die Veden essen? Indien hat Yoga, Ganesha und wundervolle Menschen wie den Maharishi. Aber die Bevölkerung kann nicht lesen und schreiben und die toten Männer lassen ihre Witwen verbrennen. Wollen wir etwa das?«

»Gib mir mal die Seife, Liesel. Du siehst das zu rational.«

Sie bemerkt Possi und mich, und lächelt: »Du musst schön sein Köpfchen halten, Possi. Ho ist noch so klein…«

Es geht weiter in die Küche. Possi, brummend und summend, macht das Geräusch meines Flügelschlags. Horst sitzt eingesunken am Tisch, vor sich eine Batterie leerer Bierflaschen. Er grinst.

»Nicht, dass du denkst, ich trinke zum Vergnügen. Aus den Flaschen machen wir Molotowcocktails. Und dafür müssen sie schließlich leer sein.«

Und in all dem Lärm, in diesem Meer aus Worten, Menschen, Musik, sitzt mein Vater. Er arbeitet als Einziger still an einem Tisch, den er in den Wohnungsflur gestellt hat, beugt sich über ein Buch, einen Bleistift in der rechten Hand, vor sich eine Batterie farbiger Buntstifte zum unterstreichen: rot – die Erkenntnisse der fortschrittlichen Theoriebildung, grün – die Zitate für seine Doktorarbeit, gelb – Dinge, die er weiter recherchieren muss, und braun – die lästerlichen Aussagen der bürgerlichen Wissenschaft. Kajo sieht kurz hoch, streicht mir über die Wange, sieht Possi dankbar an.

»Schön, dass du dich um die Kinder kümmerst.«

»Na, hör mal«, sagt Possi lachend. »Ich halte dir den Rücken frei, damit du uns durch die Revolution führst. Das sichert mir meinen Platz in den Geschichtsbüchern.«

Und wir fliegen weiter durch den dämmrigen Flur der Wohnung in die unendlich vielen anderen Zimmer…

Janis und ich taten, was wir wollten. Wir waren nackt, oder wir trugen vielleicht ein Hemd, niemals Hosen, und wenn wir mussten, hockten wir uns auf den Thron oder einfach in eine Zimmerecke. Wir krabbelten durch einen Urwald aus Büchern, Schallplatten, Tonbändern, Plakaten, schrien, wenn uns etwas nicht gefiel, lachten, wenn wir glücklich waren. Wir lernten laufen, hielten uns bei der Hand, entdeckten die verborgenen Winkel und Geheimnisse der Wohnung – eine Pistole unter Possis Matratze, die Kiste mit dem Geld, das wir aus dem Fenster warfen, Bücher, deren Seiten wir herausrissen.

Was wir kannten, waren Hunger, Durst und das Bedürfnis, gehalten zu werden. Die Methode, das alles zu bekommen, war immer die gleiche: Schreien bis jemand kam, der uns gab, was wir wollten. Wir waren Herdentiere, niemals alleine, behütet, geliebt, nicht weiter beachtet. Für die Erwachsenen war das Politik, für uns war es einfach wunderbar.

4. The Times, They Are A-Changing…

Ich habe mich schon immer gefragt, was so schlimm an den ganzen Dingen sein soll, die unsere Eltern angestellt haben. Klar, sie haben uns als Kleinkinder nicht ordentlich gewaschen und angezogen, sie haben uns statt Märchenbüchern das Kommunistische Mannifest vorgelesen, und sie haben uns seltsame Namen gegeben. Aber ist das so furchtbar? Und ist es nicht immer noch besser, als mit akkuratem Seitenscheitel und Lederhosen aufgewachsen zu sein, in den Sommerferien Campingurlaub an der Ostsee gemacht zu haben – und Helmut oder Wilhelm zu heißen? Eben.

Berlin im Winter ist nicht gerade der gemütlichste Ort der Welt, insbesondere nicht, wenn man wieder einmal zu spät ist, so wie ich in diesem Moment. Ich habe mir ausnahmsweise einmal vorgenommen, zu dem Termin, der vor mir liegt, pünktlich zu erscheinen. Nicht die schlechteste Idee, schließlich bin ich, beziehungsweise unsere Agentur, so etwas wie der Stargast des Tages. Ich steige in meinen Wagen und komme mir vor wie Georg Hackl, jedenfalls erinnert mich das Fahrverhalten meines Peugeot auf dem überfrorenen Parkplatz an seinen Rennschlitten in der Bobbahn. Egal. Ich gebe Gas.

Ich sortiere mich in den nachmittäglichen Berufsverkehr, Hupen, Bremsen, Warten. Kalter Graupel fällt vom Himmel. Die Wolken hängen dicht wie Watte um den Fernsehturm am Alexanderplatz. Es hat am Vormittag geschneit, und anschließend geregnet, und jeder, der meine Windschutzscheibe sieht, muss sich keine Sorgen mehr über den Klimawandel und den dramatischen Rückgang der Gletscher machen. Der Wagen sieht aus wie ein fahrbarer Iglu.

Berlin ist wirklich ein Phänomen, denn zwischen November und März sinken nicht nur die Temperaturen auf ein sibirisches Niveau. Auch sämtliche Tiere und Pflanzen sind anscheinend in Richtung Süden ausgewandert, dazu ist jedes Lächeln auf den Gesichtern der Menschen verschwunden, und Wörter wie *Bitte* oder *Danke* sind ebenfalls nicht mehr zu hören. Zu meinem Erstaunen gibt es jede Menge Leute, denen das hervorragend zu gefallen scheint. Die meisten der graugesichtigen Einwohner zwischen Marzahn und Zehlendorf halten ihre Stadt ohnehin für einen Gulag und behandeln ihre Mitmenschen entsprechend wie Mitgefangene oder Wärter, was einem das Leben nicht gerade einfacher macht.

Unsere Agentur ist vor einiger Zeit mit dem Designpreis des Deutschen Bauhandwerks ausgezeichnet worden, und an diesem Nachmittag soll die feierliche Preisverleihung stattfinden. Das Ganze ist Resultat unserer Mitarbeit an einem umfangreichen Projekt mit dem Titel *»Innovation auf Deutschlands Baustellen«*. Der Auftrag war unter mehreren Agenturen aufgeteilt worden, und unser Part war es, eine neue Mobiltoilette zu entwickeln, die bei Rockkonzerten, Flohmärkten und in erster Linie eben auf Baustellen eingesetzt wird: diese kleinen, telefonzellenartigen Plastikboxen, auf die man sich nicht traut, weil sie in der Regel wie eine Jauchegrube riechen und auch ungefähr so hygienisch sind. Die ersten Entwürfe hatten für monatelanges Gelächter in der Agentur und bei allen meinen Freunden gesorgt – beschissener Job, was, haha, ab jetzt nennen wir dich nur noch Herr Dixi, hoho. Im Lauf der Wochen aber haben Christian, mein Kompagnon, und ich die Aufgabe als Herausforderung akzeptiert. Wir haben einen regelrechten Ehrgeiz entwickelt, wirklich innovativ zu werden und den Malochern im Hoch- und Tiefbau wenigsten während ihrer ungestörten fünf Minuten ein angenehmes Leben zu verschaffen. Und so haben wir uns monatelang Gedanken gemacht, wie man Sitzfläche, Waschbecken, Urinal und einige andere Dinge auf einer Grundfläche von nicht einmal einem Quadratmeter sinnvoll anordnen kann – mit Erfolg, wie sich spätestens durch unsere Auszeichnung herausgestellt hat.

Ich parke den Wagen direkt unter einem Halteverbotsschild und stürme in das Verwaltungsgebäude der Baufirma, wo die Preisverleihung stattfinden soll. Es ist ein verglastes, modernes Bürogebäude, an dem die überdimensionalen Initialen der Firma leuchten, die einen stilisierten Baukran darstellen. In der Halle steht eine bunt zusammengewürfelte Menschenmenge aus Bauunternehmern in Anzug und Krawatte, Gewerkschaftsvertretern in Anzug und Krawatte und einigen übergewichtigen, behelmten Jungs vom Bau, die mit großen Augen zu den vollbeladenen Buffettischen hinüberschielen – genau wie die Pressevertreter.

Christian, der sich auf solchen Anlässen mit einer beneidenswerten Gelassenheit bewegt, empfängt mich mit einem ziemlich genervten Gesichtsausdruck und einem demonstrativen Blick auf die Uhr.

»Da bist du ja endlich«, ruft er mir schon von weitem zu. »Ich dachte schon, du liegst mal wieder auf dem Sofa und spielst Selbstständiger Unternehmer. Du kannst direkt nach vorne auf die Bühne. Hast du die Rede vorbereitet?«

»Natürlich habe ich das«, sage ich und klopfe selbstbewusst auf meine Jacketttasche, in die ich das Manuskript für meine Danksagung gesteckt habe. Dachte ich jedenfalls. Tatsächlich ist in meiner Tasche überhaupt nichts, und nachdem ich unauffällig alle anderen Taschen abgeklopft habe, frage ich mich, ob meine verlotterte Jugend nicht doch gewisse Spuren hinterlassen hat. Ich bin unzuverlässig, unordentlich und chaotisch – und ich stehe vor einem Problem, weil der Preis immerhin mit einer recht ansehnlichen Summe dotiert ist und die Juroren und das Publikum eine entsprechende Rede von mir erwarten.

»…und darf ich nun den Vertreter der Agentur Krämer & Johannsen zur feierlichen Verleihung unseres diesjährigen Innovation-for-the-Future-of-Construction-Awards auf die Bühne bitten…«

Der Verbandspräsident, ein altgedienter Bauunternehmer im Nadelstreifenanzug, begrüßt mich mit dem üblichen korrupten Lächeln im Gesicht und winkt dazu tuntig in meine Richtung. Kurz darauf stehe ich auf der improvisierten Bühne, halte in der Hand eine Trophäe, die einen vergoldeten Sandhaufen und einen darin steckenden Spaten darstellen soll, mich aber mehr an das erinnert, wofür wir unser Mobilklo entworfen haben.

»Sehr geehrter Herr Präsident, meine Damen und Herren, liebe Freunde. Es ist eine große Ehre für die Agentur Krämer & Johannsen, dass wir an diesem Tag mit einer nicht ganz alltäglichen Auszeichnung geehrt werden. Eine Auszeichnung, von der wir vor wenigen Monaten noch nicht einmal wussten, dass es sie überhaupt gibt, geschweige denn, dass sie eines Tages an uns verliehen würde. Sie können sich daher vorstellen, wie groß unsere Überraschung war, als kürzlich das Telefon klingelte und wir…«

Meine Arbeit als Designer führt regelmäßig zu langen Diskussionen mit meinem Vater, der inzwischen Mitte sechzig ist und der sich immer noch nicht entscheiden kann, ob er nun stolz auf mich sein soll oder enttäuscht. Kajos Ziel im Leben ist es immer gewesen, die Dinge zu verändern und sie gerechter, sozialer, fortschrittlicher zu machen. Mein Ziel ist es, die Dinge *schöner* zu machen.

»Vielleicht könntest du wenigstens bei deinen Auftraggebern ein wenig kritisch sein«, hat er mir neulich erst wieder zugeredet.

»Was stellst du dir vor? Soll ich die Mao-Bibel neu gestalten? Oder Autos mit Bioantrieb entwerfen? Oder Strickpullover mit Anti-Globalisierungsdesign?«

»Ja, das wäre nicht schlecht.«

»Kajo! Für solche Aufträge bekommt man einen Händedruck und kein Geld.«

»Ach so, ja…«

Als Designer muss man die Dinge als das akzeptieren, was sie sind: Ein Toaster ist ein Toaster, ein Koffer ein Koffer, eine Gabel eine Gabel. Für meinen Vater dagegen ist alles immer nur ein Symbol für etwas anderes, der Toaster für die amerikanisierte Frühstückskultur, der Koffer für die Ortlosigkeit der modernen Existenz, die Gabel für die traurige Reproduktion unter spätkapitalistischen Bedingungen – *die ungeheure Warenansammlung, die die kapitalistische Produktionsweise hervorbringt, erscheint als etwas Zwieschlächtiges, undsoweiter, undsoweiter*. Ich fühle mich diesen Tiraden gegenüber nicht einmal hilflos. Eher gelangweilt. Und inzwischen sogar ein wenig neugierig.

Als ich vor über zehn Jahren mein Kunststudium aufnahm, hatten sich Mo und Kajo noch gefreut. Wer sich der Welt schon nicht kämpfend entgegenstellt, kann ihr wenigstens mittels Malerei, Objekt oder Skulptur den Spiegel vorhalten. Als ich dann mit Christian zusammen die Agentur eröffnete, war Mo immer noch auf meiner Seite. Sie war schon immer die praktischere von den beiden gewesen. Kajo dagegen hatte ein langes Gesicht gemacht.

»Design ist die Kapitulation des Ästhetischen vor den Verwertungsbedingungen des Kapitals.«

»Unsinn«, hielt ich dagegen. »Es ist einfach nur eine Möglichkeit, schöne Dinge zu erschaffen und dafür auch noch anständig bezahlt zu werden. Es ist eine Form der List, frei nach Galileo, du weißt schon. Und abgesehen davon, macht es Spaß.«

»Spaß, Spaß, immer nur Spaß. Denkt ihr denn heutzutage an gar nichts anderes mehr?«

»Habt ihr damals an irgendetwas anderes gedacht?«

Spätestens in einem solchen Moment lächeln wir uns über den Graben der Generationen hinweg an.

Unsere Diskussionen über meinen Job haben mittlerweile einen sportlichen Charakter angenommen, und wenn er mich in der Agentur besucht, zeigt er sich interessiert und lernbegierig. Gelegentlich setzt er sich sogar selber an einen der Zeichentische und macht mit. Ich weiß es als Kompliment zu schätzen, auch wenn seine Entwürfe unterirdisch sind.

Dieser Tag im Kreis der Bauwirtschaft ist wieder einmal der beste Beweis dafür, dass der Kapitalismus in erster Linie eine Wirtschaftsform ist, in der es darum geht, möglichst viele Anlässe für kalte Buffets zu schaffen. So einfach ist das. Ich wünschte mir, solche Dinge ernster nehmen zu können, aber es will mir beim besten Willen nicht gelingen. Im Laufe der Jahre habe ich wenigstens die Fähigkeit entwickelt, nicht weiter aufzufallen.

»... und so haben wir die Herausforderung gerne angenommen, die bisherigen mobilen Toiletten deutlich zu verbessern und unserem Entwurf für die *Mobilette* ein Maximum an Komfort und Ästhetik abzutrotzen. Wir wissen schließlich, dass ein bestimmtes Bedürfnis nun einmal alle Menschen eint, und wenn schon die Bosse der Bauwirtschaft ihre Geschäfte in Marmorschüsseln verrichten, dann sollen sich die Kumpels draußen auf den Baustellen wenigstens in ihren Plastikkabinen halbwegs wohl fühlen...«

Habe ich das gerade wirklich gesagt? Hilfesuchend sehe ich zu Christian herüber, aber der macht gute Miene zum bösen Spiel. Im Übrigen gilt auch hier das alte Prinzip, dass die Leute nur das hören, was sie hören wollen. Alle lächeln wohlwollend in meine Richtung, ohne wirklich zuzuhören. Ich verneige mich brav vor meinem Publikum, das mir einen etwas übertriebenen Applaus spendiert, vermutlich um gar nicht erst den Verdacht irgendeiner Peinlichkeit aufkommen zu lassen. Ich halte noch einmal den goldenen Sandhaufen in die Höhe und mache dann einen Abgang von der Bühne.

Zehn Minuten später stehen Christian und ich mit unseren Preisstiftern zusammen, verdrücken Käsewürfel und Lachs-Avocado-Sushi und stoßen mit Champagner auf den gemeinsamen Erfolg an. Mit dem Award feiert sich die Bauwirtschaft in erster Linie selbst, und so sind wir nicht böse, dass das Interesse an uns ziemlich schnell erlahmt. Wir schnappen uns eine Flasche von dem Champagner und verdrücken uns in eine Ecke. In einem künstlichen Blumenbeet finden wir größere Mengen Sushi, die dort vermutlich von den Bauarbeitern entsorgt worden sind. Ich bringe Christian auf den neuesten Stand, was unsere Verhandlungen mit der Firma Äon angeht, einem führenden Schweizer Hersteller für Kaffeevollautomaten. Sollte uns die Firma in der nächsten Woche den Zuschlag erteilen, wäre das Überleben der Agentur für die kommenden Monate gesichert. Gut gelaunt stoßen wir an – und genau in diesem Augenblick flackert ein Blitzlicht auf. Es ist eine junge Reporterin des Berliner *Tagesspiegel*, der wir im anschließenden Gespräch versichern, wie groß unsere Freude über den an uns verliehenen Award der Bauwirtschaft ist. Der Artikel erscheint am nächsten Tag, und ich bin mir sicher, dass Mo ihn ausschneiden und in ihre Mappe zu all den anderen Artikeln stecken wird, die sie über mich, über Janis, über sich selbst und über Kajo gesammelt hat.

Celia und ich fahren von Zeit zu Zeit zu einer kleinen Datsche in der Nähe von Potsdam. Datsche – für mich ist das ein wunderbares Wort, in dem vier Jahrzehnte ostdeutsche Spießerträume mitschwingen, Stalin, Plaste, Bautzen, Montagsdemo, 9. November, blühende Landschaften. Und im Jahr 2004 sind davon geblieben: ein undichtes Dach, eine stinkende Gasheizung, verschimmelte Wände. Und ein Garten, in dem ausgebrannte Trabbis und anderer Schrott aus einem untergegangenen Staat und einem vergangenen Jahrhundert herumliegen.

Wir lieben diesen Ort. Das Haus gehört Freunden, aber alle paar Wochen besorge ich mir den Schlüssel, und dann ziehe ich mich alleine oder gemeinsam mit Celia hierher zurück, um auszuschlafen oder einfach nichts zu tun.

Da Celias Lehrveranstaltungen erst am Dienstag beginnen, haben wir beschlossen, für ein verlängertes Wochenende hinauszufahren.

Am Samstagvormittag bin ich damit beschäftigt, ein paar Sachen zusammenzupacken, als es an der Tür klingelt. Vermutlich ist es der Postbote oder irgendein Werbungsausträger, der mal wieder die Briefkästen mit bunten Prospekten der umliegenden Supermärkte vollstopfen will. Ich habe Celia einmal dabei ertappt, wie sie akribisch die Sonderangebote für Lebensmittel studiert und die interessanten Posten mit einem Filzstift markiert – für eine Frau, die an einer Habilitationsschrift arbeitet, fand ich das bemerkenswert. »Wie eine Hausfrau«, habe ich gespottet.

»Na und?! Was ist so schlimm daran?«

»Nichts«, sagte ich, und ich meinte es ehrlich und dann gab ich ihr einen Kuss und wunderte mich über mich selber. Warum können manche Frauen Dinge tun, für die man andere Frauen auf der Stelle aus der Wohnung werfen würde?

An diesem Samstagmorgen drücke ich jedenfalls arglos auf den Türöffner, aber eine Minute später klopft es an der Tür, und als ich halb angezogen und reichlich verschlafen öffne, steht meine Schwester Janis vor der Tür. Und hinter ihrem Rücken, halb versteckt, grinst mich ihr Sohn Grischa an – ich weiß sofort, was es zu bedeuten hat, und Janis weiß, dass ich es weiß. Sie lässt sich nichts anmerken und drückt mir stattdessen einen gut gelaunten Kuss auf die Wange, lächelt mich auf ihre bezaubernde Art an und drückt sich an mir vorbei in die Wohnung. In der Hand hält sie Grischas bis oben hin vollgestopften Kinderrucksack.

»Hallo, Ho. Wie geht's dir? Freust du dich? Können wir reinkommen? Ist das nicht ein tolles Winterwetter draußen? Uuh, du musst unbedingt mal lüften, komm, wir machen ein Fenster auf…«

Sie sagt noch ungefähr zehn andere Sachen, ohne ein einziges Mal Luft zu holen, das ist so ihre Art, und es interessiert sie nicht im Geringsten, was ich dabei denke. Ich stehe da, erschöpft, müde, fassungslos, es spielt nicht die geringste

Rolle. Janis stürmt in die Küche und macht sich an der Kaffeemaschine zu schaffen.

»Bitte, Ho, sei nicht so schlecht gelaunt. Du tätest mir einen Riesengefallen.«

»Ich bin nicht schlecht gelaunt, ganz im Gegenteil, mir geht es phantastisch, aber ich kann dir den Jungen nicht abnehmen. Nicht heute. Nicht dieses Wochenende. Und ganz abgesehen davon, könntest du einfach vorher anrufen und fragen, und dann hättest du dir den Weg sparen können.«

»Mein Gott, sieht's hier schlimm aus. Räumst du jemals auf? Kommt Celia dich überhaupt noch besuchen, oder…–«

»Ich habe *Nein* gesagt«, wiederhole ich, aber Janis beantwortet es nur mit einem zuckersüßen Lächeln, und sie gibt sich nicht einmal Mühe, meinen Verdacht zu widerlegen. Sie will also tatsächlich mal wieder ihren Sohn in meine Obhut geben, um sich mit einem ihrer Liebhaber ein freies Wochenende zu gönnen. Und wieder einmal hat sie es nicht für nötig befunden, mich vorher auch nur anzurufen und sich zu erkundigen, ob es mir passt oder nicht. Ich mag unzuverlässig und unordentlich sein, aber Janis ist das personifizierte Chaos. Vermutlich hätte sie überhaupt keine Freunde, wenn sie nicht blendend aussehen würde und eigentlich ein liebenswerter Mensch wäre, der aber nun einmal mehr Macken hat als ein Montagsprodukt aus der AEG-Fabrik. Wundert es mich? Natürlich nicht. Meine Schwester ist süß und begehrenswert, aber sie ist auch absolut lebensuntauglich und für ihre Mitmenschen eine Zumutung.

Das einzige Geräusch, das ich an diesem Wochenende hören wollte, war Celias Stöhnen, während wir hemmungslosen Sex miteinander haben, und nicht Grischas Gekreische, während er seinen Gameboy bearbeitet. Ich liebe den Jungen, als wäre er mein eigener, aber im Moment liebe ich

Celia nun einmal mehr, und ich sehe nicht ein, unser zweisames Wochenende aufzugeben, nur um den Babysitter für meinen Neffen zu spielen.

»Bitte, Ho. Dieses eine Mal noch«, sagt Janis flehend, macht sich am Waschbecken zu schaffen und beginnt zu spülen.

»Tut mir leid, Janis. Ich sitze selber so gut wie im Auto, und da, wo ich hinfahre, kann ich keinen neunjährigen Jungen gebrauchen. Und hör bitte auf zu spülen.«

»Hilfe, wohin fährst du denn? In den Irak? In den Puff? Nach Sachsen? Und freu dich, dass endlich mal jemand sauber macht.«

»Es. Geht. Nicht.«

Ich will ihr den Schwamm aus der Hand nehmen, aber sie dreht mir mit einem eleganten Schwung den Rücken zu.

»Bitte, Ho, tu Grischa den Gefallen. Es geht doch gar nicht um mich. Er freut sich so, dass er endlich mal wieder bei seinem Onkel ist.«

»Ja, bittebitte«, kräht Grischa in diesem Augenblick, kleine Rotzgöre, und natürlich lasse ich mich auf der Stelle erweichen. Der Junge hat ohnehin schon genug unter seiner Mutter zu leiden: Janis ist Jazzsängerin, Profimusikerin, und damit macht sie ihrem Namen – sie ist schließlich benannt nach der Joplin – und unserem gemeinsamen Erbe alle Ehre. Sie hat schon vor einigen Jahren den Durchbruch geschafft und zwei CDs veröffentlicht, die von den Kritikern bejubelt worden sind. Sie singt regelmäßig im *Quasimodo*, und einmal im Jahr geht sie auf Tournee durch ganz Europa. Ihre Stimme ist grandios, und unsere Eltern sind reichlich stolz auf sie, aber offenbar ist es für ihren musikalischen Erfolg unerlässlich, den ausgefallenen Lebensstil einer Diva zu führen. Dagegen ist nichts einzuwenden, abgesehen davon, dass sie mit Grischas Vater seit Jahren kein Wort gewechselt hat und dass sie sich zurzeit gleich mit zwei Männern amüsiert. Morten und Ralf spielen beide in Janis' Band und ich kann sie gut leiden, obwohl ihre Konzerte wie eine musikalische Kissenschlacht klingen, jedenfalls für Eingeweihte. Ralf, der Drummer, und Morten, der Gitarre spielt, liefern sich regelmäßig ein musikalisches Duell auf Leben und Tod, und der Preis für den Überlebenden soll wohl meine Schwester sein. Das Publikum genießt es, ich aber kenne die Hintergründe der Vendetta und mache mir Sorgen, ob die beiden nicht irgendwann ihre Instrumente beiseite legen und mit Fäusten aufeinander losgehen. Andererseits macht Janis nichts anderes als ich auch, sie versucht auf irgendeine verzweifelte Art und Weise eine Antwort auf die vielen dummen Fragen zu finden, die das Leben stellt, und sie versucht sich einen Platz zu erobern, an dem es sich aushalten lässt.

»Wie lange?«, frage ich resigniert, und ich lasse meine Stimme reichlich genervt klingen. Janis soll ruhig mitbekommen, dass ich ihr keinen kleinen Gefallen erweise und dass sie sich bei Gelegenheit dafür revanchieren soll.

»Bis Dienstag, höchstens bis Mittwoch. Wir wollen nach Kopenhagen, es hat sich ganz spontan ergeben, und es ist eine Riesenchance für uns.«

»Können Mo und Kajo ihn nicht nehmen? Ich möchte mit Celia raus nach Pritzow fahren.«

»Nach Pritzow? Oh wie toll! Darf ich mitfahren? Bitte, Ho, bitte!«

Grischa, der alles mitangehört hat, ist völlig aus dem Häuschen, und damit hat sich meine Frage ohnehin erledigt. Ich habe den Jungen bereits zweimal mit zur Datsche genommen, er liebt das Haus und die Gegend genau wie ich. Es gibt einige Seen in der Nähe, in denen er im Sommer schwimmen kann, oder im Winter Schlittschuhlaufen. Außerdem ist er ein typisches Stadtkind, und er ist davon überzeugt, dass Kühe lila sind und Schweine sich nach einigen Monaten ganz von selbst in Koteletts verwandeln. Dort draußen in der brandenburgischen Einöde kann er die schwarzbunte Wirklichkeit erkunden, stundenlang begeistert durch den Wald toben und sich vorstellen, ein Räuber oder Indianer zu sein.

Janis sieht mich dankbar an.

»Ich werde es dir nicht vergessen, Ho.«

»Ich komm drauf zurück.«

Sie trocknet ein paar Tassen ab und lässt sich auf einen der Stühle sinken.

»Morten hat mir einen Antrag gemacht, kannst du dir das vorstellen?«

Sie lächelt mich über ihre Kaffeetasse hinweg an.

»Was für einen Antrag? Auf einen gemeinsamen Urlaub? Auf eine exklusive Beziehung ohne Nebenliebhaber?«

»Idiot«, lacht Janis. »Er will mich heiraten.«

»Der arme Kerl. Wie kommt er auf so einen Unsinn? Ich dachte, er kennt dich inzwischen, und er wüsste, dass man dich betäuben, fesseln und knebeln müsste, um dich vor einen Altar zu bekommen.«

Morten ist ein stiller, schlaksiger Däne, der lässig auf seinem Hocker sitzt und seine Riffs auf der Gitarre spielt, während sich die anderen Gruppenmitglieder in eine musikalische Ekstase hineinspielen. Und so, wie er auf der Bühne performt, ist sein ganzes Leben. Es gibt nicht viel, was ihn aus der Ruhe bringen kann, und seine ganze Leidenschaft gehört neben meiner Schwester einem alten Sportwagen, den er eigenhändig restauriert und mit dem er an historischen Rennen teilnimmt. Morten würde für Originalaufnahmen von Jobim und Filme mit Steve McQueen alles geben, und wer ihn kennt, weiß seinen tiefsinnigen Humor und seine Verlässlichkeit zu schätzen. Er ist genau das Gegenteil von Janis, und das ist wohl der Grund dafür, dass die beiden sich prächtig verstehen. Ich habe mir immer gewünscht, dass, wenn sie sich eines Tages zwischen ihm und Ralf entscheiden müsste, sie Morten wählen würde.

»Na ja, um ehrlich zu sein, ich denke drüber nach, ob ich es ihm erlauben soll…«, sagt Janis im Flüsterton.

»Was erlauben?«

»Mich zu betäuben, zu fesseln und zu knebeln. Das ist auch der Grund, warum wir ein paar Tage für uns sein wollen.«

»Meinen Segen habt ihr jedenfalls. Morten ist ein feiner Kerl, der beste überhaupt. Gib ihm eine Chance.«

Sie steht auf und wir schließen uns in die Arme.

»Ich habe gehofft, dass du das sagst«, flüstert sie.

»Na hör mal, Schwesterchen. Es wird höchste Zeit, dass du unter die Haube kommst. Schließlich will ich nicht für den Rest meines Lebens auf dich aufpassen.«

»Und ich nicht auf dich…«, erwidert sie. »Darum grüß Celia von mir und nimm dir an Morten ein Vorbild…«

Sie ahnt wohl, dass ich solche Dinge nicht hören möchte. Sie geht zu Grischa, der drüben im Wohnzimmer spielt. Janis verabschiedet sich von ihm und übersät sein Gesicht mit Küssen, bis Grischa genug hat, sich angewidert abwendet und einen Brechreiz markiert. Charmante Geste – ich beschließe, sie mir für die Zukunft zu merken, sollte ich wieder einmal eine Beziehung zu einer Frau beenden wollen.

5. Was Menschen so tun

Als ich drei oder vier Jahre alt war, wusste ich ganz gut über die Menschen Bescheid. Was sie so tun? Kiffen, klönen, kabbeln, und ansonsten den ganzen Tag im Bett liegen und fummeln.

Dann aber lernte ich meine Großeltern kennen, und das war ein ziemlicher Schock für mich. Dem kleinen, langhaarigen, agitierten, revolutionären, aufsässigen Ho Krämer wurde klar, dass es auch ganz andere Menschen gibt, die ganz andere Dinge tun – jedenfalls dachte ich das im ersten Moment.

Das Ganze begann an einem Abend in Berlin, an dem meine Mutter zu Kajo sagte: »Ich fahre übrigens nächste Woche zu meinen Eltern.«

»In Ordnung.«

»Mit den Kindern.«

Er stutzte und sah sie erstaunt an. Die beiden hatten zu dem Zeitpunkt nicht das beste Verhältnis. Kajo kümmerte sich immer noch um die Revolution, in Deutschland, in Europa, auf der ganzen Welt. Mo war dagegen immer mehr der Meinung, dass andere Dinge genauso wichtig waren – zum Beispiel Janis und ich. Wir hatten innerhalb eines Jahres Keuchhusten, Masern, Läuse und Krätze durchgemacht und waren insgesamt nicht gerade im besten Zustand.

»Ach. Und dazu habe ich nichts zu sagen?«, fragte er spitz.

»Nein.«

»Aber es sind auch meine Kinder!«

Meine Mutter stemmte die Hände in die Hüften und sagte mit einer dünnen, gepressten Stimme:

»Sieh sie dir an, deine Kinder. Sieh dir die kleinen, verwanzten Dreckspatzen an. Das hast du nämlich seit Monaten nicht mehr getan.«

Mein Vater zuckte verständnislos mit den Schultern.

»Sie sehen großartig aus.«

»Verdammt noch mal, Kajo. Meinst du nicht, Ho und Janis haben etwas Besseres verdient?«

Wir verstanden zwar nicht, worum es gerade ging, aber der Tonfall der beiden genügte, um uns traurig zu machen. Kajo nahm uns auf die Arme. Das gefiel uns, und wir wischten unsere Nasen an seiner Schulter ab.

»Zu deinen Eltern, in Ordnung. Aber nicht zu meinen«, sagte er.

»Es sind ihre Großeltern, und auf die hat jedes Kind ein Anrecht.«

»Nicht in Deutschland. Nicht wenn die Großeltern Faschisten sind, die nur darauf aus sind, ihre Enkel zu indoktrinieren…«

Monika lachte.

»Deine Eltern sind keine Faschisten. Jedenfalls jetzt nicht mehr.«

»Doch, das sind sie«, sagte Kajo und ruderte hilflos mit den Armen.

»Und im Übrigen fände ich es sehr schön, wenn du mitkommst«, sagte sie und drückte ihm einen Kuss auf die Wange.

Im Sommer 1970 fahren wir also in einem gelben VW-Käfer, Baujahr 1962, durchs Niemandsland nach Westen. Wir singen Lieder (»Sag mir, wo die Blumen sind«), wir trinken Apfelsaft, und wir machen Rast an der Autobahn, wo wir unsere mitgebrachten Butterbrote essen: Salami, Käse, dazu Hühnerbeine. Von gesunder Ernährung blieben wir noch ein paar Jahre verschont.

Es ist ein warmer, fast schwüler Sommertag. Wir haben unser Ziel fast erreicht, der Wagen hebt sich pittoresk von den dunklen Steinen des Kölner Doms ab, als sich die Stimmung ändert. Mir kommt es vor wie kurz vor einem Gewitter. Die Atmosphäre im Wagen ist drückend. Einzelne Worte, die wie Fliegen durchs Auto schwirren. Die dunklen Wolken von Kajos schlechter Laune, das Blitzen aus Monikas Augen.

Kajo steuert den Käfer durch den dichten Kölner Stadtverkehr, setzt den Blinker, wechselt die Spur, flucht, bremst, fährt über Rot, Neumarkt, Ring, Ost-West-Straße, und plötzlich sind wir wieder auf der Rheinbrücke, in Richtung Osten. Wir sehen den Dom durch die Rückscheibe.

»Sei nicht albern, Kajo«, sagt meine Mutter lachend. »Fliehen ist zwecklos.«

»Ich habe mich verfahren.«

»Dann verfahr dich bitte noch einmal, aber in die andere Richtung.«

Zwanzig Minuten später biegt der Wagen in die Straße ein, in der Mo aufgewachsen ist und in der ihre Eltern immer noch leben – das Unwetter steht kurz bevor. Ich sage nichts mehr. Janis ist noch stiller als sonst. Wir drücken uns tief in unsere Kissen, die wir im Wagen haben. Kajo steuert den Käfer in eine Parktasche. Er dreht den Zündschlüssel. Der Motor verstummt. Wir sehen vorsichtig aus dem Autofenster. Kurze Stille, unser Atem, Kajos Atem, Monikas Seufzen. Dann das Geräusch von Schritten, Stimmen. Was ist das? Das lauter werdende Surren eines gigantischen Bienenschwarms, der sich nähert.

Und dann: Keine Blitze, kein Donner. Eher Kamelle, Strüßje und Fanfaren, ein süßer Regen aus Komplimenten, Begrüßungen, Liebkosungen, der auf uns niederprasselt. Auch wenn das meiste davon kaum zu verstehen ist. Die Gartenpforte öffnet sich und auf die Straße ergießt sich ein Schwarm fröhlicher, runder Rheinländer. Sie umringen den Wagen, der in ihrer Mitte wie ein Spielzeugauto wirkt. Die Ouvertüre:

»Neenee, isst denn zu fasse, et Moni is enlisch mol widde zuhuss. Komm, Mädsche, lass dich ens anlure. Mein Jott, bissens noch schöner jeworde…« – mein Großonkel Ferdinand.

»Et Moni, is sie net en lecker Mädsche, och wenn se bloß Lumpen anhät?!« – meine Großtante Lulu, die Luise heißt und ihren Spitznamen hasst.

»Wat denn? Dat schmole Hemd doa is der Jatte vom Moni? Der kann doch jar net zupacke, wenn er zupacke soll…« – mein Onkel Gustav, genannt Justav (der Cousin meiner Mutter, der seine Nase an die Scheibe drückt und Kajo anstarrt. Seine Frau, Tante Karla, zieht ihn zurück:

»Nu sach doch net sojet, Justav, wat soll der arm Mann dann von uns denke?«

»Dat is misch eens, wat der von misch denkt, der. Der kann ja net mol aus dem Auto aussteijen, kann der net. Vielleisch mag der uns net leide?«

Und dann lässt Onkel Ferdi sein donnerndes Lachen ertönen, sein Gesicht ein einziger tiefer Rachen mit schwarzen Zahnstümpfen, dazu ein betäubender obergäriger Atem, mit

Noten von Havanna, Pfefferminz, Sauerkraut. Er öffnet die Tür und zieht Kajo aus dem Wagen.

»Komm, Jong, dat war doch en Scherz war dat. Nu sei janz herzlischst jejrüßt bei uns, do Glückspilz do, der et Moni aafjekriesch hat, do Schlawiner do, do janz ein Schlau, der do bis…«

Und mit diesen Worten schließt er Kajo in die Arme, klopft ihm auf den Rücken, presst ihn an sich, und wir machen uns Sorgen um unseren Vater. Kajo, der sein Lebtag gegen Faschisten, Kapitalisten, Stalinisten, Situationisten, Spontanisten gekämpft hat, wird von einem wohlmeinenden Rheinländer totgedrückt.

Nach weiteren Begrüßungsfloskeln ist es meine Großmutter Lene, die die entscheidende Frage stellt:

»Ja, nu sacht doch ersteinmal – wo sin dann eijentlich die beiden Liebschens? Deswejen sind ma doch hee.«

Zwanzig Gesichter drehen sich zum Auto und starren durch die Scheibe auf die Rückbank. Janis und ich, mit gutem Gespür für einen gelungenen Auftritt, kriechen unter unseren Kissen hervor, klettern erhobenen Hauptes aus dem Wagen… und über unseren Köpfen bricht erneut die Flutwelle der Liebkosungen, Begrüßungen, Entzückungen herein.

»Nee, wat sin die niiiiiedlisch.«

»Nu, kütt mal hee zu eurem Onkel Ferdi.«

»Janz die Monika, unverkennbar. Janz unverkennbar…«

»Ave wie dem Kajo sehn die net us…«

»Sin et dann zwei Mädschen? Welchet is dann der Jong? Die han ja beide Zöpfe, han die…«

Und Monikas Stimme: »Jetzt sagt erst einmal Oma und Opa guten Tag.«

Und wir versinken im rosigen, nach Sauerbraten mit Rosinen riechenden Fleisch unserer Großeltern.

Ich merkte bald, dass das Leben meiner Verwandten gar nicht so anders war als das unserer Freunde in Berlin. Schön, es gab Kölsch statt Kiff und Sauerbraten statt Salat. Ansonsten aber war es wie gewohnt: Es wurde allenthalben gefummelt, geraucht, getrunken und gestritten. Und es wurde, genau wie in unserer Kommune, den ganzen Tag über Politik diskutiert, wenn auch mit anderer Melodie: »Der Brandt, der is doch bekloppt, oder?«

»Findisch net.«

»Do bis ja och selbs bekloppt, do.«

»Ja, un? Mir san doch aal bekloppt«

»Jo, dat stimm auch wedde.«

Kajo saß eingekeilt zwischen Opa Jupp und Onkel Ferdi, dem Tischler. Er rollte verzweifelt mit den Augen, während die beiden auf ihn einredeten. »Watt denn, du bis immer noch en Student? Wie alt bis du dann?«

»Entschuldigung, ich habilitiere mich zurzeit.«

»Sarrisch doch. Du bis en Student.«

Dass Kajo eine Art Berühmtheit war, interessierte keinen. Sie wussten es, aber es spielte keine Rolle. Mo dachte nicht daran, ihm zur Hilfe zu kommen. Damit musste er schon ganz alleine fertig werden.

Einige Tage später trafen meine Großeltern väterlicherseits, Opa Heini und Oma Lotte, also Kajos Eltern, in Köln ein – das erste Zusammentreffen der beiden Familien.

Es gab Kaffee und Kuchen auf der Terrasse. Dazu: ein Stummfilm. Kajo und Mo sitzen neben ihren jeweiligen Eltern. Keiner spricht. Keiner sieht den anderen an. Finstere Mienen. Rheinland trifft auf Ostgebiete, Widerstand auf Vertreibung. Die Erwachsenen trinken Kaffee, Janis und ich trinken Saft. Keiner sagt etwas. Selbst Milch und Zucker werden mit stummen Handzeichen erbeten und gereicht.

Mein Vater, der gelegentlich den Mund bewegt, versucht ein Gespräch in Gang zu bringen. Scheitert sofort. Meine Großmutter väterlicherseits, Oma Lotte, ein ebenso riesiges Gebirge aus rosa Fleisch wie Oma Lenchen, vielleicht sogar noch wuchtiger, hievt sich aus dem Stuhl und kommt auf Janis und mich zu, ein rollender Walfisch, bei jedem Schritt ein Erdbeben, bei jedem Atemzug ein Sturm. Sie beugt sich zu uns herunter, hebt uns hoch, drückt uns an sich. Eine Woge aus Wärme, dazu der Geruch nach Schweiß, Waschmittel, Stärke, Kümmel. Ich schließe die Augen und gurre vor Vergnügen, Janis genauso.

Oma Lene knurrt vor Eifersucht. Das lässt sie nicht auf sich sitzen. Sind schließlich auch ihre Enkel. Sie rollt ebenfalls heran, und die beiden Damen blitzen sich aus lebenslustig zugeschwollenen Äuglein an.

»Sind nicht janz entzickend, die beiden Kinderchen? Und sind so still und brav die ganze Zeit, dass man kennte meinen, sie sind worden erzogen, wie es sich jehert«, singt Oma Lotte nach ostpreußischen Noten.

»Dat sarrisch doch die janze Zick, dat sin janz brave Päns, sin dat«, echot Lenchen zurück.

»Und sind so scheen mit ihren Leckchen, dass ich will jeraten rejelrecht aus dem Heischen.«

»Aus dem wat?«

Opa Krämer assistiert:

»Aus dem Häuschen.«

Oma Lenchen bösartig:

»Dabei han die doch bloß son ollet Bretterbödchen…«

Kajo versucht zu schlichten, während die beiden alten Damen uns unbeirrt knuddeln, besäuseln, füttern, und zwar im Duett, die eine mit Erdbeerkuchen, die andere mit Mettbrötchen, immer abwechselnd, oder auch gleichzeitig:

»Machet Schnüsschen uff, mein Schnüggelschen. Jetz kütt noch en Löffelschen für de leev Mama.«

»Nun denk doch mal an all die armen Leite, wo haben jemisst im Kriech so schrecklich hungern, mein jutes Jingchen. Nun ja, siehst, musst fein schlucken hinunter«, sagt Oma Lotte.

Und in diesem Moment, dank der innigsten Feindschaft ihrer Frauen, wechseln meine Großväter den ersten versöhnlichen Blick.

Kajos Vater steht mühsam auf, und auf seinen Stock gestützt, wankt er zu uns herüber. Ich liebte ihn vom ersten Augenblick an, ein kleiner, zierlicher Mann in einem viel zu großen Anzug, mit Hosenträgern, einem zerfurchten Gesicht, den rot geäderten Wangen, geschmalzten Haaren, und einer ewigen Zigarillowolke um sich herum – ein Clown, halb so groß wie seine Frau, immer traurig, und trotzdem immer für einen Spaß zu haben. Heini, außerdem ein leidenschaftlicher Gärtner, lässt seinen Blick wohlwollend über den Rasen und die bunt blühenden Beete schweifen:

»Ist ein wunderscheenes Stickchen Land, wo Sie hier haben, lieber Herr Eckhorn. Nur zu schade, dass Sie so jar nicht wollen beabsichtijen, zu ziehen ein bisschen Jemise.«

Auftritt Opa Jupp, der nicht viel größer ist als Heini, und der jetzt versöhnlich nickt: »Ave de Blömschen sind doch och janz schön, wat?«

Die beiden Großväter sehen sich an, die Andeutung eines Lächelns auf beiden Seiten, ein gemeinsames, hilfloses Schulterzucken in Richtung ihrer Gattinnen, die Janis und mich immer noch füttern, der Osten ist ohnehin verloren, das Rheinland gerettet.

»Saren Se mal, Herr Krämer. Nu sin unsere Kinder zwar nisch verheirat, aber wat soll man maache, ne? Wolle ma dat *Sie* net beerdijen? Isch bin de Jupp, und ming Fru is et Lenchen.«

Opa Heini strahlt.

»Aber jewiss doch, mein Lieber. Ich bin der Heini, und die Lotte ist die Lotte.«

Woraufhin Opa Eckhorn im Haus verschwindet und mit einer Flasche Brombeerlikör aus dem Vorgebirge wiederkommt. Und damit zaubert er ein zufriedenes Lächeln auf das Gesicht von Heini, allerdings auch dunkle Wolken auf das von Oma Lotte.

Jupp sieht es, aber er lässt es nicht gelten:

»Ach, liev Lottchen, nu lass dinge Mann doch einen einzijen trinke. Is doch auf unsere Frünschaff...«

Sie hebt ergeben die Hände zum Himmel. Und dann: Prost.

Ich, der Enkel, dem inzwischen speiübel ist, merke, dass meine Großeltern, wenn sie auch sonst nicht die geringste Ähnlichkeit haben, dennoch eine einzige frappierende Jemeinsamkeit besitzen: Sie können allesamt kein »G« aussprechen. Die rheinische Seite nicht, die ostvertriebene jenauso wenig. Daran sollte sich doch anknüpfen lassen.

6. Einfach perfekt

Unser Wochenende auf der Datsche fängt nicht gerade so an, wie ich es mir vorgestellt habe. Ich sitze am Steuer des Wagens und versuche, einigermaßen flott über die vereisten Straßen zu kommen, immerhin haben wir uns darauf geeinigt, möglichst vor Einbruch der Dämmerung unser Ziel im Norden Brandenburgs zu erreichen. Es hält Celia nicht davon ab, in einem fort an meinem Fahrstil herumzunörgeln.

»Es ist kein Ausdruck von Männlichkeit, ein Automobil mit Schallgeschwindigkeit über vereiste Fahrbahnen zu bewegen. Nur für den Fall, dass du das gedacht haben solltest.«

»Habe ich nicht gedacht«, entgegne ich.

»Stimmt, am Steuer denkst du nämlich gar nicht.«

»Willst du fahren?«

»Ja, ich bitte sogar drum. Oft ist das vermeintlich Langsame viel schneller.«

»Amen. Du klingst wie meine Mutter, wenn sie mal wieder fernöstliche Weisheiten von sich gibt.«

»Das ist nicht fernöstlich, das ist vernünftig.«

Ich spüre, wie ich an eine Grenze gelange. Wir müssen diesen Streit stoppen, oder es wird ein Unglück geben.

»Jetzt lass mich einfach fahren, wie ich will, sonst kommen wir nie an.«

»Wir kommen nie an, wenn ich dich fahren lasse, wie du willst.«

Es ist genau wie immer, und kurz darauf schnauzen wir uns auf eine Weise an, bei der sich andere Leute vermutlich bereits unterwegs trennen oder umbringen oder jedenfalls die folgenden sieben Nächte in getrennten Schlafzimmern verbringen würden, aber bei uns kann keine Rede davon sein. Zu unserem Glück erweist sich der Ausflug aus ganz anderen Gründen als Katastrophe, und das ist wohl das Beste, was uns passieren kann.

Es ist ein eiskalter, verschneiter Dezembertag, und unsere weitere Fahrt führt uns durch eine frühe, frostige Dämmerung. Grischa ist längst auf der Rückbank eingeschlafen, und Celia und ich träumen jeder vor sich hin (wir sprechen ja nicht miteinander, weil wir uns gestritten haben). Als wir uns allmählich wieder etwas beruhigen und die ersten versöhnlichen Worte wechseln, malen wir uns gemeinsam einen gemütlichen Abend vor dem Ofen aus, mit Grog und dicken Socken, mit schöner Musik und einem guten Buch, und einem langsamen, fließenden Übergang zu gutem Sex und Ausschlafen am nächsten Morgen.

Wir erreichen gegen halb sieben die Datsche, die in Wahrheit nichts anderes ist als ein baufälliger Bungalow aus Sperrholz, eine Art vergrößerte, leicht angeschimmelte Gartenlaube, und gerade diese improvisierte, vorläufige, marode Atmosphäre macht den Charme der Sache aus, jedenfalls bis zu diesem Abend.

Wir parken den Wagen in dem mit Schrott übersäten Vorgarten, und ich hole den Schlüssel aus dem üblichen Versteck hinter der Blumenampel. Die kleine Holzveranda knarzt und knirscht unter unseren Schritten, dann öffne ich die Tür, wir betreten das Innere der Datsche und kommen uns dabei vor wie Archäologen, die nach Jahrtausenden einen längst vergessenen ägyptischen Tempel betreten. Im Inneren ist es duster, staubig und genauso kalt wie draußen, aber das sind wir gewohnt, und wir sind darauf vorbereitet, denn Markus und Viola, die Besitzer der Datsche, sind selbst eine ganze Weile nicht hier gewesen.

Celia übernimmt das Kommando, und sie teilt mich dazu ein, die Heizung in Gang zu setzen, während sie das Gepäck aus dem Wagen holt und Grischa, der vor Hunger quengelt, mit einer Stulle versorgt. Wir sind also alle mit unseren Aufgaben beschäftigt und werkeln still vor uns hin, und dabei tragen wir nach wie vor unsere dicken Jacken. Selbst hier im Inneren der Datsche haben wir dicke, weiße Atemwolken vor den Mündern, und es kommt uns vor, als würden wir es uns in einer arktischen Eishöhle gemütlich machen.

Ich knie mich auf den Boden und versuche fluchend die Geheimnisse dieser vorsintflutlichen Apparatur zu entschlüsseln, die eigentlich dazu da ist, Hitze zu erzeugen, aber die in meinen Augen nichts als eine raffiniert zusammengelötete Ansammlung von Schrott ist.

»Sie funktioniert nicht. Das Ding ist eingefroren oder kaputt, oder sonst etwas«, sage ich kurz darauf, und da die Sache zwischen mir und Celia immer noch heikel ist, sieht sie mich mit einer Mischung aus Abscheu und Unverständnis an.

»Was ist los? Was funktioniert nicht?«

»Die verdammte Heizung. Ich kriege sie nicht an. Da tut sich überhaupt nichts.«

»Oh nein, das darf nicht wahr sein…«

Bei Celia bricht jetzt die Anspannung durch, die noch von unserem Streit auf der Fahrt herrührt, und es dauert nur eine Sekunde, bis sie tränennasse Augen hat. Sie hat genau wie ich davon geträumt, dass uns ein warmer, gemütlicher Abend endgültig versöhnen würde, und jetzt sieht sie uns schon wieder im Auto sitzen und mit der gleichen schlechten Laune wie auf der Hinfahrt nach Berlin zurückkehren. Sie sieht unsere ganze gemeinsame Zukunft den Bach runtergehen, sie ist in solchen Sachen sehr fatalistisch, und sie weiß, dass kleine Momente reichen, um alles zu retten oder alles zu zerstören.

Ich zucke mit den Schultern, ich zeige auf den Heizkörper, eine alte, gasbetriebene Höllenmaschine, ich zeige auf den kleinen Schutthaufen abgebrannter Streichhölzer, den ich davor aufgetürmt habe, ohne dass es mir gelungen ist, die Zündflamme anzuwerfen.

»Vielleicht gibt es so etwas wie einen Haupthahn? Irgendetwas, wo man die Gaszufuhr regulieren kann?«

Ihre Verzweiflung rührt mich, aber die Vorstellung, dass sie mich für zu blöd hält, um selber daran zu denken, bringt mich zum Kochen.

»Haupthahn? Es gibt keinen Haupthahn. Was, meinst du, habe ich in der vergangenen Viertelstunde getan?«

»Keine Ahnung.«

»Verdammt, Celia, ich komme seit mindestens fünf Jahren hierher, und du bist auch nicht das erste Mal hier, und es hat noch nie einen Haupthahn gegeben. Die Heizung ist kaputt, das ist alles.«

»Das ist alles?«

»Ja, das ist alles. Wir können nichts tun. Bis wir einen Monteur hier her geholt haben, ist das Wochenende vorbei. Also vergiss es. Es wird nichts mit unserem gemütlichen Abend. Es war ein Versuch, und er ist fehlgeschlagen. Ich kann nichts dafür, du kannst nichts dafür.«

»Können wir denn gar nichts tun?«

»Wir können rüber ins Badehaus gehen und uns unter die warme Dusche stellen...«

Sie lacht bei der Vorstellung, ein kleiner, romantischer Trost. Das Badezimmer der Datsche ist in einer Art Nebenhaus, das wohl ursprünglich mal ein elektrisches Umspannhäuschen gewesen ist, aber Markus hat dort ein Klo und eine Dusche eingebaut, und die Warmwasserzufuhr wird über einen elektrischen Boiler geregelt.

»Oder wir machen ein Feuer an, ein Lagerfeuer. Und da setzen wir uns drum herum wie Indianer, und wir grillen Würstchen und in der Nacht wärmen wir uns gegenseitig«, sagt sie.

»Gute Idee. Ein Feuer, hier, mitten im Wohnzimmer. Oder wir zünden gleich die ganze Datsche an, das wärmt uns für ein paar Stunden, und dann fahren wir zurück nach Berlin und versuchen Markus die ganze Sache zu erklären…«

Celia verschwindet türenknallend nach draußen und stapft zum Badehäuschen herüber. Ich lasse mich auf einen der alten Sessel fallen und beobachte meine Atemwolken, eine sinnlose physikalische Erscheinung, wie mir überhaupt die ganze Welt und alle Dinge sinnlos und kalt erscheinen. Grischa ist der einzige von uns, dem das Chaos nichts ausmacht, oder vielleicht hat er es auch einfach noch nicht mitbekommen, er tobt draußen im Garten herum und baut Figuren aus Schnee und er ist glücklich. Überhaupt, wir sollten ihn als Vorbild nehmen.

Ich höre die Toilettenspülung von drüben, immerhin sind die Leitungen also nicht eingefroren, und dann höre ich Celias Fluchen und ihre stampfenden Schritte, mit denen sie zum Haus zurückkehrt.

»Probier es noch einmal«, sagt sie.

»Vergiss es.«

»Na, los. Vielleicht klappt es ja.«

Ich rolle mit den Augen, weil ich es rührend finde, mit

welcher Hartnäckigkeit sie die Realität ignoriert, aber ich tue ihr dennoch den Gefallen, ich nehme die Streichhölzer zur Hand, lasse ein Flämmchen aufleuchten und führe es behutsam in den Ofen ein. Ich drücke den Zünderknopf, und dann geschieht das Wunder, die Zündflamme springt an, und dann springt der ganze Ofen an, und er gibt dieses wohlige, brennende Surren von sich.

»Wow. Er funktioniert«, sage ich.

»Wirklich? Bist du sicher?«, fragt Celia spitz, und dann werden alle Geräusche von ihrem Lachen übertönt, sie lacht und springt herum und tanzt, es ist ein Ausdruck von Wärme und Schadenfreude, und ich liebe sie ungeheuer in diesem Moment.

»Es gibt einen Haupthahn.«

Ich sage es mehr zu mir selber, aber natürlich hört sie es.

»Gibt es«, sagt sie. »Gibt es, gibt es, gibt es. Er ist drüben im Klohäuschen, und man muss ihn nur von rechts nach links umlegen, es ist die leichteste Sache der Welt.«

Ich fühle mich deprimiert, aber ich lache auch, und dann ist sie über mir und wir rollen über den Boden und küssen uns, und wäre Grischa nicht da, würden wir es an Ort und Stelle miteinander treiben, aber so warten wir, bis der Junge im Bett ist, und dann machen wir es die halbe Nacht miteinander. Und da die Sache mit dem Streit und mit dem Ofen noch nicht allzu lange her ist, gönnen wir uns etwas Besonderes, auch wenn es eine verrückte Sache ist, wir löschen den Ofen im Schlafzimmer, bevor wir uns hinlegen, und dazu öffnen wir sogar das Fenster, eiskalte Luft strömt ins Zimmer und hüllt uns ein, und dann lieben wir uns bei Minus zehn Grad unter einer Decke, wir kommen uns dabei vor wie sibirische Bauernkinder, die geflohen sind und ihre letzte und erste Nacht miteinander verbringen.

Das Wochenende vergeht im Flug, wir gehen spazieren, wir kochen, wir sehen Grischa beim Schlittschuhlaufen zu, spielen Monopoly, lachen, ich höre Sendungen auf meinem kleinen, knarzenden Radio, und auch in der zweiten und dritten Nacht lassen Celia und ich die Finger nicht voneinander, und wir wissen beide, dass es nicht besser sein kann als so, wie es ist, und dass es nicht stimmt, dass die Dinge unrettbar verloren sind, nein, es gibt ein Glück, auch ohne dass man die Augen schließt, es gibt ein greifbares, großes, irdisches Glück, das einem niemand nehmen kann und das man nur selber zerstören kann, und es gibt keinen Grund, das zu tun.

Am Montagabend kehren wir in die Stadt zurück. Mein Kopf ist leer, und obwohl ich mich zufrieden fühle, purzeln doch all diese seltsamen Gedanken durch mich hindurch. Ich fahre Celia bei ihrer Wohnung vorbei, und wir verabschieden uns auf eine traurige, schweigende Art. Ich sehe ihr dabei zu, wie sie vom Wagen zur Haustür geht, und mir blutet das Herz, denn es gibt keinen Grund, sie ziehen zu lassen, aber so ist es nun einmal, noch sind unsere beiden Leben nicht zu einem einzigen geworden, und den Zeiten der Gemeinsamkeit folgen immer diese Abschiede, ob wir es wollen oder nicht.

Ich fahre mit Grischa zu mir, und gemeinsam sehen wir uns *Großstadtrevier* an, eine seiner Lieblingssendungen, die er nur bei mir zu sehen bekommt, meine Schwester hat keinen Fernseher. Dann bereite ich uns riesige Berge Pommes im Backofen zu und wir machen uns einen gemütlichen Männerabend, aber in Wahrheit denkt Grischa genau wie ich die ganze Zeit an Celia, und wir vermissen sie unendlich, und es gibt keinen Grund, sie nicht auf der Stelle anzurufen, und sie herzubitten oder zu ihr zu fahren, und trotzdem bleiben wir zu Hause und rühren uns nicht.

Die folgenden Tage vergehen wie im Flug, und die Arbeit und die ewigen Diskussionen über die Zukunft der Agentur bringen mich auf andere Gedanken, aber im Großen und Ganzen bleibt meine seltsame Stimmung, ohne dass ich einen guten Grund dafür hätte. Vielleicht ist es nur ein erster Anflug dieser Depression, die mich immer am Ende eines Jahres überkommt, weil ich vielleicht bei solchen Gelegenheiten am deutlichsten spüre, dass die Zeit unwiederbringlich dahin ist und dass ich nicht mehr der Jüngste bin, und dass alles in meiner eigenen Hand liegt, jede Entscheidung, jedes Ja oder Nein, jedes Wiedersehen und jede Trennung, und ich weiß, dass die schlimmsten Dinge, die einem im Leben widerfahren, immer nur Fehler sind, die man selber begeht. Ich spüre mit einer bitteren Deutlichkeit, dass es endlich an der Zeit ist, mein Verhältnis zu dem, was die Leute Familie nennen, zu klären und dann eine Entscheidung zu treffen, dafür oder dagegen, aber jedenfalls eine, die endgültig ist.

7. Kopfüber ins Glück

Anfang der 70er Jahre lebten meine Eltern in dem Gefühl, ein Krieg wäre ausgebrochen. Der bewaffnete Kampf tobte unerbittlich, und zwar mitten in Berlin. Wer gegen wen? Sie selbst, das heißt die Guten, gegen das System, also die Schweine.

Mo und Kajo blieben die meiste Zeit in der Stadt. Sie überlegten, ob sie Bomben legen oder bürgerlich werden sollten (immerhin waren sie jetzt beide über dreißig), und so verbrachten Janis und ich die meiste Zeit bei meinen Großeltern – bei Lene und Jupp in Köln oder bei Heini und Lotte im Schrebergarten, den Opa Heini, in Erwartung eines Angriffes der Russen, mit Schützengräben durchzogen hatte: »Der Russe kommt, das ist so jewiss wie der Morjenschiss!« Und so ließ er mich, seinen vier- oder fünfjährigen Neffen, mit geschultertem Spaten paradieren. Ansonsten arbeiteten Janis und ich im Garten, wir zogen *Jemise*, wie meine Großeltern das nannten, jäteten Unkraut, gossen die Beete, setzten Bohnenstangen, pflückten Schnecken vom Salat, und für alles das wurden wir belohnt mit: Jeschichten.

Da war zum Beispiel eine Urgroßtante väterlicherseits, die nicht um die Ecke gehen konnte. Sie lief und lief, irjendwo in diesem namenlosen Land im Osten lief sie, immer nur jeradeaus lief sie, begleitet von den Sorgen der Familie, dass sie eines Tages gegen eine Mauer stoßen und *zerschellen* könnte. So geschah es auch. Die Tante ohne Namen stieß gegen eine Mauer und zerbrach in tausend Scherben. Janis und ich kreischen vor Vergnügen. Oder ein Onkel zweiten oder dritten Grades, ein hellhäutiger Mann, der zum Angeln weder Rute noch Rolle brauchte: Er stieg einfach in den See, wo die Fische seine saftigen Leberflecke für Brot hielten, sich ihm näherten und der Onkel sie mit der Hand einfing. All die Toten, bei deren tragischen Schicksalen Janis und ich lachen müssen. Da war ein entfernter Vetter, der eines Tages zum Eisfischen aufbrach und zu seiner Frau sagte: »Meine Jute, ich weiß nicht, was es hat zu bedeiten, aber an diesem Tag ich habe so ein unjutes Jefihl…« Als er dann auf dem Eis liegt, Säge und Angelschnur zur Hand, nähert sich ein unvorsichtiger Schlittschuhläufer, enthauptet absichtslos den Vetter mit der Kufe, woraufhin dessen Kopf über das Eis vors Haus schlittert, und er, mit letztem Atem, seiner Frau zuruft: »Siehst du nun, dass ich habe Recht jehabt mit meinem unjuten Jefihl?« Am meisten aber liebten wir den Großonkel, der Postflieger in fernen Ländern war, erst über Amerika flog, dann über Afrika und schließlich über der Südsee. Es gibt zahllose Briefe von ihm, sagt mein Großvater, aber niemand kann sich erinnern, wo sie liegen. Der Letzte dieser Briefe kam ein ganzes Jahr nach seinem tödlichen Absturz über einer namenlosen Insel im Pazifik. Ein lebender Toter. Und natürlich, sagt Opa Heini, aber das sei ein großes Geheimnis, hat sich der Onkel durch einen Sprung mit dem Fallschirm in letzter Sekunde retten können. Er landete auf weißem Sandstrand, wurde herzlich von den Eingeborenen aufgenommen, gründete eine Familie und zeugte zahllose Kinder, und so kommt es, dass heute ganze Archipele zwischen Tonga und Tahiti mit Krämers bevölkert sind, und wenn Janis und ich ihm, Opa Heini, nicht glaubten, so sollten wir doch, bitterscheen, in die Südsee fahren und uns mit eigenen Augen überzeugen.

Auf dem Schoß meines Großvaters tauchten wir in die Vergangenheit ein, schwammen erst zu den kleinen, vorgelagerten Inseln seiner mehr oder weniger wahren Geschichten, erreichten schließlich das Festland seiner sechzigjährigen Lebensbeichte. Mein Großvater als junger Mann. Wann war das? In den zwanziger Jahren? Es spielte keine Rolle, denn ein Jahr war wie das andere. Da er den Namen großer Gelehrter und frommer Pastoren trug, bekam er Arbeit. In einer Buchhandlung. Ausgerechnet er, der kaum lesen und schreiben konnte, und dann gleich Filialleiter.

»Ich kannte Ihren Herrn Vater«, sagte der Ladenbesitzer beim Vorstellungsgespräch.

»Welch jlickliches Jeschick – ich nämlich habe ihn auch jekannt.«

»Ihren eigenen Herrn Vater? Aber Krämer…«

»Aber jewiss doch. Recht jut sogar.«

Erste zweifelnde Blicke. Mein Großvater war nicht der klügste. Dann aber gab sich der Ladenbesitzer einen patriotischen Ruck.

»Sie haben die Stelle. Wann können Sie anfangen?«

»Janz bescheiden schlaje ich vor: Sofort.«

»Topp.«

Die Männer gaben sich die Hand. Das Türglöckchen ertönte, und Heinrich blieb allein zurück in seiner neuen Wirkungsstätte. Er nahm hinter dem Schreibtisch Platz, baute sich aus einer Lieferung preisgünstiger Konversationslexika eine Fußablage in geeigneter Höhe – »Das Buch als solches ist ein ausjesprochen vielseitijes Objekt«, wie er noch sagte, als ich schon auf der Welt war, und wartete auf Kunden.

Sie kamen, die Kunden, und das in erstaunlich großer Zahl. Wirklich erstaunlich? Die Erklärung ist eigentlich naheliegend, denn wenn Heini auch wenig von Literatur verstand, so war er um so jeschickter im Umgang mit Menschen. Betrat eine Kundin das Geschäft, stürzte er mit Verbeugungen auf sie zu und umgarnte sie mit einem feinmaschigen Netz süßer Worte: »Probieren Sie doch einmal dieses hier, jnädige Frau, ein Jehte, ein echtes Meisterstück. Oder hier, ein Schiller, ein Fontane, ein Mann. Sehr scheen, jnädige Frau. Steht Ihnen janz wunderbar, und wie jebildet Sie aussehen…« Zum Beweis führte er die Kundin vor den großen Spiegel an der einzigen freien Wand zwischen Reiseliteratur und Naturwissenschaften. Er brachte die Kundin in Positur, sorgte für die richtige Handhaltung, umkreiste sie ein paar Mal, zupfte hier und dort, erlaubte sich vielleicht sogar, eine Haarsträhne aus dem Gesicht zu streichen.

»Als wenn es eijens wäre anjefertigt worden für Sie, das jute Stick.«

»Sie meinen: geschrieben?!«

»Jewiss, jeschrieben. Und jetzt es passt wie anjejossen.«

»Ich nehme es.«

»Wunderbar. Soll ich einpacken, oder wollen Sie es jleich anbehalten?«

Bei den männlichen Kunden machte Heinrich es nicht anders. Für sie suchte er etwas Strenges, Sachliches, vielleicht eine Abhandlung zur Geografie Osteuropas, einen Bericht über eine Himalaya-Expedition, etwas Politisches, ein Traktat, eine Biographie. Und dann: »Sie sollten heren auf mich, jnädiger Herr, und ich sage, dass der Mann von Welt in diesem Jahr nicht ohne Buch jehen sollte. Halten Sie es in der linken Hand, so ist richtig, immer jut sichtbar, und die rechte Hand bleibt frei für die Dame. Janz wunderbar.«

So dauerte es nur wenige Monate und der Ruf von Meyrinks Bücherstube dehnte sich in der Stadt, im Kreis und schließlich im gesamten kleinen Land aus. Die Kunden kamen eigens angereist. Und in den ersten Wintertagen seiner Tätigkeit freute Heinrich sich, wenn der Buchladen dicht gefüllt mit Kunden war. Viele von ihnen blieben stundenlang oder ganze Tage. Sie legten Hut und Mantel ab, zogen auch die Schuhe aus und widmeten sich bis Geschäftsschluss der Prüfung der Ware. Sie hielten sich einen Spengler an, prüften die geheimnisvolle Helena Blavatsky, gaben sich gegenseitig Ratschläge für einen Heinrich Mann, liefen mit einem Keyserling auf und ab, hockten vielleicht eine zeitlang mit Fallada vor dem Ofen – und die sehr peniblen unter den Kunden wünschten sogar ihre Exemplare zur Probe mit nach Hause zu nehmen.

»Aber jewiss doch, lassen Sie sich Zeit, der Kauf eines Buches will wohlüberlegt sein, es ist ja eine Entscheidung auf Lebenszeit, und in vielen Fällen haben sojar noch die Kinder und Kindeskinder etwas davon…«

Herrn Meyrink, dem Besitzer, kam die neue Popularität seiner Filiale natürlich zu Ohren, er freute sich. Zunächst. Dann stutzte er. Der gute Ruf, bitte schön. Aber die Umsätze? Null! Kein einziger Verkauf im ganzen halben Jahr. Was um Himmels willen treibt der Krämer denn da?

Beim Kontrollbesuch war der Meister, der sich inkognito dem Laden näherte, zunächst angemessen beeindruckt: Durch das Schaufenster konnte Meyrink sehen, dass die kleine Bücherstube voll war mit Menschen, wie man es sonst nur von Gaststätten kennt. Enorm – der Krämer, ein Genie! Meyrink tritt ein. Rauchgeschwängerte Luft schlägt ihm entgegen. Dazu der Geruch von Kaffee, Schnaps, Suppe. Und überall stehen und sitzen die Menschen und lesen. Ein

Buchladen? Meyrink fühlt sich an eine Wartehalle im Bahnhof erinnert, ein Asyl, eine Leihbibliothek.

»Mensch, Krämer, die Leute sollen die Bücher nicht lesen! Die sollen sie kaufen!«

»Aber jewiss, Boss.«

Meyrink nickte.

»Also gut. Dieses eine Mal noch.«

Ein erster Frühlingshauch lag in der Luft. Heinrich kam früh ins Geschäft und stieg als erstes auf die Schiebeleiter, um die Bücher, die farblich zur wärmeren Jahreszeit passten, ins Blickfeld der Kundschaft zu rücken. Eine schöne Arbeit, aber anstrengend. Er war gerade in gut und gerne drei Meter Höhe zu Gange, als das Türglöckchen zu hören war. Heinrich sah hinunter zu der eingetretenen Kundin, und er schnalzte vor Entzücken mit der Zunge. In den Laden getreten war eine Dame von bestimmt drei Zentnern Gewicht, eine Matrone, aber elegant, ganz so wie der kleine Mann es sich erträumte. Sie stand eng verschnürt dort unten, er ahnte unter Mantel, Joppe, Bluse ein ächzendes Korsett, betrachtete das rosafarbene Fleisch, das aus Ärmeln, Kragen, Rocksaum quoll, er bemerkte ihre gesunden Wangen, die funkelnd blauen Äuglein, die mächtigen Arme – ein Geschöpf voller Lebensfreude, wie es nur hier im Osten vorkam, wo die Mädchen noch wuchsen, wie es die Natur vorgesehen hatte. Heinrich sah und sah und entzückte sich an diesem Anblick, lehnte sich dabei vor, immer weiter vor, verlor das Gleichgewicht.

»Ooooo....Oooooo...« Mein Großvater ruderte hilflos mit den Armen, schrie, wollte sich festhalten, bekam ein eingebundenes Lesebändchen von Eichendorff zu fassen. Es half nichts. Heinrich fiel gemeinsam mit dem Klassiker in die Tiefe, mitten hinein in den Ausschnitt der Kundin.

»Jnädige Frau… Ich bitte vielmals um Verzeihung…«

Die Kundin kicherte, wand sich, jauchzte, fingerte in ihrer Bluse nach dem kleinen Buchverkäufer.

»Na, hören Sie mal!«

»Ich… ich… ich bin untrestlich.«

Sie versetzte Heinrich eine schallende Ohrfeige, die er demütig in Empfang nahm, eine wunderbare Frau! Dann trafen sich die Blicke der beiden. Heinrich musste weit zu ihr hinaufsehen. Und in diesem Moment wusste er, dass er die Frau seines Lebens getroffen hatte. Die oder keine! Meine Großmutter Lotte.

8. Eigenbedarf

Nach einem langen Vormittag in der Agentur – Meetings, Telefonate, Papierkram – treffe ich mich zum Essen mit meinem Freund Moritz Hornemann in einer Bodega. Wir bestellen Tapas. Ich trinke Mineralwasser, Moritz Rotwein.

»Wir sind die zeitlich befristete Generation, Ho. Ist dir das klar? Nichts, was wir tun, ist auf Dauer«, sagt er zur Begrüßung.

»Natürlich ist mir das klar. Wem nicht? Aber was genau willst du mir damit sagen?«

»Ich bin jetzt 39 Jahre alt, und egal ob es um meinen Job geht, um meine Beziehung, meine Wohnung, immer kommt es mir vor, als müsste ich vorher etwas unterschreiben, worin ich garantiere, dass es nur vorläufig ist. *Ja, Herr Hornemann, Ihre Anstellung geht klar, ist allerdings auf zwölf Monate begrenzt… Ja, Moritz, ich möchte mit dir schlafen, aber ich bin nicht der Typ für lange Beziehungen… Ja, natürlich können Sie die Wohnung haben, Herr Hornemann, aber der Besitzer möchte in drei Jahren selber einziehen und macht dann Eigenbedarf geltend…* Verdammt noch mal, Ho. Ich habe auch so etwas wie Eigenbedarf! Interessiert das denn niemanden?«

»Jetzt trink erst mal deinen Wein, und dann wirst du sehen, dass die Dinge nicht so verkehrt sind.«

»Machst du Witze? Du kannst mich halt nicht verstehen, weil du Erfolg hast. Und zwar in jeder Beziehung.«

»Jetzt übertreib nicht gleich. Und was, verdammt noch mal, ist eigentlich los?«

»Nichts! Ich habe einfach nur die Nase voll.«

Moritz funkelt mich streitlustig an. Ich kenne diese Launen von ihm, allerdings haben sie in den vergangenen Monaten an Heftigkeit zugenommen. Noch vor kurzem konnte er sein Schicksal – Moritz ist promovierter Germanist, was in Zeiten wie diesen natürlich heikel ist – mit einer gehörigen Portion Selbstironie ertragen. In letzter Zeit aber entdecke ich eine unruhige Gereiztheit in seinem Blick, die mir ernsthaft Sorgen macht. Immer öfter finde ich mich daher in der Rolle desjenigen wieder, der Optimismus verbreitet und Trost spendet.

Wir stoßen an und teilen dann die Tortilla, die Gambas und den Salat in gerechte Teile auf.

»Jetzt erzähl mir endlich, was wirklich passiert ist«, fordere ich ihn kauend auf. Ich ahne, dass Moritz nicht grundlos in dieser Stimmung ist. »Ist es wegen Nina?«

»Wie kommst du denn darauf?«

»Nur so ein Gefühl. Habe ich Recht?«

»Verdammt, natürlich hast du Recht.«

»Habt ihr euch gestritten?«

»Schlimmer.«

Nina und Moritz sind seit vier oder fünf Jahren ein Paar. Sie ist eine einnehmende, kluge Frau, die hervorragend zu ihm passt, sofern zwei Menschen überhaupt zueinander passen können. An diesem Tag aber muss ich feststellen, dass Moritz nicht umsonst in seiner Alles-hat-ein-Verfallsdatum-Philosophie ist. Offenbar knackt es jetzt auch zwischen Nina und ihm, und das bedeutet, dass eine der wenigen rostfreien Beziehungen in meinem Freundeskreis Korrosionserscheinungen zeigt.

»Ich kann dir nicht genau sagen, was los ist«, beginnt Moritz zerknirscht. »Es ist so wie… wie oft haben wir uns zusammen *Außer Atem* von Godard angesehen?«

Ich sehe ihn verwundert an.

»Zehn Mal? Zwanzig Mal? Gefühlte hundert Mal? Jedenfalls nicht oft genug.«

Moritz und ich verehren den Film, und zwar nicht nur, weil er besonders kunstsinnig wäre, sondern auch, weil Belmondo ein phantastischer Filmheld ist und seine Weltverachtung uns mit Bewunderung und verstecktem, süßem Neid erfüllt.

»Stell dir vor, auf einmal kommt dir der Film, der dich all die Jahre begeistert hat, langweilig und schal vor. Auf einmal öden dich all die Szenen an, die du dir bisher immer wieder ansehen wolltest, und dann sitzt du da und hoffst einfach nur darauf, dass möglichst bald der Abspann läuft. Weil Jean Seberg dich auf einmal nicht mehr wirklich anmacht. Weil du vorher schon weißt, was sie gleich sagen wird, und du sogar ihren modischen Kurzhaarschnitt nicht mehr wirklich toll findest.«

»Ich sag's ja nur ungern, Moritz, aber eine Beziehung ist kein Film. Und wenn doch, dann bist du der Regisseur, und wenn dir was nicht passt, musst du das Drehbuch ändern.«

»Das musst ausgerechnet du sagen«, knurrt Moritz. »Ich habe immerhin einen ganzen Spielfilm zustande gebracht. Du machst immer schon nach dem Trailer Schluss.«

Es ist offensichtlich, dass Moritz in einer ernsten Krise steckt, was allein daran deutlich wird, dass er lustlos in seiner Tortilla herumstochert, anstatt sie wie sonst in drei großen Bissen herunterzuschlingen. Noch bin ich mir nicht sicher, ob es wirklich mit Nina zu tun hat oder ob es in Wahrheit andere Gründe für sein Tief gibt.

Moritz reibt sich mit den Fingern über die Augen, als ob er seit Stunden auf einen Computerbildschirm gestarrt hätte.

»Du weißt, dass Nina vorletztes Semester auf die Assistentenstelle bei ihrem Professor gerutscht ist. Er nimmt sie mit auf Konferenzen, lässt von ihr seine Skripte gegenlesen, und jetzt hat er ihr eine Veröffentlichung in einer Fachzeitschrift besorgt.«

»... und seit neuestem vögelt sie dafür mit ihm?!«

»Quatsch, nein. Wie kommst du denn darauf?«

Ich hebe in einer Geste der Unschuld die Hände. Es schien mir eindeutig gewesen zu sein, worauf Moritz hinauswollte, ich muss ja nur an Kaio und dessen Verhältnis zu seinen Studentinnen denken, aber offenbar liege ich daneben.

»Jetzt sag bitte nicht, dass du nicht damit klarkommst, dass sie vermutlich früher als du auf eine Professorenstelle rutschen wird.«

»Und warum darf ich das nicht sagen? Ist das so absurd? Ist das unter unserem Niveau?«

Diesmal bin ich derjenige, der sich die Augen reibt, um sich Durchblick zu verschaffen. Moritz Hornemann ist einer der klügsten Menschen, die ich kenne, ich schätze ihn seit Jahren, er ist derjenige, mit dem ich über meine Eltern rede, die Zukunft der Agentur oder mein achterbahnhaftes Beziehungsleben. Ich habe ihn für einen umsichtigen, ausgeglichenen, klar denkenden Menschen gehalten – bis zu diesem Augenblick.

»Na ja, ich weiß nicht, ob Beziehungen überhaupt etwas mit Niveau zu tun haben, aber um ehrlich zu sein: Ja, ich finde, du solltest darüber stehen.«

»Du kannst es nicht verstehen, stimmt's?«, fragt er mich knurrend.

»Nein, kann ich nicht, aber vielleicht erklärst du es mir ja.«

»Ho! Nina und ich wohnen in einer Wohnung. Sie steht morgens um sieben auf, um Seminare zu halten, Vorträge zu organisieren, mit Kollegen auf der ganzen Welt zu telefonieren und die Druckfahnen für einen neuen Sammelband zu redigieren. Und ich sitze in der Zeit am Küchentisch und kämpfe mit einem kleinen, unbedeutenden Aufsatz, der möglicherweise niemals veröffentlicht wird. Wenn ich an der Universität bin, habe ich den gleichen Status wie ein Student. Ich bin ein Nichts, ein freischwebender Forscher, der allmählich nicht mehr daran glaubt, jemals eine Stelle zu ergattern. Verstehst du? Ich habe Angst davor, dass sie eines Abends nach Hause kommt und mir nicht mehr in die Augen gucken kann, damit ich nicht merke, wie erbärmlich sie mich findet! Ich hab jetzt schon das Gefühl, dass es nur noch Mitleid ist, wenn sie mich fragt, wie mein Tag war. Oder wie ich mit meinem Text vorankomme oder ob ich vielleicht ihr Seminarkonzept prüfen könnte.«

»Okay, aber in den meisten Beziehungen ist es doch genauso, nur mit umgekehrten Rollen. Und da fragt doch auch keiner danach, ob es für das jeweilige Mädchen in Ordnung ist.«

»Ich bin aber kein Mädchen, Ho. Das ist der Unterschied.«

Es ist zum Lachen, aber wir lachen nicht.

»Nina empfindet alles Mögliche für dich, aber garantiert kein Mitleid.«

Moritz hört mir nicht zu.

»Nächstes Jahr läuft mein Stipendium aus, und dann bin ich ein habilitiertes Nichts. Ich glaube nicht, dass unsere Beziehung das aushält. Und ich überlege, ob es nicht klüger ist, wenn wir uns sofort trennen.«

»Prophylaktisch, sozusagen.«

»Nenn es, wie du willst.«

Meine Bemerkung tut mir Leid, aber ich muss zugeben, dass es mir nicht gerade leicht fällt, Moritz ernst zu nehmen. Andererseits: So sind die Probleme, die wir nun einmal haben, und wenn jemand nicht gerade todkrank ist oder einen Unfall hat, kann man sich immer fragen, ob es nicht alles viel zu lächerlich ist, um überhaupt darüber zu reden.

»Denk an Belmondo als Michel Poiccard. Ob du ein Großer oder ein Zwerg bist, entscheidest du ganz allein selber. Michel war nie auf einer Uni, aber er hat kein Problem damit, vor Patricia den Helden zu spielen.«

»Nina bezahlt seit einem Jahr unsere Miete...«

Ich sehe Moritz an, und erst jetzt wird mir klar, wie sehr ihn die ganze Sache quält. Was ich in seinem Blick sehe, ist nichts als pure Angst – Angst davor, zu scheitern, Angst davor, von der Frau, die er liebt, nicht länger ernst genommen zu werden. Ich muss mir eingestehen, dass ich nicht weiß, was ich ihm raten soll. Mir bleibt nichts übrig, als einfach nur zuzuhören und Moritz die Chance zu geben, ein wenig von dem Dampf abzulassen, der ihn fast zum Platzen bringt. Zum Abschied nehmen wir uns in die Arme.

»Danke, Ho.«

»Kein Problem. Wir treffen uns bald wieder.«

Wir sind schon ein paar Schritte auseinander, als er mir zuruft:

»Du weißt gar nicht, wie gut es dir geht.«

»Stimmt, das weiß ich wirklich nicht«, entgegne ich und lache dazu, aber in Wahrheit bin ich stinksauer.

Es ist nicht schwer, darauf zu kommen, dass Angst zur

vorwiegenden Gefühlsregung unserer Generation geworden ist, und wir bringen wirklich einige Phantasie dafür auf, um uns Gründe für unsere Furcht zu suchen. Die Palette reicht von Umweltzerstörung über Terroranschläge bis Arbeitslosigkeit, und Moritz hat mir heute eine weitere Motivlage vor Augen geführt – die Angst davor, von seiner Freundin verachtet zu werden, weil man beruflich weniger Erfolg hat als sie.

Abends erzähle ich Celia von unserem Gespräch. Sie kennt Moritz gut, zumal sie sich gelegentlich in der Universität treffen.

»Jeder hat seinen schwachen Punkt, an dem er früher oder später einknickt«, sagt sie, und das kommt mir für ihre Verhältnisse erstaunlich unerbittlich vor.

»Ich kann ihn verstehen. Natürlich könnte man sagen, dass es albern ist und dass die beiden doch froh sein sollten, wenn wenigstens einer von ihnen einen halbwegs festen Job hat – aber ist das ein Trost?«

»Natürlich nicht, aber ich finde nicht, dass es darum geht.«

»Nein?«

»Nein. Was hat Moritz' Pech an der Uni mit seiner Beziehung zu Nina zu tun?«

»Er fühlt sich ihr unterlegen.«

»Und? Ist es ihre Schuld?«

»Nein, natürlich nicht. Aber das spielt doch keine Rolle… vielleicht kannst du es nicht verstehen. Vielleicht muss man ein Mann sein, um es zu verstehen.«

»Nein, muss man nicht. Schlimm ist nur, dass er ihr in gewisser Weise die Schuld für seine Probleme gibt.«

»Tut er nicht.«

»Offenbar würde er sich eher von ihr trennen, als sich aushalten zu lassen.«

»Ich würde es genauso machen.«

»Siehst du! Die Probleme, die wir haben, mögen vielleicht albern sein, aber damit ist noch nicht gesagt, dass es weniger Kraft und Mut kostet, mit ihnen fertig zu werden.«

Ich gehe zu ihr hinüber und drücke ihr einen Kuss auf die Lippen.

»Wofür war der?«, fragt sie, halb gereizt und halb erfreut.

»Dafür, dass es dich gibt.«

»Was? Dafür gibt es nur einen Kuss?«

»Würdest du mich aushalten, wenn ich, sagen wir mal, arbeitslos würde?«

Sie zeigt mit dem Finger auf ihre Lippen.

»Noch einen.«

Ich gehorche ihr. Sie schmeckt dem Kuss nach und sagt:

»Ich glaube, das würde ich.«

9. Unterm Tisch

Meine Mutter entschloss sich Anfang der 70er Jahre zu einem Schritt, der die meisten ihrer ehemaligen Mitstreiter und Genossinnen ziemlich überraschte. Anders als viele von ihnen kämpfte sie nicht, bewaffnete sich nicht, entführte auch niemanden. Stattdessen nahm sie eine Arbeit an. Einen Job. Und zwar ausgerechnet in der öffentlichen Verwaltung. Wir Kinder fanden es großartig, denn es verschaffte uns wunderbare Tage mit ihr, wenn sie uns mitnahm zu ihren Einsätzen in der prächtigen Berliner Natur.

Es war Sommer geworden, es war warm, und wir fuhren früh morgens mit dem Dienstwagen der Behörde hinaus zur Pfaueninsel. Vorne am Steuer saß Dr. Monika Eckhorn, hinten im Wagen lagen ihr wissenschaftliches Gerät, ihr Dienstausweis, dazu Werkzeuge, ein Funkgerät, eine Allwetter-Ausrüstung, und zwei zufrieden vor sich hin plappernde Kinder.

Mo war dafür zuständig, aus den zahllosen Westberliner Gewässern Proben zu entnehmen, Algen zu sammeln, Fische zu fangen und auf Eis zu legen, um sie später im Labor aufzuschneiden und zu analysieren. Die Auswirkung der Einleitungen von Industrie und Haushalten auf Flora und Fauna, die Zahl der Mikroorganismen, der Sauerstoffgehalt der Seen, die Schwermetallbelastung – das alles herauszufinden war ihre Aufgabe, eine Pionierarbeit.

Wir erreichten unser Ziel am südlichen Ende der Stadt, und

während Mo mit ihren Röhrchen, Ampullen, Messgeräten hantierte, zogen Janis und ich uns aus und sprangen ins Wasser. Wir tauchten prustend auf und sahen hinüber auf die unheimliche andere Seite. Da drüben lebten Menschen wie wir, aber sie durften nicht zu uns und wir durften nicht zu ihnen. Ab und zu sahen wir Soldaten, die misstrauisch herüberäugten.

»Das ist wie im Zoo«, stellte ich fest.

»Das ist wie im Zoo«, bestätigte Monika. »Die Frage ist nur, wer im Käfig sitzt und wer in der Freiheit.«

Mo schlug unser Lager auf dem schmalen Sandstreifen am Ufer auf. Sie packte Butterbrote aus. Eine Thermoskanne mit Tee, Tomatenviertel und Gurkenscheiben. Ich nahm mir lieber ein Hühnerbein, das ich so lange abnagte, bis der Knochen in der Sonne glänzte. Dann warf ich es in einem hohen Bogen ins Wasser – Hühnersuppe. Janis lachte sich tot. Monika war sauer. Das Wasser ist die Wohnung der Fische. Würdest du einen Knochen einfach ins Wohnzimmer werfen? Ja, würde ich. Sie zuckte mit den Schultern. Ich sagte nur die Wahrheit.

In meinem Bauch gluckerte es, weil ich zuviel Milch getrunken hatte. Ich lag auf dem Rücken und sah den Tieren nach, die über den Himmel zogen. Da, ein Krokodil an der Leine. Und hier, ein Hund mit Hasenohren. Ein Elefant mit Stelzen. Ein Auto. Ein Haus. Ein Besen. Wieso lachst du denn, Ho-Schätzchen? Ich zeigte nach oben. Ja, sagte Monika, die Wolken sind schön heute. Ich war fast sechs Jahre alt. Mir war schwindelig. Ich wusste, dass die Dinge nie wieder so sein würden, wie sie einmal gewesen sind.

Janis und ich mussten uns die Ohren zuhalten, weil die Menschen, die wir liebten, nicht mehr miteinander redeten. Sie schrien sich an.

Kajo überwarf sich mit seinem alten Freund und Genossen Peter, sie führten lange und erbitterte Diskussionen. Als Beate nach langer Zeit wieder einmal in unsere Wohnung kam, war sie nervös und aufgekratzt. Sie rauchte Kette, sah ständig aus dem Fenster, und sie trug eine Perücke, über die Janis und ich uns totlachten. Sie benutzte Wörter, die uns unheimlich waren, vor allem eines: *Untergrund*. Ich hatte eine vage Vorstellung von einer Welt unter unserer Welt, ein Ort ohne Licht, ohne Bäume, ohne Spielplätze. All diese Diskussionen, in denen Beate meine Eltern überzeugen wollte, ihre Sachen zu packen und durch eine enge Luke ins Dunkel hinabzusteigen… Eines Tages war sie dann verschwunden.

Marina, ihre Tochter, blieb bei uns in der Wohnung. Gemeinsam mit ihr riefen Janis und ich Beates Namen in den Abfluss der Badewanne. Vielleicht hörte sie uns, konnte aber aus irgendeinem Grund nicht antworten. Wir klopften gegen die Heizungsrohre. Niemand klopfte zurück. Kajo erklärte uns, dass sie nicht mehr mit uns sprechen konnte. Ich stellte es mir so vor: Beate, die mit Taucherbrille, Schnorchel und Flasche unter den Straßen von Berlin schwimmt. Janis und ich hatten Angst, nach draußen zu gehen. Was, wenn Beates Hand durch einen Gullydeckel griff und uns in die Tiefe zog?

»Macht euch keine Sorgen. Sie muss Dinge tun, die sie tun muss«, sagte Monika zu uns. Aha. Tolle Erklärung. Ich war wütend. Trotzdem widersprach ich nicht. Auch Janis nicht. Wir fragten nicht: »Warum?« Wir sagten überhaupt nichts. Wir hatten Angst, genau wie Marina. Sie saß im Kinderzimmer, spielte nicht, redete nicht, aß nicht.

Die Abschiede grassierten in dieser Zeit wie eine Seuche. Beate war nur die Erste gewesen. Alles, was wir von ihr zu diesem Zeitpunkt noch sahen, war ein unvorteilhaftes

Schwarz-Weiß-Foto auf den Litfasssäulen. Darunter stand in roter Schrift, dass Hinweise auf ihren Aufenthaltsort 10.000 Mark einbrachten. 10.000 Mark, das war mehr, als Opa Heini im Garten versteckt hatte. Mehr als Monika verdiente, und mehr als ich jemals in meinem Sparschwein hätte unterbringen können. Eigentlich hatte ich keine Ahnung, wie viel 10.000 Mark waren. Ich wusste ja, dass man Beate unter den Gullydeckeln finden konnte. Herr Wachtmeister, sie ist da unten. Aber erst einmal her mit dem Geld. Am Ende hielt ich ängstlich meine Klappe.

All die anderen verschwanden aus unserem Leben. Ulf, Possi, Horst, Liesel, zerstreut in alle Winde. Und kein Abschied ohne Streit.

Im Nachhinein kommt es mir vor, als hätten Janis und ich in diesen Monaten immer nur unter dem Tisch gesessen. Hier konnten wir nichts verpassen, hier konnte uns nichts passieren. Wir hörten die Gespräche der Erwachsenen, das klirrende Geschirr, wenn einer mit der Faust auf die Platte schlug. Alles war gedämpft durchs Holz und die Tischdecke. Lauter schlaue Sätze hörten wir hier unten, schnelle Sätze, geschriene Sätze, böse Sätze. Je heftiger oben gestritten wurde, desto dichter rückte Janis an mich heran. *Alles wird gut, mach dir keine Sorgen*. Ich schickte ihr meinen Trost mit stummen Blicken zu.

Am Ende aller Streitigkeiten, aller Diskussionen, aller Theorie- und Praxisdebatten wurde es still um uns herum. Alle waren ausgezogen, nur wir vier waren übrig. Zum ersten Mal hatte die Familie Krämer eine eigene Wohnung, nur für sich allein. Die leeren Zimmer kamen mir riesig und trostlos vor.

Kajo zog sich aus der aktiven Politik zurück. Mit dem

dumpfen und ausgesprochen beklemmenden Gefühl, gescheitert zu sein, kehrte er in den akademischen Betrieb zurück, wo man ihm eine Stelle als wissenschaftlicher Assistent in Aussicht stellte. Er arbeitete wie ein Besessener. Er stürzte sich in Seminare und in Forschungsprojekte, hielt Vorträge und fuhr zu Tagungen. Er wurde von einer Art wissenschaftlichem Nachdurst getrieben, der nach dem Gelage der Revolte unausweichlich war.

Bei einem Spaziergang an einem Januartag trafen sich Kajo und Peter zum letzten Mal. Die beiden gingen nebeneinander am Ufer des Landwehrkanals entlang, ihre Schultern berührten sich, aber ich sah den unsichtbaren Graben, der zwischen ihnen bestand.

Janis und ich liefen um die beiden herum wie junge Hunde. Vor und zurück, vor und zurück. Wir versteckten uns, tauchten wieder auf, buhlten um Aufmerksamkeit, die die beiden uns verweigerten. Wir warfen Steine in den Kanal, aber sie versanken nicht im Wasser, sondern schlitterten über das Eis, wo sie ein paar Enten aufscheuchten. Kajo und Peter gingen mit gesenkten Köpfen nebeneinander her. Vielleicht sprachen sie nicht einmal miteinander, sie verständigten sich mit den Rauchzeichen ihrer Atemwolken.

»Ich denke in letzter Zeit auf der Linie von William Ogburn. Vielleicht ist der Fortschritt nicht unsere Hoffnung, sondern unser Problem, Peter. Wir können ihn nicht beherrschen. Niemand kann das.«

Kajo schloß für einen Moment die Augen und sah James Shapiro, der seine Reagenzgläser schüttelt, die Concorde, die donnernd die Schallmauer durchbricht, Mensor Brightning, der als erster Mensch in einem Computertomographen geschoben wird, wodurch er gesund und die Menschheit krank wird, möglicherweise.

Peter knuffte ihn in die Seite, eine freundliche Erinnerung an ihre vergangene, so intellektuelle Freundschaft.

»Fortschritt lässt sich nicht analysieren und bewerten, ohne seine Einbettung in die kapitalistische Verwertungskette zu berücksichtigen. Du argumentierst schon wieder auf einer naturalistischen Linie, als wenn du alles vergessen hättest, was wir uns erarbeitet haben. Was ist los mit dir?«

»Du meinst, eine kommunistische Concorde würde der Atmosphäre nicht schaden?«

»Die Frage stellt sich nicht.«

»Und wenn doch? Wenn der Überbau auf einmal den Unterbau dominiert? Ich bin kein Anhänger der Konvergenztheorie. Aber die Phänomene sprechen für sich. Vielleicht geht es morgen nicht mehr um Ausbeutung im hergebrachten Sinne. In Wahrheit geht es dann um Technik, um Kontrolle, um Versklavung mit modernsten Mitteln. Und das trifft nun einmal für beide Seiten des großen Vorhangs zu.«

Kajo sagte das, ohne selbst davon überzeugt zu sein. Er wollte Gegenargumente hören. Peter enttäuschte ihn.

»Wir haben immer daran geglaubt, dass wir den Fortschritt für das Wohl der Massen umfunktionieren können«, meinte er, als sei damit alles gesagt. »Wenn wir daran nicht mehr glauben – woran dann?«

»An Erkenntnis? An Wahrheit? Jedenfalls an das Bemühen darum? Ich weiß es nicht, Peter…«

»Aber ich weiß es! Die historische Wahrheit ist klüger als wir selbst, Kajo. Vergiss das nicht. Alles andere ist bürgerlicher Zynismus. Mit jedem Schritt, mit jedem Atemzug, mit jedem Tag, an dem du nicht kämpfst, setzt du Faktizitäten in die Welt. *Faktizitäten*. Von etwas nicht überzeugt zu sein heißt nicht, dass es falsch sein muss.«

»Aber ein Beweis für seine Richtigkeit ist es auch nicht.«

»Du bist ein Sophist, Kajo. Vielleicht warst du das schon immer.«

Die beiden lehnten sich nebeneinander an das Geländer des Kanals. Das Eis auf dem Wasser war an einer schmalen Stelle neben einem Holzsteg aufgebrochen. Enten und Taucher drängten sich dicht an dicht auf dem runden Wasserloch. Peter zündete sich eine Zigarette an und sog den Rauch tief in die Lungen, ein kurzer Schmerz, den er genoss.

»In gewisser Weise beneide ich dich, Peter«, sagte mein Vater. »Du hast dich entschieden. Genau wie Beate. Ich weiß nicht, ob es richtig ist, was ihr tut, aber wenigstens macht ihr euch nicht meiner Zögerlichkeit schuldig.«

»Du bist ein Melancholiker, Kajo. Das ist schade. Diejenigen, die ohne Möglichkeit zur Einsicht sind, werden sicherlich unsere Gnade finden. Wer aber wider bessere Einsicht handelt, wird dafür die Konsequenzen tragen. Dazu zählst auch du. Oder vielleicht sollte ich lieber sagen: Menschen wie du.«

Kajo sah ihn überrascht an. Peter wich seinem Blick aus.

»Klingt so, als wolltest du mich an die Wand stellen…«

»Ich werde mich nicht für dich einsetzen können, Kajo. Es tut mir Leid. Noch kannst du es dir überlegen. Noch ist Zeit. Aber nicht mehr lange, glaub mir. Ein Jahr, vielleicht zwei. Die Dinge gären. Sei sicher, dass ich dich immer freundlich aufnehmen werde, wenn du dich entschließt, dich uns anzuschließen. Tu es, solange es nicht zu spät ist.«

Kajo lachte.

»Schön, dass wir so weit gekommen sind, Peter. Du warst mal mein bester Freund. Und jetzt lässt du mich wählen. Unterwerfung oder eine Kugel in den Kopf.«

»Du bist ein Arschloch, Kajo. Du merkst gar nicht, wie

elend deine Situation ist, deine Ausflüchte, deine Koketterie. Warum haben wir Wissenschaft betrieben? Um Recht zu haben? Oder um die Welt zu verändern?«

»Beides.«

»Der Kommunismus ist keine Frage unserer Gefühle oder unserer Entscheidungen. Er ist eine historische Zwangsläufigkeit. Ich dachte, dass dir das klar ist.«

Das Eis auf dem Kanal kam Kajo vor wie die trostlose Landschaft eines Caspar-David-Friedrich-Gemäldes. War dies hier wirklich das Jahr 1973? Zwischen ihm und Peter stand eine Mauer, genauso tödlich, genauso kalt wie die, die sie dort drüben sahen. Ein Todesstreifen. Und dann, Kajo wusste selbst nicht, wer ihm den Satz einflüsterte, drehte er sich zur Seite und sagte:

»Ach, Scheiße, Peter. Wenn du das alles ernst meinst… dann geh wirklich besser nach drüben.«

Stille. Ihre Blicke begegneten sich, im tiefen Hintergrund ihrer Augäpfel das letzte Glimmen ihrer Freundschaft. Immerhin, sie beide lachten jetzt, lachten laut, herzlich, erleichtert.

»Komm, Krämer. Wir sollten es an dieser Stelle beenden.«

»Das sollten wir.«

Die beiden nahmen sich in den Arm, herzlich, drückten sich, wollten sich nicht loslassen, weil sie wussten, dass es das Letzte war, was sie gemeinsam tun würden.

»Pass auf dich auf, Peter.«

»Du auch, Kajo.«

Ein letzter Blick, und der schwache Schein ihrer Zuneigung erlosch endgültig.

Janis und ich standen ein paar Meter entfernt. Wir waren über das Geländer hinunter ans Ufer geklettert. Vorsichtige Schritte über den gefrorenen Kanal, das Knirschen des Eises unter unseren Winterstiefeln, Risse in der trübweißen Oberfläche, die sich wie Blitze ausbreiteten. Wir beobachteten Kajo und Peter, die sich umarmten. Peter ging dann in Richtung Reichenberger Straße davon und verschwand aus unserem Blickfeld.

»Und ihr beiden kommt sofort vom Eis herunter, oder es gibt ein Donnerwetter, das ihr noch nie erlebt habt. Haben wir uns verstanden, meine Herrschaften?«

Ja, haben wir. Und Peter hatte wirklich Recht – mein Vater war ein Arschloch. Aber da Janis und ich ebenfalls nicht an die Wand gestellt werden wollten, und schon gar nicht von unserem eigenen Vater, verließen wir das Eis und kletterten zu Kajo hinauf. Sein Zorn war längst verflogen. Er nahm uns in die Arme und hielt uns lange Zeit umschlungen.

Polizisten kamen zu uns nach Hause und stellten Fragen über Beate, über Peter, über viele andere. Meine Eltern weigerten sich zu antworten. Trotz Zusicherung des Rektors, des Dekans und aller übrigen Dienststellen wurde Kajos Berufung auf eine Universitätsstelle abgelehnt. Zufall? Vielleicht. Aber es änderte nichts daran, dass mein Vater immer verzweifelter wurde. Ausgerechnet Kajo, der sich in den letzten Monaten immer öfter in der Rolle desjenigen befunden hatte, der die parlamentarische Demokratie verteidigte! Ausgerechnet er wurde von den Sicherheitskräften dieser Republik bedrängt, verhört, bedroht.

Kurz darauf verlor auch Mo ihre Stelle. Sie erhielt eine nichtssagende Begründung. Meine Eltern standen vor dem Nichts, und das, obwohl sie zwei Kinder zu versorgen hatten. Wie sollte es weitergehen?

10. Verwandlungen

Mo und Kajo, die seit einigen Jahren wieder zusammenleben, haben Celia und mich zum Abendessen eingeladen. Die beiden gefallen sich seit einiger Zeit darin, nicht einfach Gäste in ihrer Wohnung zu versammeln, sondern eine Art politischen Salon auszurichten, und seit Mo vor einigen Jahren für die Grünen in den Bundestag eingezogen ist, kommen regelmäßig Minister, Staatssekretäre und berühmte Fernsehmoderatoren zu Besuch.

Nachdem meine Eltern jahrelang den Kapitalismus, das Geld, die Unterdrückung, die USA, den Atomstaat und vor allem sämtliche Formen von Establishment bekämpft haben, legen sie auf einmal Wert auf gepflegte Umgangsformen. Und dazu gehört zum Beispiel, dass ich pünktlich zu ihren Dinners erscheinen soll.

Ich nehme das Ganze ziemlich gelassen hin, und statt mich über meine Eltern zu ärgern, amüsiere ich mich lieber über die rührende Nervosität, die die beiden vor solchen Einladungen an den Tag legen.

Das Problem, jedenfalls an diesem Abend, besteht darin, dass Celia zwar einerseits eine attraktive, erfolgreiche, tatkräftige Frau ist, die von ihren Studenten geliebt und von ihren Professoren hofiert wird. Aber sie hat eben auch eine andere Seite, die mir fremd und rätselhaft ist, und die wächst sich an diesem Abend zu einem ernsten Problem aus. Celia interessiert sich nämlich für Mode, kauft für ihr Leben gerne neue Kleider, schminkt sich mit viel Aufwand, und wenn sie das Gefühl hat, dass ihre Haare nicht sitzen, kann sie einen ganzen Tag lang schlechte Laune haben. Für mich sieht sie eigentlich immer gleich aus, und als ich ihr das vor einiger Zeit einmal sagte – es sollte ein Kompliment sein –, sah sie mich empört und aufgebracht an, und natürlich endete das Ganze in einem Fiasko.

»Wie kannst du so etwas sagen? Ich bin dir wohl völlig egal?«, rief sie.

»Ich meinte, du siehst immer *gleich* gut aus, und nicht, dass es mir *gleichgültig* wäre«, verteidigte ich mich.

»Ich habe dich schon verstanden.«

»Bitte, Celia, ich hab's nicht so gemeint.«

»Eben, Ho, eben.«

Als ich sie an diesem Abend in ihrer Wohnung abhole, die Zeit ist schon reichlich knapp, öffnet sie in Unterwäsche die Tür.

»Du siehst phantastisch aus. Willst du so bleiben?«, frage ich.

»Idiot.«

Sie drückt mir einen Kuss auf die Wange und geht ins Schlafzimmer zurück, um vor dem großen Spiegel verschiedene Outfits anzuprobieren – etwas, womit sie offensichtlich schon mehrere Stunden beschäftigt ist. Der Raum erinnert an eine Rotkreuz-Kleiderkammer, übersät mit Bergen aus Röcken, Hosen, Blusen.

Ich sehe ihr eine ganze Weile zu und habe mein Vergnügen an ihrem Mienenspiel, mit dem sie ihre Kombinationen begleitet. So richtig glücklich ist sie bei keiner einzigen, das wird mir schnell klar, und ich ahne, dass mir das schlimmste noch bevorsteht.

»Lass uns fahren. Mo und Kajo ist es egal, was du anhast«, sage ich, möglichst vorsichtig.

»Mir aber nicht.«

»Wir kommen zu spät.«

»Lieber zu spät und schick, als pünktlich sein und wie ein Wischmopp aussehen.«

»Du siehst nicht aus wie ein Wischmopp. Sagen wir wie ein Schrubber.«

»Das macht es jetzt wirklich besser, Ho«, erwidert sie, und für eine Sekunde lacht sie, aber dann sickert meine kleine, böse Bemerkung in den Teil ihres Selbst, in dem ihre Eitelkeit untergebracht ist, und das genügt, um sie an den Rand der Tränen zu bringen. Die ganze Verzweiflung, die sich in den vergangenen zwei Stunden vor ihrem Kleiderschrank angestaut hat, platzt aus ihr heraus. Sie lässt den Rock und die Bluse, die sie sich eben noch angehalten hat, fallen, und dreht sich zitternd zu mir um.

»Ich komme nicht mit. Fahr alleine. Sag deinen Eltern, ich bin krank oder spontan verreist.«

»Bitte, Celia. Du kennst Mo und Kajo. Es kommt nicht darauf an«, sage ich, aber natürlich mache ich es nur noch schlimmer, ich weiß es in dem Augenblick, in dem ich es sage, ich muss sie nicht einmal ansehen, ihre ganze Wut und Empörung und Verzweiflung ist im Zimmer zu spüren wie elektrische Spannung.

»Doch, das tut es. Es kommt darauf an. Für mich kommt es darauf an. Ich meine es ernst, Ho.«

Ich kann tun, was ich will, die Situation ist nicht mehr zu retten. Celia steht vor ihrem Kleiderschrank, und mit schluchzender Stimme sagt sie:

»Ich habe nichts anzuziehen.«

Wir schreiben das Jahr 2004, die USA haben den Irak besetzt, Asien leidet unter dem Sars-Virus, und Hartz IV pflügt das Land durch, und inzwischen gibt es auch kein Stereotyp über Männer und Frauen, das nicht mindestens Inhalt eines Romans oder einer Fernsehserie geworden ist, und trotzdem steht meine Freundin nackt im Schlafzimmer, um sich herum genug Kleidungsstücke, um die Bewohner einer Kleinstadt neu auszustatten, und sie behauptet allen Ernstes, sie hätte nichts anzuziehen!

Ich bin an diesem Abend nicht in der Stimmung, so einfach aufzugeben. Ich trete hinter sie und lege ihr die Arme um die Schultern, und gemeinsam sehen wir uns im Spiegel an – ein seltsames Paar, das uns dort entgegenstarrt, eine Frau in verführerischer Spitzenunterwäsche und ein Mann in einem reichlich zerknitterten Anzug und einer zu locker gebundenen Krawatte, und es ist offensichtlich, dass unsere Beziehung nicht deshalb besteht, weil wir gut zueinander passen, sondern nur, weil wir darum kämpfen.

»Du bist wunderschön«, flüstere ich ihr ins Ohr.

»Das sagst du nur, um mich zu trösten.«

»Stimmt.«

»Aber dann meinst du es gar nicht so, wie du es sagst.«

»Celia, bitte!«

Ich spüre, wie sich ihr Körper anspannt, aber dann entdeckt sie im Spiegel vor sich mein lächelndes Gesicht. Sie kann nicht anders, als ebenfalls zu lachen, und wir beide spüren den Strom, der zwischen uns fließt.

Der Grund, aus dem Mo und Kajo vor einigen Jahren aus Westdeutschland wieder nach Berlin gezogen sind, war nicht nur Mos zweite politische Karriere. Es ging ihnen auch darum, sich auf Spurensuche nach ihrem eigenen Leben zu begeben. Hier in der Stadt sind die Orte, an denen ihre Mythen begraben liegen, die politischen, aber auch die privaten, und in einer Anwandlung von Nostalgie wollten sie, das ist jedenfalls mein Verdacht, zu den Ursprüngen ihrer Beziehung und ihres Lebens zurückkehren.

Mos offizieller Wohnsitz ist weiterhin in ihrem Wahlkreis in Köln, aber Kajo hat sich nach ihrem Einzug in den Bundestag frühpensionieren lassen, was als Universitätsprofessor wohl nicht besonders schwer ist, und dann ist er mit ihr an die Spree gezogen, um bei Rotwein und leichter Küche, zumeist mediterran, gelegentlich auch rheinisch-deftig, die Umgestaltung der Republik und die Zukunft des Sozialismus zu besprechen. Kajo ist immer noch selbstbewusst genug, um davon überzeugt zu sein, dass das ohne ihn und seine Ratschläge nicht funktionieren kann.

Ich selber bin mir nicht ganz sicher, was ich von dieser neuen Rolle meiner Eltern halten soll. Mo sitzt immerhin in einer der Regierungsfraktionen, wenn auch als Hinterbänklerin, und dazu ist sie eine miserable Köchin, aber andererseits sind diese Dinnerabende bei den beiden immer wieder für eine Überraschung gut.

Celia und ich kommen wider Erwarten früh genug in die Wohnung meiner Eltern in Schöneberg, und natürlich herrscht die reinste Katastrophenstimmung. Die Idee mit dem politischen Salon ist zwar nicht gerade neu, aber bei der Umsetzung hapert es immer noch. Mo, völlig aufgelöst und kurz vor einem hysterischen Zusammenbruch, fängt uns schon an der Wohnungstür ab und lotst uns direkt in die Küche. Mir ist sofort klar, was das alles zu bedeuten hat. In ungefähr zehn Minuten würde eine Riege hochgestellter Persönlichkeiten eintreffen, und von einem fertigen Abendessen kann mal wieder keine Rede sein.

»Nun, meine Lieben«, sagt sie, wischt sich mit dem Handrücken über ihre schweißglänzende Stirn und deutet auf den Backofen. »Das da soll eigentlich ein Lachssoufflé werden, aber es schmeckt leider wie feucht gewordenes Altpapier. Probiert mal selbst. Muss noch Salz dran? Soll ich es wegschmeißen? Können wir den Pizza-Service anrufen? Und wieso kann mir dein Vater nicht helfen, Ho? Ich weiß einfach nicht, was ich tun soll.«

Hinter ihr verbrennt gerade die Karamellsoße für den Nachtisch, und dicke schwarze Rauchwolken breiten sich in der Küche aus.

Mo, eine Zigarette im Mundwinkel, die Haare hochgesteckt, lacht nervös. Dann nimmt sie eine ungeschälte Gurke und ein paar Paprika in die Hand.

»Und das hier, das ist der Salat für heute Abend. Theoretisch jedenfalls.«

Sie sieht mich hilfesuchend an, aber ich denke gar nicht daran, es ihr so einfach zu machen.

»Sag es einfach, Mo. Sprich es aus«, sage ich, und ich kann mir ein Lächeln zwar nicht verkneifen, aber meine Stimme ist hart und erbarmungslos. Ich bin es einfach leid, für meine Eltern immer wieder die Kohlen aus dem Feuer holen zu müssen. Celia sieht verständnislos zu mir herüber, und sie ist wohl überrascht, weil sie den Grund nicht kennt, aus dem Mo und ich voreinander stehen wie zwei Boxer nach dem Ertönen der Rundenglocke.

»Was soll sie aussprechen, Ho? Wovon redest du?«, fragt Celia, ebenfalls reichlich scharf.

Mo winkt lachend ab.

»Er hat ja Recht, Celia. Er hat ja Recht… Also: Hilfst du mir, Ho-Schätzchen? Rettest du mich? Kann ich auf dich bauen?«

Ich werfe Celia einen Genau-das-meinte-ich-Blick zu, die aber will sich nur totlachen.

»Oh ja, *Ho-Schätzchen*, hilf deiner Mutter«, spottet sie.

»Ich denke nicht dran.«

»Was soll ich denn nur tun?«

Meine Mutter ist wirklich am Rand der Verzweifelung, und natürlich habe ich schon längst beschlossen, sie nicht hängen zu lassen, schließlich erlebe ich diese Situation nicht zum ersten Mal.

»Also gut. Aber nur unter einer Bedingung…«, sage ich gedehnt.

»Akzeptiert.«

»Du verschwindest aus der Küche, und lässt Celia und mich machen. Und du nennst mich nicht mehr *Ho-Schätzchen*. Ich bin fast vierzig, Mo, und Celia ist meine Freundin, und ich werde nur sehr ungern vor ihr behandelt wie ein kleines Kind.«

»Natürlich, mein Süßer. Es tut mir Leid. Wie kann ich nur so gedankenlos sein. Ach, Ho-Schätzchen, ich liebe dich. Ich wüsste wirklich nicht, was ich ohne dich machen würde…«

Ich schiebe Mo sanft, aber bestimmt aus der Küche, und dann übernehmen Celia, die sich immer noch vor Lachen ausschüttet, und ich das Zepter für den Abend, wir schnippeln, braten, kochen, würzen, und all das tun wir, als gelte es, einen Geschwindigkeitsrekord zu brechen. Tatsächlich retten wir, was noch zu retten ist, wir wirbeln herum, drücken uns zwischendurch Küsse auf den Mund, werfen uns Gewürzgläser und Zutaten zu, Celia nennt mich in einem fort *Ho-Schätzchen*, aber ich ignoriere es und bin völlig bei der Sache, und am Ende bin ich stolz, den Gästen meiner Eltern ein akzeptables Abendessen servieren zu können. (Und ich ahne jetzt schon, dass Mo wieder einmal kein Problem damit haben wird, das ganze als ihre Kreation auszugeben).

An diesem Abend ist die Zusammensetzung der Gäste ungewöhnlich. Unter anderem hat Mo einen berühmten Maler eingeladen, dessen großflächige Schlachtenszenen des späten 20. Jahrhunderts, Hitler neben Habermas, Stalin in einer Karstadtfiliale, George Bush als arabischer Sultan, inzwischen sogar im Guggenheim hängen. Martin Burgstedt. Als er zur Tür hereinkommt, zieht Celia mich zur Seite und flüstert: »Ich kann es nicht glauben, dass deine Eltern ihn kennen. Ich bin ja so nervös.«

Mo hat mir vor einigen Tagen von ihm erzählt. Sie und Burgstedt hatten in den 60er Jahren miteinander gevögelt, dafür hat er sie im Gegenzug in die moderne Kunst eingeführt, und nachdem meine Eltern Mitte der 70er Jahre Berlin verlassen hatten, haben sie sich wohl aus den Augen verloren. Erst vor einigen Monaten waren sie sich zufällig wieder über den Weg gelaufen. Der Maler hatte meine Mutter in der Menschenmenge auf einer Ausstellungseröffnung erspäht und war ihr um den Hals gefallen, was am nächsten Morgen sogar auf einem Farbfoto in der Boulevardpresse zu sehen gewesen war: *Kiffen, Kunst und Konkubinen – Burgstedt wirft sich der Grünen-Politikerin Monika Krämer an den Hals.* Tatsache war, jedenfalls behauptete Mo das, als ich sie darauf ansprach, dass Martin aufgrund seiner schweren Knochenerkrankung das Gleichgewicht verloren hatte.

»Ach, und dann hast du ihn mit den Lippen aufgefangen?«, fragte Kajo, der dabei war und der es ebenfalls in den Zeitungen gelesen hatte.

»Mach mir das erst mal nach«, entgegnete Mo gut gelaunt.

Mein Vater befürchtet ganz offenbar, dass Mos fast vierzig Jahre zurückliegende Affäre mit dem Maler wieder aufflammen könnte. Ich sehe es ihm in dem Moment an, als Burgstedt uns allen die Hand gibt. Burgstedt, obwohl todkrank, ist ein berüchtigter Verführer und Frauenheld, und sein Charisma ist in der Tat einnehmend. Ich kann es spüren. In Kajo glüht dieselbe stille Eifersucht, mit der er meiner Mutter seit 40 Jahren das Leben schwer macht. Es ist rührend. Ich ziehe ihn zur Seite, wo wir ungestört sprechen können.

»Wenn er zudringlich wird, tritt ihm einfach die Krücken weg«, versuche ich ihn zu trösten.

Kajo winkt ab und gibt sich tapfer.

»Deine Mutter und ich erleben gerade unseren dritten Frühling. Oder ist es der vierte? Ich habe keinen Grund, mir Sorgen zu machen.«

Kajos Gesicht drückt etwas anderes aus, obwohl er Recht hat. Meine Eltern haben immerhin eine gescheiterte Ehe, eine Scheidung und eine lange Wiederannäherung hinter sich, und im Laufe ihrer Streitigkeiten war mehr Porzellan zu Bruch gegangen, als eine ganze Manufaktur in einem Jahr herstellen kann, denn sie werfen beide mit Tellern und Tassen, Mo auch mit Büchern, was Kajo skandalös findet. Seit meine Eltern allerdings wieder zusammenwohnen, also seit etwa sechs Jahren, haben sie eine ausgesprochen gute Phase miteinander, und nicht selten sitzen sie turtelnd in einem Café oder händchenhaltend im Kino, und insofern hat Kajo wohl wirklich keinen Grund, sich Sorgen zu machen.

Die Gesellschaft wächst nach und nach auf 15 Leute an, und die stehen in Trauben im Wohnzimmer herum, essen italienische Vorspeisen und trinken Weißwein. Es ist jetzt doch die übliche Mischung aus Abgeordneten, Ministerialen und anderen Politik-, Kunst- oder Sozialfunktionären, und in den folgenden Stunden erlebe ich wieder einmal die seltsame Verwandlung all dieser gut gekleideten Damen und Herren an der Tafel meiner Eltern. Ein paar Gläser Wein zum Essen, dann ein Cognac, zum Nachtisch ein Joint – und schon werden aus den Staatssekretären, Ausschussvorsitzenden oder parlamentarischen Geschäftsführerinnen wieder die Blumenkinder, Revolutionäre und Kommunarden von einst. Der Mitarbeiter aus dem Verkehrsausschuss hat mir vor vielen Jahren in Berlin die Windeln gewechselt, der Generalsekretär hat mit meiner Mutter geschlafen, und der Abteilungsleiter aus dem Ministerium ist mit Fäusten auf Kajo losgegangen, weil der bei der Bewertung von Maos großer Kulturrevolution partout nicht auf die offizielle Linie der ML-Fraktion einschwenken wollte.

Kajo tut sich übrigens nebenbei als Sommelier hervor, was die Gäste und auch mich immer wieder beeindruckt, schließlich trinkt er selbst seit Jahren keinen einzigen Schluck mehr. Dennoch hält er auch an diesem Abend immer wieder eine Flasche Wein in Händen und verbreitet sich kenntnisreich über Traube, Anbaugebiet, Charakterzüge des Weines, und dann redet er mit geschlossenen Augen über die Geschmacksnoten des Jahrgangs: *Brombeere*, *Honig*, *Traube*, *Schießpulver*. Anschließend stößt er mit Mineralwasser an und genießt die ungläubigen Blicke seiner Gäste. Mein Vater hat noch bis in die späten 90er Jahre den üblichen Weg des politischen Linksalkoholikers genommen: Die ganze Wut der frühen Jahre war halt nur noch mithilfe einiger Flaschen Chianti zu wecken, endete aber längst nicht mehr im bewaffneten Aufstand, sondern in furchtbaren Kopfschmerzen am nächsten Morgen. Sein Hausarzt hatte ihn dann vor die Alternative gestellt, entweder trocken zu werden oder zu sterben, und Kajo hat sich zum Bedauern vieler Wirte der Kölner Südstadt, wo er damals noch lebte, fürs Leben entschieden. Das war übrigens, ganz nebenbei, die Voraussetzung dafür, dass meine Eltern nach den langen Jahren ihrer Trennung wieder zueinander fanden.

Celia ist dankbar, als ich sie aus einer anstrengenden Diskussion mit einem Ehepaar erlöse, das sich mit ihr ausgerechnet über ihr Spezialfach, russische Literatur, unterhalten will, ohne sie allerdings ein einziges Mal zu Worte kommen zu lassen. Wir ziehen uns in die Zimmerecke zurück.

»Du hast Recht gehabt, ich hätte wirklich in Unterwäsche kommen sollen«, sagt sie. »Jedenfalls wären die Gäste nicht anzüglicher, als sie es so auch sind.«

»Du schlägst dich hervorragend.«

»Aber ich will mich gar nicht schlagen, schon gar nicht mit solchen Leuten.«

Kajo stellt sich zu uns und erkundigt sich, ob wir Martin Burgstedt gesehen hätten. Ich zeige in Richtung Balkon, wo er steht und raucht.

»Offenbar braucht er eine Abkühlung«, erkläre ich.

»Wenn es nach mir gehen würde, hätten wir ihn niemals eingeladen. Aber Mo ist ja ganz wild nach ihm.«

Tatsache, Kajo ist immer noch eifersüchtig.

»Kümmer dich doch einfach um seine Freundin, die sich da vorne langweilt. Vielleicht einigst du dich dann mit Monika auf ein Unentschieden.«

Kajo sieht mich verblüfft an, grinst dann aber lausbubenhaft. Er legt Celia einen Arm um die Schulter.

»Dein Freund gibt seinem Vater gerade Tipps, wie er seine Mutter eifersüchtig machen könnte. Hast du so was schon mal erlebt?«

»Nein, aber das gilt für viele Dinge, die ich mit Euch erlebe. Abgesehen davon wäre ich froh, wenn du dich wirklich um diese asiatische Schönheit kümmerst. Sonst werde ich nämlich eifersüchtig auf meinen Freund, dem sie ausgesprochen gut zu gefallen scheint.«

Diesmal bin ich derjenige, der baff ist, und das nicht einmal, weil Celia nicht Recht hätte. Die kleine Asiatin, die höchstens Mitte 20 ist, ist hübsch und verführerisch, und sehr viel klüger, als es zunächst den Anschein hatte.

Kajo führt dann ein ziemlich langes Gespräch mit ihr, argwöhnisch beäugt von meiner Mutter, die ganz nebenbei die Zukunft der grünen Umweltpolitik erläutert. Irgendwann sind dann alle beide verschwunden, und als Celia und ich sie suchen, um uns zu verabschieden, finden wir sie eng umschlungen im Wohnungsflur stehen. Sie küssen sich und sie tauschen Koseworte aus wie verliebte Teenager.

11. Landpartie

Tatsache ist, dass die Eifersucht meines Vaters nichts Neues ist. Er hat sein ganzes Leben lang darunter gelitten, vielleicht zu Recht, vielleicht nicht, aber in jedem Fall äußerte er seine Gefühle auf eine verklemmte, intellektuelle Art. Kajo hat es nie fertig gebracht, meiner Mutter Vorwürfe zu machen. Er fühlte sich Mo auf eine diffuse Art unterlegen, so als wäre es ein Glücksfall, dass sie sich für ihn entschieden hatte. Kajo blieb also nichts anderes übrig, als die meisten Affären von Mo stillschweigend zu akzeptieren. Bis auf eine Ausnahme. Die allerdings genügte, um die Ehe meiner Eltern zum Scheitern zu bringen, wenn auch mit einiger Verzögerung.

In den 70ern wurde die Lage ernst: Aus den lustigen Großstadtindianern, die meine Eltern und ihre Freunde noch vor ein paar Jahren gewesen waren, wurden schlecht gelaunte Kämpfer, Träumer oder Trinker, je nach Mut und Veranlagung. All diese Dinge, die ihnen früher einmal Spaß gemacht hatten, sich verrückt anziehen, Drogen nehmen oder Spießer auf dem Weg zur Arbeit ärgern, all das war nur noch Kinderkram. Auf einmal hatten die Leute Kalaschnikows in der Hand, und wenn sich gerade kein politischer Feind fand, den man um die Ecke bringen konnte, dann liquidierte man sich halt gegenseitig, oder jedenfalls haute man sich kräftig auf die Schnauze. Wir erlebten es mehr als einmal, dass Kajo in dieser Zeit nach Hause kam und aus Mund und Nase blutete. Er kannte die Leute, die ihn zusammenschlugen, weil es seine eigenen Freunde und Genossen von früher waren. Die einen fand er zu radikal, die anderen zu angepasst und die dritten zu resigniert, und all das führte dazu, dass am Ende jeder ihn aufs Korn nahm. Die Polizei hielt ihn für einen Terroristen, seine politischen Freunde für einen Verräter, und Monika für einen Schlappschwanz.

»Mensch, Kajo. Lass dich nicht so hängen!«, sagte sie ihm mehr als einmal. Die Umstände kratzten an der Beziehung unserer Eltern, und die zeigte in diesen Wochen die ersten Risse.

Janis und ich saßen immer noch unter dem Tisch, sahen nur die Beine und Füße der beiden, Mos lackierte Fußnägel und Kajos löchrige Strümpfe, wir kauerten da, unsichtbar für die Erwachsenen, und hörten die dumpfen Stimmen über uns.

»Was soll ich denn tun?«, fragte Kajo kleinlaut.

»Irgendetwas halt.«

Das muss etwa 1973 angefangen haben und zog sich dann die nächsten ein oder zwei Jahre hin. Mein Vater magerte ab, vielleicht weil er nichts mehr aß, vielleicht weil ihm die Politik auf den Magen schlug. Jedenfalls sah er jetzt selbst aus wie einer von den Terroristen im Hungerstreik, ein langer, schlaksiger Kerl mit eingefallenen Wangen und tiefen dunklen Ringen unter den Augen, dessen glasiger Blick auf eine vermeintlich glücklichere Vergangenheit gerichtet war.

Das war wohl das eigentliche Problem. Meine Eltern waren immer davon ausgegangen, dass die Menschheit in Richtung Paradies unterwegs war und dass das Morgen glücklicher sein würde als das Heute und das Gestern, dafür hatten sie eine ganze Menge geopfert, und jetzt ahnten sie, dass sie sich möglicherweise getäuscht hatten. Vielleicht war das Beste längst vorbei, und der große Traum war ausgeträumt. Die coole, alte Schallplatte, die die ganze Zeit gelaufen war, der Sound, der sie und uns bisher begleitet hatte, war zu Ende, und es folgte eine große, drückende Stille. Die Nadel des Plattenspielers dümpelte auf der innersten Rille und gab gelegentlich ein kratzendes Geräusch von sich, und meine Eltern erwachten aus ihrer Trance und merkten, dass sie ziemlich heftige Kopfschmerzen hatten.

Es war meine Mutter, die einsah, dass es so nicht mehr weiterging, mit ihr nicht, mit Kajo nicht, mit uns schon gar nicht. Als sie die Chance erhielt, Berlin zu verlassen, nutzte sie sie. Ihr wurde eine Stelle im Süden der Republik angeboten, und sie dachte nicht lange drüber nach, sondern schuf vollendete Tatsachen.

»Was tust du da?«, fragte Kajo, als er eines Tages in die große, leere Wohnung kam und Monika dabei überraschte, wie sie unsere Sachen in Taschen und Koffern verstaute.

»Das siehst du doch. Ich packe.«

»Fahren wir in Urlaub?«

»Nein, Kajo. Wir gehen weg. Es ist vorbei.«

Es war eine Art Flucht, zu der sich meine Eltern entschlossen, oder auch der Gang ins *Exil*, wie Kajo es gelegentlich ohne jeden Anflug von Ironie ausdrückte. Kein Koffer mehr in Berlin. Die Party war vorbei.

Dass Mo sich ausgerechnet für ein 200-Seelen-Dorf in den nördlichen Ausläufern des Schwarzwaldes entschied, schockierte mich und Janis dann doch. Ich war acht Jahre alt, und alles, was ich bis zu diesem Zeitpunkt kennen gelernt hatte, waren verrauchte WG-Zimmer, traurige Großstadtspielplätze und die Berliner Hinterhöfe, wo wir uns hinter den Mülltonnen versteckt hatten. In meiner neuen Welt zählte nichts davon. Wir hätten genauso gut auf eine Südseeinsel oder in die Wüste ziehen können, ich hätte mich kaum einsamer gefühlt.

Für die Bewohner unseres neuen Heimatortes war es allerdings nicht viel einfacher. Es musste für sie etwa so wie damals bei der Einführung des Farbfernsehens gewesen sein. 100 Jahre Herbstmilch, und auf einmal Coca-Cola – so jedenfalls wirkte der Zigeuner-Tross, der eines schönen Tages einem halb verrosteten VW-Bus entstieg, auf sie. Zwei langhaarige Eltern mit selbstgedrehten Zigaretten im Mund, zwei verdreckte Kinder und dazu ein Haufen Krempel, den sie noch nie gesehen hatten, darunter eine Opium-Pfeife, ein indischer Sitar, und mehr Bücher, als sie ein knappes halbes Jahrhundert zuvor verbrannt hatten.

Der Ort bestand aus etwa 50 freistehenden Einfamilienhäusern und einigen alten Höfen, die CDU erhielt bei Wahlen 98 Prozent der Stimmen, und der Bürgermeister war seit Menschengedenken im Amt. Wir standen ratlos vor unserem neuen Haus, und Mo sagte mit einer bemüht fröhlichen Stimme:

»Na? Freut ihr euch? Ist es nicht schön?«

»Doch, ist super«, sagte ich.

Keiner von uns rührte sich, und wir standen minutenlang in der drückenden, schwülen Stille, die nur vom Knattern eines Traktors und dem entfernten Muhen einiger Kühe unterbrochen wurde. Über allem lag der intensive Duft nach Getreide und Schweinestall, etwas, was Janis und mir bis dahin völlig fremd war. Wir standen da und sogen die ungewohnte Luft tief in die Lungen, wir konnten nicht genug davon bekommen.

»Na, seht ihr. Ist doch toll hier«, sagte Mo, und dass ausgerechnet mein Vater den Tränen nahe war, schien sie nicht einmal zu bemerken.

»Es stinkt«, sagte ich.

»Ach, stellt euch nicht so an«, sagte Mo.

»Ho hat Recht«, sagte Kajo.

»Und du erst recht nicht«, herrschte sie ihn an.

Dann stürmten wir ins Haus, nahmen unsere Zimmer in Beschlag, und seit diesem Tag war der Ort nicht mehr derselbe. Jedenfalls war es mit der Stille vorbei. Aus unserem Haus dröhnte ab sofort Rockmusik, tags wie nachts, und dazu roch es nach Patschuli, ungewaschenen Haaren und Bücherstaub. Mit Mo und Kajo Krämer hielten die wilden 60er Jahre im Schwarzwald Einzug – wenn auch mit einer Dekade Verspätung. Bis die Einheimischen das wahre Ausmaß der Katastrophe begreifen konnten, sollte allerdings doch noch einige Zeit vergehen.

Wir hatten noch nicht einmal die letzte Umzugskiste ausgepackt, als unsere Eltern beschlossen, das gesamte Dorf zu einem Fest einzuladen. Mo und Kajo schmückten das Haus und den Garten mit Luftballons und Girlanden. Janis und ich mussten am Samstagmorgen die Hauptstraße entlang wandern und Einladungszettel an die Bäume heften. Noch bevor wir zurück waren, hatten die Bauern die Zettel wieder abgerissen, zusammengeknüllt und sichtbar auf die Straße geworfen. Wir ließen uns nicht entmutigen, denn wenn wir etwas gelernt hatten, dann, unverschämt zu sein und der Feindseligkeit unserer Mitmenschen mit Optimismus zu begegnen. An einigen Häusern klingelten wir sogar, und ich erinnere mich noch gut daran, wie die Bewohner uns anstarrten, als wären wir Außerirdische, und ich vermute, einige von ihnen hielten uns wirklich dafür.

»Was wollt ihr Rotzgören?«

Wir streckten ihnen unseren Zettel entgegen.

»Heute Nachmittag gibt es Würstchen, Bier und Kuchen.«

»Macht, dass ihr wegkommt.«

»Heißt das, Sie kommen?«

»Ich hab doch gesagt, ihr sollt …«

»Prima, dann erwarten wir Sie gegen drei Uhr.«

Sie schlugen uns die Tür vor der Nase zu. Janis und ich starrten uns an und kicherten. Eine Bauersfrau, die ratlos auf unseren Zettel starrte, drückte uns Mettwurstenden in die Hand. Gut gelaunt rannten wir zurück nach Hause.

»Na? Habt ihr allen Bescheid gesagt?«, fragte Kajo. Er stand schon im Garten am Grill und legte genug Würstchen und Fleisch auf, um das gesamte Dorf satt zu bekommen.

»Ja, allen«, antworteten wir.

Drei Stunden später war nicht ein einziger Dorfbewohner erschienen, und noch einmal drei Stunden später war klar, dass auch keiner kommen würde. Kajo saß betrunken im Gartenstuhl und hielt auf den Knien den Teller mit dem hoch aufgetürmten Grillgut.

»Wir haben jedenfalls genug zu essen für die nächsten drei Monate.«

»Vielleicht war es zu kurzfristig«, mutmaßte Mo. »Ich meine, die Leute haben viel zu tun. Es sind Landwirte. Die haben kein Wochenende.«

»Vielleicht hätten wir den Pastor einladen müssen.«

Mo biss schlecht gelaunt in ein Würstchen.

»Wir probieren es nächste Woche einfach noch einmal«, sagte sie. »Was meinst du?«

Kajo antwortete nicht. Er war auf seinem Stuhl eingeschlafen, genau wie Janis und ich.

Am nächsten Morgen, es war ein Sonntag, klingelte es an der Haustür. Ich stolperte verschlafen im Pyjama nach unten und öffnete die Tür.

Vor mir standen ein junger, gut aussehender Mann mit einem strahlenden Lächeln und einer athletischen Figur und eine Frau in einem geblümten Sommerkleid.

»Na, kleiner Mann«, sagte der Besucher und lächelte freundlich.

»Bin kein kleiner Mann. Und für dich schon gar nicht.«

»Oh, Entschuldigung. Wie heißt du denn?«

»Ho.«

»Sind deine Eltern da, Ho?«

»Kann sein. Was willst du denn von ihnen?«

»Wir wollten uns für die nette Einladung bedanken. Wir sind leider heute erst aus dem Urlaub gekommen, und da dachten wir, dass wir…«

In diesem Augenblick kam Mo die Treppe herunter. Sie trug ebenfalls nur einen Schlafanzug und sah hinreißend aus. Albert Schmidt, so hieß unser Besucher, bekam einen roten Kopf, und seine Frau Elke knuffte ihn in die Seite und drängte ihn, wieder zu gehen.

»Du siehst doch, dass wir stören«, flüsterte sie.

»Laufen Sie nicht weg«, rief Mo ihnen zu, und dann gab sie Albert die Hand und strich sich dabei eine Haarsträhne aus dem Gesicht.

»Das tut mir Leid«, stammelte er. »Wir wussten nicht, dass Sie noch schlafen würden, und wir wollten wirklich nicht…«

Mo winkte ab.

»Macht doch nichts. Warum kommen Sie nicht rein? Wir freuen uns über Ihren Besuch, wirklich.«

»Wir wollen nicht stören, und…«

»Na los, kommen Sie schon rein«, sagte Mo mit ihrer resoluten Art, und dann nahm sie Albert Schmidt am Arm und zog ihn zu sich heran, und er wiederum griff nach seiner Frau, die panisch den Kopf schüttelte, und zog sie ebenfalls mit ins Haus.

»Also schön«, sagte er und zeigte uns wieder sein strahlendes Lächeln.

Janis und ich hatten uns hinter der Flurkommode verschanzt und beobachteten die Szene mit dem ganzen Misstrauen, zu dem wir in der Lage waren, ganz so als ahnten wir, dass dieser Besuch nicht nur den vor uns liegenden Sonntag, sondern unser gesamtes Leben verändern sollte.

»Lauft nach oben und weckt Kajo. Die Party findet doch noch statt«, sagte Mo zu uns.

»Party?«, fragte Elke Schmidt verstört. »Es ist Sonntagmorgen. Ich glaube nicht, dass wir…«

»Ach, kommen Sie schon. Oder haben Sie etwas Besseres vor?«

Mo zwinkerte Albert zu, und der schien Gefallen an ihr und an der Situation zu finden.

»Eigentlich haben Sie Recht. Wir haben wirklich nichts Besseres zu tun.«

»Aber, Albert, was redest du denn da?«, fragte Elke pikiert.

Er winkte ab und lachte in unsere Richtung, und zwei Stunden später saßen Mo und Kajo und Albert und Elke Schmidt in unserem Garten und frühstückten. Statt Käse und Aufschnitt gab es kalte Koteletts und Grillwürstchen, und Kajo öffnete eine Flasche badischen Wein. Schmidts zierten sich erst, entspannten sich dann aber. Und in diesem Sinne sollte Mo Recht behalten: Es wurde tatsächlich die Party, die am Vortag ausgefallen war. Und außerdem war es der Beginn einer wunderbaren und ziemlich seltsamen Freundschaft zwischen zwei Ehepaaren, die sich gegenseitig darüber hinwegtrösteten, in der badischen Diaspora gelandet zu sein.

Mo arbeitete damals für eines der ersten Umweltinstitute, und sie genoss ihre neue Arbeit, die sie weit in Süddeutschland herumführte. Von Passau bis Freiburg und von Baden Baden bis Garmisch untersuchte sie Gebäude, Grundstücke, Weideflächen, nahm Wasserproben, Luftproben, Gesteinsproben, brachte alles in ihr Labor und suchte unter dem Mikroskop nach Beweisen dafür, dass der Kapitalismus uns alle vergiftete. Sie genoss es, nach all den Jahren in Berlin aus der Stadt herausgekommen zu sein. Im Sommer fuhren wir mit ihr zu den Seen in der Umgebung, sie wanderte mit uns, ließ Drachen steigen, begleitete uns zu unseren Seifenkistenrennen, und im Winter brachte sie uns erst Schlittenfahren und dann Abfahrtsski bei. Für Mo war der Wegzug aus Berlin eine Befreiung.

Kajo dagegen ignorierte unsere neue Umgebung. Er zog sich in einen Kokon aus Tabakqualm, Wein und Büchern zurück. Er hatte sich im oberen Stock unseres Hauses ein Büro eingerichtet, das er so gut wie nie verließ, und dort arbeitete er wie ein Besessener an seinem großen Werk, das nicht weniger werden sollte als eine Gebrauchsanleitung zur Rettung der Welt. Nachdem sich die Nachbarn an ihn gewöhnt hatten, nannten sie ihn nur den Herrn Doktor, und wenn er außer Sichtweite war, tippten sie sich kopfschüttelnd an die Stirn.

Für Janis und mich begann etwas, das uns zunächst vollkommen überforderte: das richtige Leben, mit richtigen Menschen, mit Natur, Schule, regelmäßigen Mahlzeiten, Hausaufgaben und Erwachsenen, die uns ohrfeigten, wenn wir uns den Rotz an ihrer Fensterscheibe abwischten. Wir wurden eingeschult, gingen zum örtlichen Chor, spielten im Garten und im Wald, und wir lernten Jungen und Mädchen kennen, die uns erst einmal die Regeln ihrer Welt klarmachten.

Morgens standen Janis und ich an der Straße, den Schulranzen auf dem Rücken, den Turnbeutel in der Hand, und dann wurden wir von dem knatternden, rostigen Schulbus abgeholt, der durch eine weiß verschneite Landschaft fuhr. Janis schloss Freundschaft mit anderen Mädchen. Ich wurde von den Jungs in meinem Alter misstrauisch beäugt und zahlte Lehrgeld, in erster Linie in Form von Milchzähnen, die mir meine neuen Freunde ausschlugen.

Janis und ich trieben uns in den Ställen der Bauern herum, sahen den Sauen beim Werfen zu, fuhren Trecker mit den älteren Brüdern unserer neuen Freunde, und wir rasten in ganzen Rudeln mit dem Fahrrad in die umliegenden Dörfer, um in den Krämerläden Süßigkeiten zu stehlen. Das jedenfalls konnten wir besser als alle anderen, und es verschaffte uns Respekt.

Albert und Elke wohnten gegenüber von uns, auf der anderen Straßenseite. Beide waren Lehrer am Gymnasium in der Kreisstadt, er Sport und Deutsch, sie Geschichte und Latein, und ihre Kinder gingen mit Janis und mir zur Schule. Wir schlossen die ganze Familie schnell ins Herz. Sie waren zwar anders als unsere Eltern, aber diese Unterschiede legten sich bald. Janis und ich flitzten ständig zwischen den beiden Häusern hin und her.

»Oh, wir haben keinen Zucker mehr«, sagte Mo zum Beispiel. Dann gab sie mir einen Klaps auf den Hintern. »Lauf schnell rüber zu Elke und frag sie, ob sie uns etwas borgen kann.«

Oder Markus, der Sohn von Albert und Elke, kam zu uns und klopfte gegen das Küchenfenster.

»Albert fragt, ob ihr ihm eure Pink-Floyd-Platte leihen könnt. Er will sie auf Tonband kopieren.«

»Klar«, antwortete Mo. »Und gib ihm auch das hier, und sag ihm, er soll es in seinen Tee bröseln oder rauchen.«

Für die Dorfbewohner muss es verwirrend gewesen sein. Ständig huschte ein Kind oder ein Erwachsener über die Straße, und bald verloren nicht nur sie, sondern auch wir selber den Überblick, wer eigentlich wo wohnte. Abends versammelten wir Kinder uns bei Schmidts, weil die einen Fernseher hatten. Wir hockten gemeinsam auf dem Wohnzimmerboden, sahen uns Sendungen an und tranken dazu Milch aus großen Gläsern und aßen Butterkekse. Wenn wir dabei einschliefen, störte es niemanden, und bald war es für Janis und mich die normalste Sache der Welt, morgens im Haus der Schmidts aufzuwachen. Bei den Erwachsenen war es genauso. Sie versammelten sich bei uns, schließlich hatte Kajo die bessere Wein- und Schallplattensammlung. Die Party an dem ersten Sonntagmorgen war nur eine Art Auftakt gewesen, und seitdem blieb es nie unter drei oder vier Flaschen, die sie gemeinsam leerten, an keinem Tag der Woche.

Mo und Kajo richteten einen Partyraum ein, und dazu ließen sie sich von dem örtlichen Schreinermeister eine Bar zimmern, die Erste in der gesamten Region, und seitdem herrschte in unserem Keller eine verruchte Großstadtatmosphäre, die im Dorf die wildesten Gerüchte auslöste. Einige der mutigsten Dörfler brachten alle möglichen Vorwände vor, um selber einmal einen Blick in unser Haus zu erhaschen, aber Mo ließ sie meistens nicht so einfach davonkommen. Spätestens nach dem dritten oder vierten Bier oder

Wein oder Campari gefiel es den Besuchern richtig gut bei uns.

»Sie sind ja doch ganz nett, Frau Krämer.«

»Sag Monika zu mir.«

»Sie sind ja doch ganz nett, Monika.«

Nach einer weiteren Flasche waren auch solche Probleme gelöst, und Mo brachte den Bauern und ihren Söhnen nicht nur das *Du* bei, sondern auch das Zungenküssen, das Marihuanarauchen und das richtige Ankreuzen der Wahlzettel. Einige Monate nach unserem Umzug konnte die DKP die ersten Vertreter in den Ortsausschuss entsenden.

Albert war ein strahlender, gut aussehender Mann, der viel lachte, gerne Sport trieb und keinerlei Gespür für das Gewicht der Dinge zu haben schien – das genaue Gegenteil von Kajo. Elke war still und in sich gekehrt, hatte sich bereits als Schülerin für Latein interessiert und die Altphilologie zu einer Art Lebensstil gemacht. Hübsch, aber gouvernantenhaft. Ihn mochten wir, sie war uns ein wenig unheimlich.

Albert war einer der wenigen, die überhaupt wussten, wer Kajo war und welche Rolle er noch vor wenigen Jahren in Berlin gespielt hatte, und er begegnete meinem Vater mit Neugier und Respekt, eine Mischung, die Kajo wohl gefiel.

Meine Eltern und Schmidts wurden so etwas wie die Urzelle einer Gemeinschaft, die sich aus den Zugezogenen in der Gegend bildete, die meisten davon Lehrer, dazu der Leiter der örtlichen Bibliothek, ein Lokalreporter, eine alleinstehende Autorin und die gesamte Bewohnerschaft einer Landkommune, die in der Nähe einen ökologischen Bauernhof betrieb und nebenbei Musik machte. Schon nach wenigen Monaten tobten in unserem Haus ausschweifende Feste, und ich erinnere mich an die Scharen von hageren Männern mit Schnauzbärten und die Frauen in Hosenanzügen, die überall herumstanden oder saßen oder lagen. Alle tanzten, alle tranken, bis die ersten kichernd und kreischend zu Boden fielen, der schon übersät war mit Papptellern, Bier- und Cocktailgläsern, übervollen Aschenbechern, dazwischen Janis und ich und andere Kinder, und dazu die verwirrten Dörfler, die sich bemühten, cool und weltgewandt zu wirken.

Mo engagierte sich im Ort und an der Schule. Sie wurde Vorsitzende des Elternbeirates, ging regelmäßig zur Einwohnerversammlung, ließ sich in den Ortsausschuss wählen, organisierte beim Fest der Freiwilligen Feuerwehr einen Kuchenstand und gründete mit Albert zusammen eine Art Anzeigenblatt, sehr subversiv natürlich, da sie nicht nur über lokale Angelegenheiten berichtete, sondern die große Politik in den Schwarzwald brachte.

»Das ist Aufklärung, Albert. Frag Kajo, der weiß, was ich meine.«

»Wenn du solche Dinge schreibst, werden wir keine einzige Anzeige bekommen. Die SPD hat bei den letzten Kommunalwahlen nicht einmal 20 Prozent im Ort bekommen.«

»Die SPD? Das ist mir doch egal. Du wirst schon sehen, dass ich Recht habe.«

Mo hatte nicht Recht. Das Anzeigenblatt wurde von der gesamten örtlichen Wirtschaft boykottiert. Trotzdem brachte Mo es einmal im Monat heraus, und immer mehr Dorfbewohner dankten ihr oder spendeten sogar freiwillige Beträge.

Kajo ignorierte Mos Engagement, er hatte genug mit sich und seinem Buch zu tun. Bei Elke war es ähnlich, wenn auch aus anderen Gründen. Sie rümpfte die Nase über die Kleingeistigkeit der Leute, und außerdem war sie zu schüchtern, um sich mit gestandenen Landwirten zu unterhalten. Es führte dazu, dass fast überall Mo und Albert auftauchten und die Leute allmählich dachten, dass sie verheiratet sind. Und es dauerte nicht besonders lange, bis die beiden es ebenfalls dachten und ausführlich ihren ehelichen Pflichten nachkamen.

Wir selbst, das heißt Janis, ich und Kajo, hatten erst einmal keine Ahnung. Wir merkten nur, dass Mo, immer wenn Schmidts zu Besuch waren, darauf erpicht war, Albert etwas im Haus zu zeigen, ein neues Möbelstück, den Teppichboden im Keller, das eingebaute Fenster im Dachstuhl, und dann blieben sie für eine halbe oder auch eine ganze Stunde verschwunden.

Eines Tages dann, im Hochsommer bei einem unserer Gartenfeste, als alle draußen auf der Wiese saßen, sagte einer der Gäste zu Kajo:

»Was ist denn das für ein Geräusch?«

»Ich höre nichts.«

»Da, schon wieder. Das ist doch Monika. Vielleicht ist sie gestürzt? Sie schreit doch.«

Unter den Gästen trat ein betretendes Schweigen ein, denn Mo schrie tatsächlich, aber es war deutlich, dass sie nicht gestürzt war. Und Albert, der ihr im gleichen Rhythmus antwortete, fehlte auch nichts. Die Gäste sahen sich verlegen an, bis die Ersten von ihnen aufstanden, Kajo und Elke mitleidig die Hand drückten, und sich verabschiedeten.

Als Mo und Albert wieder im Garten erschienen, waren nur noch die beiden da.

»Oh! Was ist denn los? Wo sind denn alle?«

Der Skandal war da, die Gefühle verletzt, die Dörfler empört. Sie waren, warum auch immer, davon überzeugt, dass meine Mutter die Schuldige war und nicht der sympathische Herr Schmidt.

Aber meine Eltern wären nicht meine Eltern, hätten sie die Sache geregelt, wie es üblich war.

»Was gedenkst du jetzt zu tun?«, fragte Kajo sie ein paar Tage später.

»Was schon? Ich weiß es nicht. Ich meine, es kommt ganz auf Albert an.«

»*Was* kommt auf Albert an?«

»Ob er mich noch will…«

Kajo ging, türenknallend.

»Jetzt sei nicht kindisch, Kajo«, rief sie hinter ihm her. »Ich schlafe doch nur mit ihm.«

Im Nachhinein habe ich mich oft gefragt, ob Mo damals klar war, was sie tat, aber vermutlich hatte sie viel früher als wir gemerkt, dass Kajo und sie ohnehin auf einen Punkt zusteuerten, an dem nichts mehr zu retten wäre. Albert war für Mo nur eine Art Notausgang, sie fühlte sich ungerecht behandelt, aber statt sich zu wehren, entschloss sie sich zu gehen, und vermutlich war das einfach nur ihre Art, mit den Dingen klar zu kommen.

Nach dem Vorfall auf dem Sommerfest trafen meine Eltern eine Vereinbarung, eine Art gegenseitige Unabhängigkeitserklärung, eine Gütertrennung der besonderen Art, und drei Wochen später fuhren mein Vater und Elke Schmidt für ein verlängertes Wochenende in die Berge. Sie aßen gut, Kajo dozierte über die passenden Weine, sie gingen spazieren, und in der Nacht versuchten sie miteinander zu schlafen. Anschließend weinte Elke stundenlang, während Kajo stocksteif neben ihr lag und an die Zimmerdecke starrte. Im Morgengrauen versuchten sie es noch einmal, aber es endete wieder in einem ziemlichen Fiasko. Immerhin konnten sie danach zum ersten Mal seit Tagen wieder lachen. Elke drückte ihm einen Kuss auf die Wange.

»Geh runter von mir, Kajo, es hat keinen Zweck«, sagte sie.

»Du hast Recht.«

»Ich bin einfach nicht bereit dazu.«

»Wollen wir frühstücken gehen?«

»Gerne.«

Und dann sagte sie zu mir, der im selben Zimmer lag und das Ganze beobachtete:

»Kommst du, Ho. Wir wollen aufstehen.«

Kajo und Elke freundeten sich miteinander an, und ihre gemeinsamen Ausflüge, zu denen Janis oder ich sie begleiteten, wurden zu einer festen Institution. Ob ihre Beziehung wirklich immer platonisch blieb, hat Kajo mir nie verraten, aber sollte er jemals den Gedanken gehabt haben, Monika eifersüchtig zu machen, ging dieser Plan gründlich daneben. Monika zog für einige Monate rüber zu Albert, und Elke wohnte bei uns, und da Elke die bessere Köchin war und nicht nur ihre Kinder, sondern auch uns versorgte, hatten Janis und ich nichts dagegen einzuwenden.

Die eigentliche Krise kam erst, als Mo von Kajo die Erlaubnis haben wollte, mit Albert in Urlaub zu fahren.

»Was sagt Elke dazu?«, fragte er.

»Ich weiß es nicht, das ist Alberts Sache.«

»In Ordnung, fahr mit ihm. Aber wenn du wiederkommst, werde ich nicht mehr hier sein.«

»Was soll das heißen, du bist nicht mehr hier? Kajo! Wer kümmert sich dann um die Kinder?«

Mo sah ihn wütend an, und es dauerte eine ganze Weile,

bis sie bemerkte, dass er weinte. Janis und ich tauchten hinter dem Sofa auf.

»Warum weint Papa?«

»Das versteht ihr nicht«, sagte Mo.

Kajo, der die Hände vom Gesicht nahm, sah sie wütend an.

»Doch, Monika, das tun sie. Du bist diejenige, die es nicht versteht.«

Meine Eltern vereinbarten eine Art Waffenstillstand, der ihnen Zeit zum Nachdenken gab. Janis und ich waren inzwischen fast zehn und damit alt genug, um am Verstand unserer Eltern zu zweifeln. Kajo sagte, dass er einige Zeit für sich alleine bräuchte, aber dann fragte er mich, ob ich nicht Lust hätte, ihn zu begleiten.

»Wohin fahren wir?«, erkundigte ich mich.

»Irgendwohin. Ins Blaue. In die Berge, oder ans Meer.«

»Ja, ans Meer, ans Meer«, jubelte ich.

»Dann pack deine Sachen.«

»Und Janis?«

»Die passt in der Zeit auf deine Mutter auf.«

12. Der Untergang der BRD

30 Jahre später wirft meine Schwester unseren Eltern vor, dass sie uns nie beigebracht hätten, ein verantwortungsvolles Leben zu führen.

»Was meinst du damit? Was soll das heißen, verantwortungsvolles Leben?«, frage ich sie, als wir wieder einmal darüber sprechen.

»Tu nicht so, Ho. Was soll ich damit wohl meinen?«

»Ich weiß es nicht.«

»Ich auch nicht, das ist ja der springende Punkt.«

Sie grinst, aber in ihrem Herzen meint sie es durchaus ernst.

»Verantwortungsvoll zu leben«, sage ich, »bedeutet, dass man versucht, einigermaßen glücklich zu werden, ohne dabei allzu viel Schaden in seiner Umgebung anzurichten. Ich denke, dass Mo und Kajo uns eine Menge dazu mitgegeben haben, um das zu schaffen.«

Janis sieht mich entsetzt an.

»Einiges mitgegeben? Ach ja?! Mo und Kajo haben immer nur an sich gedacht, nie an uns. Ihr Leben ist ein einziger Ego-Trip, und wir dürfen's jetzt ausbaden.«

»Oder besser machen«, erwidere ich.

»Vergiss es.«

Ich finde Janis' Bemerkung nicht gerade freundlich, auch wenn sie vielleicht Recht hat. Sie spürt, dass sie zu weit gegangen ist. Sie kommt zu mir herüber, wir sitzen in einem Café in Mitte, und umarmt mich.

»Ich hab's nicht so gemeint. Ich finde einfach nur, dass du die beiden zu gut wegkommen lässt. Das haben sie nicht verdient.«

»Janis! Wir sind 37! Wie lange soll man seine Eltern für das Unglück seines Lebens verantwortlich machen?«

»Dann gibst du es wenigstens zu!«, sagt sie triumphierend.

Ich hebe resigniert die Hände. In dieser Frage werden wir uns ohnehin niemals einigen. Warum sich also drüber streiten? Außerdem haben wir uns wegen eines ganz anderen Themas getroffen – ihrer Fahrt mit Morten.

»Wie war eigentlich euer Ausflug?«, erkundige ich mich. »Hat Morten sich getraut? Hat er dich gefragt, ob du seine Frau werden willst?«

»Hat er«, sagt sie.

»Und?«

»Ich habe abgelehnt.«

Sie sagt das, als wäre es nichts, worüber man weiter sprechen müsste.

»Was ist passiert? Ich dachte, er wäre der Richtige. Hast du das nicht gesagt?«

»Er ist der Richtige, das glaube ich immer noch.«

»Aber du willst ihn nicht heiraten?«

»Doch, will ich.«

Typisch Janis, die konsequent alle Regeln der Logik ignoriert.

»Erklärst du es mir? Oder darf ich davon ausgehen, dass du mal wieder total herumspinnst?«

Sie schlürft von ihrem Milchkaffee, und dann gibt sie mir einen kurzen Bericht der zurückliegenden Tage. Sie war mit

Morten von Kopenhagen aus aufs Land gefahren, und dort hatten die beiden lange Spaziergänge gemacht. Sie hatten in Restaurants gegessen und sich im Wellness-Bereich ihres Hotels vergnügt, und es war genauso gewesen, wie Janis es sich vorgestellt hatte. Morten hatte sogar einen Ring besorgt, und dann hatte er sie mit den klassischen Worten gefragt, ob sie ihn heiraten würde.

»Und? Was hat dir nicht gefallen?«, frage ich, und meiner Stimme ist meine Ungeduld anzumerken.

»Ich wollte es ihm nicht so einfach machen. Das ist alles. Ich weiß, dass es idiotisch ist, und wenn ich es dadurch versaut habe, dann habe ich wohl Pech gehabt. Aber ich konnte einfach nicht *Ja* sagen. Es wäre so… einfach gewesen. So langweilig. Stell es dir doch nur mal vor: Ich wäre plötzlich verlobt gewesen, wir hätten geheiratet, ich hätte vielleicht noch ein Kind bekommen, wir hätten ein Haus gebaut, wir wären alt geworden und gestorben. Ich hatte in dem Augenblick einfach nur Angst.«

Ich nicke, auch wenn ich immer noch im Dunkeln tappe, was in ihr vorgeht.

»Und was willst du jetzt tun?«

»Ich weiß nicht. Gar nichts, denke ich mal.«

»Und Morten? Wie hat er reagiert?«

»Er war ziemlich fertig. Total vor den Kopf gestoßen. Ist ja auch kein Wunder.«

»Wie wird es weitergehen mit euch?«

Über Janis' Gesicht huscht ein kleines, schüchternes Lächeln.

»Ganz einfach: Er soll mich noch mal fragen. Ich glaube, dann schaffe ich es.«

Abends erzähle ich Celia von unserem Gespräch. Zuerst lacht sie, aber dann wird ihr Gesicht ernst.

»Ich kann deine Schwester verstehen.«

»Würdest du es genauso machen?«, frage ich sie.

»Das weiß ich nicht. Ich bin noch nie gefragt worden…«

Ich falle auf die Leichtigkeit in ihrer Stimme herein, aber das ist der größte Fehler, den ich begehen kann. Viel zu spät bemerke ich, was dieses kleine, belanglose Gespräch für sie bedeutet, und den Rest des Abends wechseln wir kaum noch ein Wort miteinander.

Nachts liege ich wach im Bett und muss an die ersten Wochen denken, nachdem Celia und ich uns kennen gelernt haben. Die Sache zwischen uns war damals noch keineswegs ausgemacht, und obwohl wir miteinander schliefen, wussten wir nicht, was wir füreinander bedeuteten. War es nur eine kurzlebige Affäre, zu der uns unsere Freunde verholfen hatten, oder gab es die Chance, dass mehr daraus wurde? Und wollten wir es überhaupt? Das Einzige, was uns verband, war der Wille, eine Antwort auf diese Frage zu finden.

Celia arbeitete damals neben ihrer Uni-Karriere in einem Antiquariat in Berlin-Mitte, das einem Bekannten von ihr gehörte. Ein- oder zweimal in der Woche übernahm sie eine Nachmittagsschicht, und da ohnehin keine Kunden kamen, nutzte sie die Zeit, um für ihre Habilitationsschrift Quellen auszuwerten. Das Geschäft hatte wie so viele Antiquariate eine ziemlich angestaubte Atmosphäre – so ähnlich wie das Geschäft, in dem meine Großeltern sich kennen gelernt hatten. Auch Mo und Kajo hatten sich in einer Umgebung voller Bücher kennen gelernt. Das war Ende 1965 in der Bibliothek des Otto-Suhr-Instituts, ein Nachmittag, an dem Kajo, der angehende Revolutionär, ungeschickt wie er nun einmal ist, einen Stapel Bücher von einem Tisch warf. Meine

Mutter, die nur zufällig dort war, half ihm beim Aufheben, und bei dieser Gelegenheit berührten sich die beiden das erste Mal. Etwas später tranken sie Kaffee miteinander, dann folgte der erste Kuss, der erste Sex, sie zeugten mich und Janis, heirateten, ließen sich scheiden, heirateten beide ein zweites Mal, ließen sich erneut scheiden, und inzwischen lieben sie sich seit fast vierzig Jahren heiß und innig und leben gemeinsam in wilder Ehe in einer 180-Quadratmeter-Wohnung in Berlin-Schöneberg.

Das Geschäft, in dem Celia ihre Nachmittage verbrachte, war auf Reiseberichte, alte Reiseführer und Stadtansichten spezialisiert. Ich besuchte sie einige Male in dem Laden, der in einer kleinen, stillen Seitenstraße im Nikolaiviertel liegt. Sie saß meistens hinter der altmodischen Registrierkasse und war in ein Buch vertieft. Wenn ein Kunde den Laden betrat, läutete eine kleine Glocke, die an der Tür befestigt war. Ich blieb immer ein paar Minuten auf der gegenüberliegenden Straßenseite stehen und beobachtete Celia. Sie las und rauchte vielleicht eine Zigarette dabei. Gelegentlich hörte sie auch Musik über ihren Walkman. Celia war für eine Frau zwar nicht klein, ein Meter und siebzig, aber sie war sehr schlank und zwischen den bis zur Decke reichenden Bücherregalen wirkte sie auf eine charmante Weise verloren. Merkwürdigerweise ließ dieser Eindruck sie nicht beschützenswert erscheinen, sondern im Gegenteil besonders stark. Dieses Bild, das ich sah, sie selbst in modischen, bunten Kleidern und mit hochgesteckten Haaren, die Umgebung aber ruhig und grau und antiquiert, gab die Widersprüchlichkeit ihres Charakters so gut wieder, dass ich sie nur dadurch, dass ich sie so ansah, besser kennen lernte als jemals zuvor. Ich denke, dass ich mich in diesen Wochen noch einmal in sie verliebte, oder auch jedes Mal von neuem, immer wieder, wenn ich sie dort abholte. Seit ich Celia kenne, erfüllt mich ein seltsamer Optimismus. Das ist neu für mich. Sehr gewöhnungsbedürftig.

Am nächsten Tag hoffe ich, dass Celia die Sache mit Morten und Janis vergessen hat. Wir verabreden uns für den Abend, und nachdem ich einen anstrengenden Tag in der Agentur hinter mich gebracht habe, komme ich ziemlich erledigt zu ihr. Ich gebe ihr einen Kuss zur Begrüßung und dann gammele ich in ihrem Wohnzimmer herum, höre Schallplatten und blättere in ein paar Zeitschriften, ohne mich allzu sehr zu konzentrieren und auch ohne mich zu fragen, was sie eigentlich die ganze Zeit treibt.

Ich mache mich also in bester Laune auf Celias Sofa lang, aber sie klingt ziemlich aufgeregt und ruft mich in die Küche. Celia steht am Waschbecken, trägt rosafarbene Plastikhandschuhe und sieht mir voller Wut entgegen. Ich mache mich auf schlimme Nachrichten gefasst.

»Was ist passiert?«

»Das Waschbecken ist kaputt. Das Wasser läuft nicht ab. Ich weiß nicht, was ich tun soll«, sagt sie, und natürlich weiß ich, dass sie an solchen Dingen verzweifeln kann, aber ich bin nun einmal nicht der Mensch, der den Kleinigkeiten im Leben solchen Respekt erweist wie sie. Jetzt aber reiße ich mich zusammen und sage möglichst ruhig:

»Reparieren? Wie wäre es damit?«

»Ho, sei nicht gemein zu mir. Ich kann das nicht.«

Die Selbstverständlichkeit, mit der sie offenbar davon ausgeht, dass ich in der Lage wäre, eine Küchenarmatur zu reparieren, erfüllt mich mit Stolz, und damit zieht sie mich sofort auf ihre Seite. Ich krempele die Ärmel hoch, aber plötzlich ist sie diejenige, die lacht, und bevor ich mich an die

Arbeit machen kann, hält sie mich mit einem erstaunten Gesichtsausdruck zurück.

»So habe ich das nicht gemeint, Ho. Kannst du nicht im Telefonbuch nachsehen? Es gibt bestimmt einen Klempner, der auch abends noch kommt.«

Sie merkt nicht einmal, was sie mit mir und meinem Selbstbewusstsein anrichtet.

»Ach, Unsinn, Klempner. Ich mach das schon.«

»Oh… das ist toll, Ho. Warte, ich hole dir Werkzeug.«

Ich liege eine gute halbe Stunde unter dem Waschbecken, und es gelingt mir zwar nicht, den Abfluss zu befreien, aber dafür weiß ich, warum die DDR untergegangen ist. Celia wohnt in einem Altbau im Prenzlauer Berg, die gesamte Installation stammt noch aus den Zeiten vor der Wende, und anstatt chromblitzender High-Tech-Materialien, wie sie im Westen üblich sind und mit denen man auch eine Raumstation oder einen Operationssaal ausstatten könnte, starren mir graue, brüchige, primitive Plaste-Teile entgegen. Ein Staat, der die Waschbecken seiner Bevölkerung mit so etwas ausgestattet hat, konnte nicht überleben.

Tatsache ist allerdings auch, dass ich nicht lebenstüchtiger bin als der ehemalige Osten, denn es gelingt mir nicht, mich in dem Gewirr aus Rohren und Ringen, Dichtungen und Schraubklemmen zurechtzufinden. Entnervt gebe ich auf und tauche verschwitzt und fluchend an der Oberfläche auf.

»Such dir eine neue Wohnung. Das hier hat überhaupt keinen Zweck, ich blicke nicht durch. Oder wir rufen wirklich den Klempner.«

Celia lacht. Ich habe sie mit meiner Unternehmungswut angesteckt. Sie nimmt mir die Rohrzange aus der Hand und macht sich selber an der Sache zu schaffen, und keine fünf Minuten später höre ich ihr Triumphgeschrei, und natürlich weiß ich, dass mir wieder einmal eine Niederlage bevorsteht.

»Ich hab's, ich hab's. Sieh mal, das ist ganz einfach«, ruft sie immer wieder.

Ich beuge mich zu ihr hinunter, und sie hat es ohne weiteres geschafft, das richtige Rohr ausfindig zu machen, es aufzuschrauben und einen unappetitlichen Knäuel aus Essensresten, Haaren, Gummibändern herauszukratzen. Es stinkt erbärmlich, aber sie ist glücklich wegen ihrer Heldentat.

»Sieh mal, du musst einfach nur diesen Ring hier aufschrauben, und dann...«

»Großartig. Du bist phantastisch«, sage ich schlecht gelaunt.

Sie kichert, und dann boxt sie mich und lacht und singt unsinnige Worte wie ein kleines Mädchen, und irgendwann lache auch ich und wir liegen uns in den Armen.

Die nächsten Stunden verbringen wir sehr harmonisch miteinander, ohne großartigen Streit. Okay, ein paar kleinere Vorfälle gibt es doch. Zum Beispiel beschimpft sie mich, weil ich stundenlang in der Wanne liege und dabei mit ihrem schnurlosen Telefon ein paar Freunde in Übersee anrufe und Ewigkeiten mit ihnen plaudere, während ich alle zehn Minuten warmes Wasser nachlaufen lasse. Sie stürmt irgendwann ins Bad und macht mir Vorwürfe, reißt mir das Telefon aus der Hand und wirft es zu mir ins Wasser, und anscheinend wundert sie sich, dass ich es überlebe, und ich mache sie darauf aufmerksam, dass das Gerät mit Schwachstrom betrieben wird. Ich sage ihr, dass Auslandsgespräche dank der neuen Vorwahlen weniger kosten als Ortsgespräche, woraufhin sie endgültig die Fassung verliert.

»Du denkst ans Geld?«, schreit sie. »Du glaubst, ich rege mich auf, weil du meine Telefonrechnung ins Uferlose treibst? Das denkst du?«

»Was sonst?«

»Was sonst? Ich sage dir, was sonst. Ich freue mich schon die ganze Woche auf diesen gemeinsamen Abend mit dir, und du hast nichts Besseres zu tun, als drei Stunden in dieser Schaumbrühe zu liegen und zu quatschen.«

»Oh, ich…«

Sie rennt türenknallend heraus und verdrückt sich ins Schlafzimmer, ich renne hinter ihr her und stehe als wandelnder Schaumberg vor ihr, tropfe ihren Teppichboden voll und mache mich auf eine stundenlange Auseinandersetzung gefasst, aber sie sieht mich so vor sich stehen und lacht, und dann sagt sie mit samtweicher Stimme: »Siehst du. So gefällst du mir schon viel besser.«

Später liegen wir nebeneinander in ihrem Bett und reichen eine Zigarette hin und her, und dann erzähle ich ihr die Geschichte von Mo und Kajo im Schwarzwald. Ich schmücke die Sache ziemlich aus und schildere ihr, wie Kajo versucht hat, die Bauern im Ort zu agitieren. Er hielt ihnen damals stundenlange Vorträge über das Schweinesystem und dass man es bekämpfen müsse, worauf die Dörfler nur meinten, dass das Schweinesystem doch hervorragend funktioniere, und wenn er es nicht glaube, könne er sich ruhig im Stall mit eigenen Augen überzeugen. Celia lässt sich von diesen Geschichten nicht aufs Glatteis führen, genauso wenig wie ich selbst, und spätestens als ich ihr die Geschichte von Albert und Mo erzähle, wird ihr Gesichtsausdruck ernst. Sie stützt den Kopf in die Hand und sie streicht mir über die Brust, während ich ihr davon erzähle. Wirklich aufmerksam wird sie aber erst, als ich andeute, wie Janis die Sache einschätzt und dass sie der Meinung ist, dass Mo damals am besten bei Albert geblieben wäre.

»Was meint deine Schwester damit, dass Albert der einzige Mann gewesen wäre, den deine Mutter jemals geliebt hat? Glaubst du das auch?«, fragt sie mich.

»Ich weiß es nicht«, sage ich. »Ich weiß es wirklich nicht. Nein, ich denke, Mos große Liebe ist Kajo, auch wenn der selbst das vermutlich nicht glaubt. Aber darum geht es vielleicht auch gar nicht. Wir haben uns damals immer alle Sorgen um Kajo gemacht, schließlich stand er immer im Mittelpunkt, auf ihn richteten sich alle Blicke und alle berühmten Leute wollten mit ihm sprechen, aber als immer klarer wurde, dass die große Revolution endgültig nicht stattfinden würde, rechneten wir damit, dass er in eine große Krise rutschen würde. Dabei hätten wir uns lieber Sorgen um Mo machen sollen, denn sie war diejenige, die wirklich enttäuscht war und die damals die ersten Anflüge ihrer Depression zu spüren begann.«

Celia nickt, und ich erinnere mich daran, dass sie selbst einmal ein langes Gespräch mit Mo geführt hat. Vielleicht schließen sich für sie allmählich einige Lücken in dem Puzzle, das am Ende ein Bild unserer Familie ergeben würde, oder vielleicht auch nur ein Bild von mir, ein Bild, das ihr helfen könnte, mich oder uns alle zu verstehen. Sie schläft dann in meinen Armen ein, aber ich bin nicht in der Lage, die Augen zu schließen. Ich starre stundenlang in die Dunkelheit, und ich spüre mit einer schmerzhaften Klarheit, dass mir selbst noch zu viele Teile in diesem Puzzle fehlen. Ich halte Celia im Arm, und sie seufzt im Schlaf. Es ist ein perfekter Moment, ein Augenblick des totalen Glücks, aber das ist genau der springende Punkt. Ich kann mich immer noch nicht damit abfinden.

13. Wendezeit

1981 zogen wir aus unserem süddeutschen Exil zurück in die Zivilisation, dieses Mal nach Köln, aber Kajo war damals eigentlich der Einzige, der sich darüber freute. Wir Kinder hatten uns endlich mit unserer Heimat auf dem Land abgefunden, wir hatten unsere Freunde und wollten bleiben, aber Kajo war vollkommen aus dem Häuschen bei der Vorstellung, wieder in die Stadt zu kommen. Er hatte in den zurückliegenden Jahren über tausend Manuskriptseiten vollgeschrieben mit seinen langen, verzwirbelten, irgendwie marxistischen Sätzen, und dafür war er mit einer Professur belohnt worden. Er war, das weiß ich heute, einer der letzten, der durch das weit geöffnete Tor der Berufungen hindurchschlüpfte, bevor auch damit Schluss war und man sich seitdem etwas mehr anstrengen muss, um etwas zu werden, an der Universität und überhaupt im Leben. Kajo dagegen hielt die Sache damals wie heute für selbstverständlich. Er war endlich da, wo er hingehörte, jedenfalls nachdem der Traum von der Revolution ausgeträumt und beerdigt war: an der Universität, seiner wahren Heimat.

Bei Mo lagen die Dinge anders. Sie entschloss sich zunächst, nicht zu arbeiten. Kajo verdiente jetzt genug Geld für uns alle, und sie wollte sich um das Haus, um uns Kinder, um ihre Zukunft kümmern. Eine Art Neuanfang.

Zunächst einmal machte Mo sich daran, uns ein gemütliches Zuhause zu schaffen, und so begann sie das Haus meiner Großeltern, in das wir gezogen waren, zu renovieren. Oma und Opa Eckhorn machten uns Platz und zogen in die Einliegerwohnung unter dem Dach, aber der Rest des Hauses war in einem katastrophalen Zustand, alles war überzogen von der Patina der 50er Jahre, alles roch nach Essen, Tabak, 4711, und für Mo gab es unendlich viel zu tun.

In Wahrheit ging es ihr um etwas ganz anderes. Mo wollte durch die Monate des Heimwerkens Zeit gewinnen. Die brauchte sie, um herauszufinden, was sie eigentlich mit dem *Rest ihres Lebens*, wie sie es selbst nannte, anfangen sollte. Sie war vierzig Jahre alt, was sie oft genug betonte, und für Leute aus ihrer Generation kam das offenbar einem Todesurteil gleich. Midlife-Crisis, Depression, was weiß ich, jedenfalls standen die Zeichen bei ihr eindeutig auf Krise.

Monatelang gingen Handwerker ein und aus. Im Vorgarten stand ein riesiger Müllcontainer, der sich immer wieder von neuem mit Bauschutt und alten Möbeln füllte. Mo trug Malerhosen, alte T-Shirts, ein Stirnband. Wenn wir mittags von der Schule nach Hause kamen, war sie verschwitzt und voller Farbspritzer. Sie lachte und sah zufrieden aus, alles entwickelte sich wunderbar. Es gab Räubermahlzeiten auf einem Stück Plastikfolie, kalte Koteletts, ein Stück Gurke, Käsebrote. Wir schmatzten zufrieden, während uns der Geruch der frischen Farbe schwindelig machte. Monika tapezierte, verlegte Fußböden, brachte Bücherregale an, und sie ließ sogar ein paar Mauern versetzen. Sie baute eine neue Küche ein, legte die Deckenbalken frei, entschied sich für neue Fenster. Sie machte fast alles selber, und sie war so tatkräftig und energisch wie immer. Am Ende begann sie, neue Möbel zu kaufen und die Zimmer einzurichten.

Als das Haus beinahe fertig war, suchte sie sich eine neue

Herausforderung, und dann begann sie, den Garten umzugestalten. Mo war einfach nicht zu bremsen, und wir alle hatten das Gefühl, dass sie in ihrer neuen Aufgabe aufging. Dann bemerkten wir allerdings einige seltsame Dinge. Zum Beispiel erledigte Mo viele Arbeiten doppelt und dreifach. Sie strich die Wände erst weiß, dann beige, dann ocker, dann wieder weiß. Oder sie kaufte Teppichboden, verlegte ihn, riss ihn wieder heraus, nur um das Ganze dann noch einmal zu machen. Sie brachte eine Lampe an, verschob sie um einige Zentimeter, immer wieder, bis die Decke voller Bohrlöcher war, und sie erneut streichen musste. Sie beendete die Arbeit, aber anstatt zufrieden zu sein, fing sie einfach wieder von vorne an.

Wir wohnten seit etwa einem Dreivierteljahr in Köln. Es war Winter geworden, kalt und grau. Mo saß den ganzen Tag im Wohnzimmer oder in der Küche herum und tat gar nichts mehr. Aus, vorbei, ihr Tank war leer. Die Renovierung war vorbei, alles andere auch. Wir kamen aus der Schule, und sie sah uns aus müden Augen entgegen.

»Was gibt's zum Mittagessen?«, fragten wir.

»Habt ihr schon wieder Hunger?«

»Klar.«

»Kauft euch was. Ich bin zu müde zum Kochen.«

Janis und ich verstanden die Welt nicht mehr. War das wirklich unsere Mutter? War das die Frau, die noch vor wenigen Monaten stolz und glücklich auf einem Pferderücken über die Felder geritten war oder die mit Albert in einem stillen Waldsee gebadet hatte?

Irgendwann, als wir zu dritt zusammen saßen, Kajo war wie immer an der Uni, sagte sie:

»Mach das Licht an, Ho.«

»Ist an.«

»Was?«

»Das Licht ist an.«

Sie blinzelte uns aus zusammengekniffenen, rotumränderten Augen an. Dann fing sie an zu weinen, und uns wurde klar, was wir schon lange ahnten, unsere Mutter war in einem katastrophalen Zustand. Mo war am Ende, fertig mit den Nerven. Wahrscheinlich war sie sogar krank, und wir befürchteten, dass es etwas Schlimmes sein könnte. Aber so war es nicht. Mo litt einfach, weil sie keine Antworten mehr auf ihre Fragen hatte, und die wichtigste davon war die, wie es weitergehen sollte.

Sie benahm sich im Laufe der Monate immer seltsamer. Sie fing an, sich den Kopf über Kleinigkeiten zu zermartern. Was soll ich einkaufen? Was soll ich anziehen? Soll ich mich waschen? Warum soll ich aufstehen? Ich stehe nicht auf. Lasst mich schlafen. Ich bin müde. Geht weg. Lasst mich alleine.

Sie wusste nicht wohin. Sie hatte keine Ahnung, was sie tun sollte. Die alten Dinge, die, die sie früher in Berlin bewegt hatten, taugten nicht mehr. Das ganze alte Leben, in der Kommune, mit den Freunden – aus und vorbei. Es gab für sie keine Rückkehr, weil das Leben, das sie früher geführt hatte, verschwunden war. Sie musste also für Ersatz sorgen – ein neuer Horizont, ein neuer Stern, eine neue Sonne. Und die hatte, wie sich im Laufe dieses Jahres und für uns alle erst einmal sehr überraschend ergab, ein indisches Aussehen, einen graumelierten Vollbart, eine Mütze auf dem Kopf. Und sie fuhr am liebsten Rolls Royce, diese Sonne.

Mo trat also 1981 tatsächlich in eine Sekte ein, und man kann sagen, was man will, es tat ihr gut.

In Wahrheit war Mo schon einige Jahre zuvor in Poona gewesen. Ich hatte damals nichts davon gewusst, ich war zu jung, und selbst Kajo erzählte sie es erst hinterher. Das heißt: Monika wusste es zu dem Zeitpunkt, als sie in Richtung Osten aufbrach, selber nicht. Ihr Ziel lautete zunächst einfach nur Indien. In Bombay traf sie sich mit Maya, ihrer alten Freundin aus Berlin, die schon immer in Richtung Erleuchtung unterwegs gewesen war. Die beiden verbrachten ein paar Tage in der Hafenmetropole, durchlitten die ersten indischen Durchfälle und fuhren dann mit dem Zug hinauf ins kühlere und vor allem ruhigere Poona.

»Du wirst es mögen«, hatte Maya erklärt und geheimnisvoll gelächelt. Tatsächlich folgte eine grandiose Zeit. Die beiden schlugen ihr Zelt auf der großen Wiese des Ashram-Geländes auf, und sie lebten einfach und glücklich wie indische Siddhus, abgesehen davon, dass Enthaltsamkeit nicht auf ihrem Programm stand. Stattdessen nahmen sie den schnellsten Weg zur Erleuchtung, die Autobahn ins Samadhi: Morgens Kundalini, mittags die Vorlesungen des Meisters (inklusive anzüglicher Witze), abends Dynamische Meditation – und anschließend von Jörg Andrees Eltern durchgevögelt werden, jedenfalls Maya. Ganz entspannt im Hier und Jetzt. Es war ein einziges Fest, die schönste Zeit ihres Lebens, wie meine Tante (irgendwie war Maya das ja für mich) mir Jahre später oft genug erzählte. Mo ließ die attraktiven und gut ausgestatteten Swamis allerdings abblitzen, trotz ihrer eindeutigen Angebote – sie hatte zu der Zeit ja Albert, und dem war sie tatsächlich treu. Im Übrigen blieb Mo durchaus skeptisch, jedenfalls was die Spiritualität anging. Sie war intelligent, und sie war politisch, und daher konnte sie nicht an den inneren Weg zum Glück glauben, jedenfalls damals noch nicht.

Auf dem Tiefpunkt ihrer Depression, das war im Herbst 1981, traf Monika in Köln einen der Swamis wieder, die sie damals in Poona kennen gelernt hatte. Er lud sie in seine Wohngemeinschaft in der Brabanter Straße ein, in der ausschließlich Sanyasins lebten. Ein paar Wochen später war Mo zur regelmäßigen Besucherin geworden. Sie nahm an den Meditationen teil, hörte sich die Predigten erst auf Kassette und dann auf Video an. Sie war nicht im engeren Sinne gläubig geworden. Fairerweise muss man sagen, dass Bhagwan das auch gar nicht erwartete. Mo tobte sich einfach nur aus, schüttelte sich, tanzte, lernte Tai Chi und Zen-Meditation, und sie starrte auf das kleine Schwarz-Weiß-Bild ihres Meisters, als wäre der ihr neuer Liebhaber (sie trug das Bild nicht in der Brieftasche, sondern an einer Holzperlenkette um den Hals).

Jedenfalls, und darauf kam es für Janis und mich an, fand Mo dank Bhagwan zu ihrer alten Kraft zurück. Kajo lachte über sie und ihre neuste Macke, wie er das nannte.

»Wenn man durch Kopfschütteln und Rumhopsen die Welt verändern könnte, ich würde es tun«, sagte er zu Monika.

»Kann man, Kajo. Aber dafür muss man wach genug sein, um die Veränderung wahrzunehmen.«

»Das ist nicht der Kampf, den wir früher geführt haben.«

»Das stimmt.«

Das Tröstliche an solchen Gesprächen bestand darin, dass sie überhaupt stattfanden. Denn die meiste Zeit gingen die beiden sich aus dem Weg oder schwiegen sich an. Sie merkten also gar nicht, dass sie gerade dabei waren, in unterschiedliche Richtungen abzubiegen, um sich bald endgültig aus den Augen zu verlieren. Ein paar Mal hat Mo sogar versucht, Kajo zum Mitkommen zu bewegen.

»Es würde dir gut tun, Kajo. Die Meditation macht dich ruhig.«

»Danke. Ein Mouton Rothschild hat die gleiche Wirkung.«

»Mach dich nicht lustig über mich.«

»Das tue ich nicht.«

»Und wenn du einfach mal versuchen würdest, mich zu verstehen?«

Er zuckte nur mit den Schultern.

»Ich versuch's ja.«

»Freu dich wenigstens, dass es mir besser geht«, sagte sie.

»Wieso? Ging's dir denn schlecht?«

Mo schüttelte ungläubig den Kopf. Sie ließ Kajo stehen und begann damit, den Keller zu einem Meditationsraum auszubauen, inklusive Sauna, Ruheraum und Anschlüsse für einen Isolationstank – der allerdings war noch zu teuer. Seitdem hörten wir sie und ihre neuen Freunde regelmäßig da unten herumtoben: Das Schreien bei der Kundalini, das Stöhnen bei der Integralmassage. Janis und mir war es egal. Wir freuten uns darüber, dass Mo wieder zu ihrer alten Kraft zurückfand. Das allerdings unter neuem Namen. Sie hieß jetzt *Ma Premi Ananda*.

Für Janis und mich hatte das Ganze erst einmal kaum Folgen, schließlich hielten wir unsere Eltern ohnehin schon für verrückt. Außerdem hatten wir ja noch unsere Großeltern, die jetzt in der Dachwohnung lebten.

Nach der Schule gingen wir oft nach oben, wo uns Oma Lenchen ein warmes Mittagessen und eine halbwegs bürgerliche Atmosphäre vorsetzte. Meistens waren auch noch die anderen Kölner Verwandten da, inzwischen uralt, Onkel Ferdi und Tante Lulu, Justav und Karla, Mechthild und Hannes, und so kamen wir in den Genuss der ganzen rheinischen Musik:

»Et Moni glov ja jetz an Bhagwan.«

»Die jeht jetz meditiere.«

»Dat is wie Rosenkranz, nur ohne Kleider.«

»Näh – dat wä mich ave fies.«

Tante Mechthild, inzwischen weit über 90 Jahre alt, schüttelte angewidert den Kopf, aber Ferdi klopfte ihr beruhigend auf den Schenkel: »Isch hannet zwar noch net probiert, ave waröm eijentlich net? Isch mein, so nackisch is man de liev Herrjott doch en Stücksche nähe, oder net?«

Lulu empört: »Ferdi! Dat is Jotteslästerung, is dat.«

So ging es hin und her, und immerhin tröstete es Janis und mich darüber hinweg, dass die ganze Situation in Wahrheit ernster war, als wir wahrhaben wollten.

Die Sannyasin waren Anfang der 80er Jahre längst nicht mehr der nach Räucherstäbchen duftende Freundeskreis abgehobener Friedensjünger. Im Gegenteil, die spirituellen Wahrheiten konnten knallhart und sehr irdisch sein. Mo fing daher auch an, Janis und mir Vorschriften zu machen: Tisch abräumen, Einkaufen gehen, Hände waschen. Dinge, die Kajo völlig schnuppe waren und die sie selber in den Monaten ihrer Depression vernachlässigt hatte.

Ihre Gedanken kreisten jetzt um die spirituellen Dinge des Lebens: Neben Bhagwan, Yoga und Zen-Buddhismus interessierte Mo sich immer mehr für einen Swami namens Kisanti, der öfters als Meditationsleiter bei uns war. »Er hat eine unglaubliche Energie«, schwärmte sie.

»Bumst ihr?«, fragte ich.

»Und wenn?«

»Ich frag ja nur.«

»Mach lieber deine Schularbeiten.«

Kajo war, abgesehen von seiner Uni-Karriere, genauso seltsam wie Mo. Er hatte zwar nichts mit indischen Meistern zu tun, erlebte aber gerade seine sexuelle Revolution, wenn auch mit zwanzig Jahren Verspätung. Dafür um so heftiger.

Mein Vater, der berühmte Hochschullehrer, etablierte in seinen Seminaren ein einfaches System. Einen benoteten Schein gab es für ein Referat mit schriftlicher Hausarbeit – oder für einen gemütlichen Abend zu zweit im häuslichen Arbeitszimmer. Manche Studentinnen bestanden darauf, beides zu tun. Die bekamen dann als Anerkennung die besten Zensuren, gelegentlich sogar eine Zwischenprüfung. Ich weiß nicht einmal, ob Kajo Kondome benutzte. Er sah zu dieser Zeit wirklich gut aus, lange Haare, ein kantiges, tiefsinniges Gesicht. Er hatte allerdings ziemlich oft schlechte Laune. Meistens lag es daran, dass eine der Studentinnen ihre Tage nicht bekam. Wirklich passiert ist nichts. Jedenfalls wüsste ich nichts davon. Und im Nachhinein würde ich nicht ausschließen, dass seine üble Laune ganz andere Ursachen hatte und dass er seine Abenteuer nur erlebte, um sich an Mo zu rächen. Er hatte ihr die Sache mit Albert nie verziehen, aber noch viel mehr litt er darunter, dass sie keinerlei Anzeichen von Eifersucht zeigte.

Alles in allem konnte kein Zweifel daran bestehen: Wir waren in den spirituellen 80er Jahren angelangt. *Wendezeit*. Allerdings verstanden unsere Eltern ziemlich unterschiedliche Dinge darunter. Kajo dachte an Helmut Kohl, der sich breitbäuchig vor die Sonne schob und das Land verdunkelte, Mo an Fritjof Capra und den Beginn des Wassermann-Zeitalters. Für meine Schwester und mich war es der Eintritt in die Pubertät, nur dass wir selbst dieses Wort niemals in den Mund genommen hätten. Das eigentliche Abenteuer begann also erst.

14. Kämpfen

Mit Mo verbindet mich heute ein herzliches, fürsorgliches Verhältnis, das durchaus auf Gegenseitigkeit beruht. Das Problem bei ihr ist, dass ihre Form ziemlich tagesabhängig ist. Ich weiß vorher nie, mit wem ich es bei ihr zu tun bekomme: mit der ernsten, strengen und ungeheuer sachlichen Politikerin oder mit der exzentrischen Frau von Anfang Sechzig, die hautenge Jeans trägt und sich ausgeflippter benimmt als Elisabeth Volkmann in der Klimbim-Familie. Und ehrlich gesagt, ich weiß nicht einmal, welche Seite ich an ihr lieber mag, aber fest steht, dass ihre Flexibilität in diesen menschlichen Dingen sehr viel ausgeprägter ist als meine.

Wir treffen uns zum Mittagessen in einem Restaurant. Sie kommt hereingerauscht, eine riesige Aktentasche unter dem Arm, und sie scheint zu dampfen wie ein Kampfstier, kurz bevor er den Matador auf die Hörner nimmt.

»Trink erst einmal einen Kaffee. Komm, beruhig dich, soll ich deine Tasche nehmen? Was ist eigentlich passiert«, erkundige ich mich.

»Kaffee? Ich brauch was Stärkeres.«

Sie entscheidet sich für einen Cointreau auf Eis, und als der Kellner dezent die Augenbrauen hebt, vermutlich weil es noch nicht einmal Mittag ist, schickt sie ihn mit ihrem ausgestrecktem Zeigefinger und einem wunderbar abfälligen »Hopphopp« auf den Weg. Dann erzählt sie mir von der

Debatte im Wirtschaftsausschuss, die sie an den Rand der Verzweiflung getrieben hat. Es ging um Energiefragen und um die Neuordnung der Einspeisevergütung für alternativ erzeugten Strom, ein Thema, in dem sie als Expertin gilt und das ihr am Herzen liegt.

Es ist schon merkwürdig, denke ich, während sie spricht, denn immerhin haben wir mit Monika eine waschechte Naturwissenschaftlerin in der Familie. Sie kann ohne Schwierigkeiten bei Debatten mit gestandenen Ingenieuren und Lobbyisten der Atomindustrie mithalten, indem sie ihnen die technischen Unzulänglichkeiten ihrer Anlagen vor Augen hält oder indem sie die Lücken im angeblich geschlossenen Urankreislauf herunterbuchstabiert. Mo wird sogar von Vertretern der Stromkonzerne als widerborstige, aber kompetente Gesprächspartnerin gelobt, was ihr natürlich schmeichelt. Wenn ihr allerdings ein Manager, sie nennt sie nur die *Sakkoflitzer*, ein Kompliment macht, lacht sie laut und schallend auf. Mo hat Sexappeal, dem die RWE-Vorstandsmitglieder in Scharen erliegen, aber sie wäre dennoch ohne Weiteres in der Lage, ihnen kühl lächelnd ins Gesicht zu sehen und sie als Verbrecher und Umweltzerstörer zu beschimpfen.

Seltsamerweise haben wir anderen in der Familie Mos technische Seite schon immer ignoriert, und sie wiederum hat niemals Anstalten gemacht, sich in diesem Punkt durchzusetzen. Als ich sie einmal darauf ansprach, hat sie nur gelacht.

»Du meinst, ich sollte mit Kajo mehr über Biologie und Physik reden? Mit einem Mann, der nicht einmal den Unterschied zwischen Wirkungsgrad und Leistung eines Kraftwerkes kennt?«

»Zwischen was?«

»Siehst du. Es hat überhaupt keinen Sinn. Mit ihm nicht, und mit dir auch nicht.«

Wir studieren die Speisekarte. Mo raucht dabei Kette und hat, wie immer in Sitzungswochen, einen angespannten Gesichtsausdruck. Sie entscheidet sich für den Tafelspitz mit gedämpftem Saisongemüse und Salzkartoffeln, und vermutlich wird sie wieder einmal die Hälfte ihres Essens zurückgehen lassen. Sie ist immer noch auf 180, und allmählich komme ich dahinter, was sie eigentlich derart aufgeregt hat. Die hitzigsten Gefechte im Ausschuss hat sie sich nicht mit den Vertretern der Opposition geliefert, sondern mit einem jungen Abgeordneten ihrer eigenen Partei.

»Der ist jünger als du, Ho. Und trotzdem ist er so altklug, dass ich kotzen könnte. Ich meine gar nicht, dass er so aussieht, als ob er genauso gut im Vorstand eines Großkonzerns sitzen könnte. Geschenkt. Ist ja auch ein kluger Bursche.«

»Wo ist dann das Problem?«

»Er ist einfach zu vernünftig. Er und die meisten Leute in eurem Alter.«

Diesmal muss ich lachen.

»Wir können uns halt keine Flausen leisten«, sage ich dann versöhnlich.

»Solltet ihr aber. Du weißt doch: Wer in der Jugend nicht töricht war, wird im Alter nicht weise.«

»Von wem ist das? Von dir? Von Joschka? Von Kajo?«

»Von Goethe.«

Wir stoßen an. Mo zündet sich die nächste Zigarette an, telefoniert dabei mit ihrem Handy und rollt mit den Augen. Ihr Gesprächspartner, so will sie mir signalisieren, raubt ihr gerade den letzten Nerv.

»Und? Lassen sich mit Goethe die Energieprobleme der Zukunft lösen? Ich bezweifle es«, greife ich den Faden unseres Gesprächs wieder auf.

Mo schiebt sich einen Bissen in den Mund. Es ist eine ihrer schlimmsten Angewohnheiten, dass sie mit vollem Mund spricht. Wenn sie mit mir oder mit Kajo alleine ist, raucht sie außerdem während des Essens, etwas, was sie noch vor einigen Jahren mehr als aufgeregt hätte.

»Ach, Scheiße, Ho. Ich wollte gar nicht auf dieses Generationending hinaus«, sagt sie jetzt. »Wenn ich sage, dass mein junger Kollege zu vernünftig ist, dann meine ich damit einfach nur, dass er die Grundprinzipien der politischen Auseinandersetzung nicht begriffen hat. Der Plan, den er vorgelegt hat, ist wunderbar. Vernünftig, ausgewogen, durchdacht, perfekt.«

»Aber?«

»Du kapierst es nicht, oder? Am Ende der Verhandlungen steht immer ein Kompromiss, also fordert man erst einmal mehr, als man eigentlich haben will. Das ist eine Frage der Logik. Aber weißt du, was das voraussetzt? Die Fähigkeit, sich auseinander zu setzen. Notfalls so, dass die Fetzen fliegen. Und genau das könnt ihr nicht mehr. Die U-Vierziger sitzen im Parlament wie eine Riege junger Professoren, allesamt smart, sachlich, gut ausgebildet. Aber eigentlich ist keiner von denen in der Lage, wirklich für seinen Standpunkt zu *kämpfen*. Glaubst du etwa, das macht Spaß? Wie wollt ihr den Laden eigentlich schmeißen, wenn ihr mal wirklich dran seid?«

»Also doch das Generationending.«

»Ja, meinetwegen, dann halt doch. Eines Tages werdet ihr sehen, dass es ohne Streit nicht geht und dass das auch gut so ist. Die Gesellschaft ist eine Kampfarena und kein Hörsaal.«

»Ich dachte immer, genau das wollt ihr ändern.«

Sie drückt ihre Zigarette im Aschenbecher aus, bestellt

sich noch ein Mineralwasser und schiebt ihren Teller von sich.

»Willst du noch etwas von mir? Komm, hier, das Fleisch ist hervorragend.«

»Du hast fast nichts gegessen.«

»Vergiss es, ich muss gleich zurück. Wir lassen es einpacken, und du nimmst es mit nach Hause. Das ist ein gutes Abendessen für Celia und dich.«

»Wir sind bei Freunden eingeladen.«

»Dann halt morgen. Stell es in den Kühlschrank. Das hält sich. Sogar bis Freitag.«

Ich zucke mit den Schultern.

»In Ordnung. Celia isst zwar kein Fleisch, aber was soll's.«

»Wie geht es euch überhaupt? Ist alles in Ordnung? Es ist schade, dass ich euch so selten sehe. Ihr müsst uns unbedingt mal wieder besuchen. An einem Wochenende. Ich werde alle Termine absagen, wenn ihr kommt.«

»Ach! Das kannst du?«

Sie lächelt. Der Ausdruck in ihrem Gesicht verändert sich, wird milder, fast wehmütig.

»Vielleicht können wir zusammen in Urlaub fahren? Ich meine, wirklich alle – Kajo und ich, und du und Celia, und Janis und Grischa. Wäre das nicht wunderbar? Ganz so wie früher. Ich möchte mehr von meinem Enkel haben. Und von meinen Kindern. Glaubst du, dass das gut wäre?«

»Bestimmt. Beim letzten Urlaub haben wir uns zwar beinahe gegenseitig umgebracht, aber das muss ja nicht wieder passieren.«

Mo lacht laut und rauchig, so dass sich die Gäste an den anderen Tischen zu uns umdrehen, aber das stört sie nicht im geringsten.

Ihr Handy klingelt. Mos Gesichtsausdruck wird hart. Sie spricht kurz in den Hörer, unterbricht dann die Verbindung.

»Ich muss los. Tut mir Leid. Das letzte Jahr war nicht gerade ruhmreich für uns, aber jetzt geht es aufwärts. Das müssen wir ausnutzen.«

Sie kommt um den Tisch herum und nimmt mich in die Arme, eine kurze, aber herzliche Umarmung. Wie so oft bin ich erstaunt, wie klein und mager Mo geworden ist. Es steht ihr gut. Überhaupt sieht sie ungeheuer gut aus. Sehr attraktiv. Ich sehe ihr nach, wie sie aus dem Lokal stürmt, und bestelle mir einen Kaffee.

15. Der Zauberer

Damals, Anfang der 80er Jahre, hatte Janis einen Freund, Ricky. Als mein Onkel Ferdi, der seine Tage immer noch bei meinen Großeltern verbrachte, ihn zum ersten Mal vor unserer Haustür traf, wäre es beinahe zum Eklat gekommen. Ferdi stutzte, lachte und rief dann: »Wat bis do dann für ne Jeck? Bis do auf'm Weg in de Bütt?«

Die Frage war nicht unberechtigt. Ricky war etwas älter als wir, vielleicht 16 oder 17, sah mit seinen hochgegelten Stachelhaaren und den Sicherheitsnadeln in der Lippe und der vollgepinselten Lederjacke in der Tat ziemlich seltsam aus, jedenfalls in den Augen meines Großonkels. Dass Ferdi mit seinen nikotingelben Zähnen, den geschmalzten Haaren und der riesigen Zigarre im Mundwinkel nicht viel besser aussah, war eine andere Sache. Ricky war eigentlich ein herzensguter Mensch, aber er verstand keinen Spaß, wenn ihn ein *Oberspießer* wie mein Onkel anmachte, er war genauso wütend und schnell beleidigt wie meine Schwester.

»Gib mir lieber mal 'ne Mark, Opa«, sagte er.

»Ach so is dat. Ene olle Schnorrer bis do.«

»Oder schieb wenigstens 'ne Fluppe rüber, du Zombie.«

Ferdis gute Laune war unerschütterlich.

»Do bis ave ne fiese Möpp, do. Häste dann jar kein Respekt vor ne aal Mann?!«

Die beiden standen sich Gesicht an Gesicht gegenüber.

Für eine Sekunde sah es nach einer einwandfreien Schlägerei aus. Dann lachte Ricky. Er war von Ferdis Seelenruhe beeindruckt und schlug ihm auf die Schulter.

»Hey, Alter. Du bist in Ordnung. Nichts für ungut.«

»Un hee häste zehn Mark, do kannste von zum Friseur jon. Un don et net jleich versuffe.«

Ferdi stieg gut gelaunt zu Opa Jupp hinauf und ließ sich selbst erst einmal ein Bier zur Abkühlung servieren. Er gab die Geschichte mit den üblichen Ausschmückungen zum Besten.

»Stellt euch fü, isch han jrad ne Zijeuner jesehen, der is vom Blitz getroffe worde. De Haar stand ihm immer noch zu Berje. Ave sons war et ne liev Jong.«

Im Übrigen freuten sich meine Großeltern und die gesamte Familie darüber, dass Janis endlich in festen Händen war. Wurde ja auch Zick, dat arme Mädschen. Ave dat is jetz ja enlisch vorbei, jott sei danks.

Ich empfand gegenüber Ricky eine seltsame Mischung aus Abneigung und Bewunderung. Nicht nur wegen seines Outfits, sondern in erster Linie wegen seiner erstaunlichen Fähigkeiten, die er insbesondere gegenüber meinen Eltern einsetzte.

Wir saßen an einem Abend alle gemeinsam am Abendbrottisch, Mo in Orange, Kajo in Gedanken versunken. Kisanti, ebenfalls ein Sanyasin wie Mo und inzwischen eine Art Oberpriester, außerdem der offizielle Geliebte meiner Mutter, war ziemlich verunsichert von der Situation (was uns natürlich freute, weil uns seine ansonsten ewig grinsende Gelassenheit gehörig auf die Nerven ging). Janis, Ricky und ich saßen ebenfalls am Tisch, plauderten gut gelaunt herum, redeten über Freunde, Musik, Schule, und dabei stopften wir uns die Backen voll. Es gab Brote mit Käse, dazu rohes Gemüse, Oliven, italienischen Schinken. Kajo freute sich, dass er Gesprächspartner hatte, er konnte reden und musste nichts essen.

Wir kamen ziemlich schnell auf Politik zu sprechen, Kohl, Genscher, Vogel, und dazu Kajos Anmerkungen zur geistigen Situation der Zeit. Heiner Geißler hatte gerade seine unsägliche Bemerkung gemacht, dass der Pazifismus der 30er Jahre den Faschismus erst möglich gemacht hätte. Kajo war wütend, und er deklinierte uns von der britischen Appeasement-Politik bis zum Nato-Doppelbeschluss das gesamte 20. Jahrhundert durch. Der Tanz auf dem Vulkan, die Eruption von Hiroshima, die Schweinebucht und jetzt auch noch Grenada. Alles, was Kajo sagte, klang bedeutend, ein Echo aus seinen ruhmreichen Tagen. Am Küchentisch von Krämers wehte immer noch der Mantel der Geschichte, nur dass Kajo jetzt, anders als früher, Serranoschinken zwischen den Zähnen hatte.

»Der Strichcode auf den Befragungsbögen der Volkszählung ist doch erst der Anfang. Demnächst bekommt jeder Mensch eine Nummer, und ich würde mich nicht wundern, wenn sie uns die gleich auf die Haut tätowieren.«

»Ist doch geil«, sagte Ricky. »Ich hab noch Platz für ein paar Tattoos.«

Er zog den Ärmel seines Sweatshirts hoch und zeigte uns, was er meinte. Der Überwachungsstaat würde sich allerdings Mühe geben müssen, um zwischen den kugelschreiberblauen Ornamenten, Sid-Vicious-Zitaten und Bandnamen noch Platz für einen Barcode zu finden.

Kajo schüttelte den Kopf.

»Ich weiß nicht, ob wir dasselbe meinen, Ricky. Geburtsabteilung, Kreißsaal, EDV-Erfassung: Willkommen Erdenbürger Nummer Viermilliardenundwasweißichwieviel. Ab jetzt hast du eine Nummer, du bist erfasst, wir wissen alles über dich, du kannst uns nicht entkommen. Die Rede vom gläsernen Bürger ist keine Metapher. Die Schwarzgelben meinen es ernst. Orwell wird uns wie eine positive Utopie vorkommen.«

»Stimmt«, sagte Ricky schulterzuckend. »Aber wer will schon eine harmlose Welt? Ich meine – hey! – wir Menschen haben es verbockt. Ist doch klar. Jetzt kriegt jeder noch einen Stempel, das macht nach dem großen Atomkrieg das Leichen-Sortieren einfacher.«

Kajo nahm sich jetzt doch ein Brot. Kauend deutete er auf Rickys Arme.

»Das geht nicht mehr weg, oder?«

»Es sei denn, ich hack mir den ganzen Arm ab.«

Janis hörte nur mit halbem Ohr zu. Sie nahm eine von den komischen grünen Dingern in die Hand, die Mo gekauft hatte, und fragte sie: »Was ist das denn?«

»Mutig von dir«, sagte Kajo. »Ich wollte mir mal mit 16 einen Elvis stechen, aber dann ist meine Mutter ins Zimmer gekommen …«

»Nennt man Kiwi. Weißt du, wie die kleinen Vögel.«

Ich sah Kajo verblüfft an. Ich hatte keine Ahnung, wovon er redete. Er suchte seine eigenen Arme ab, und nach einer Weile präsentierte er tatsächlich ein paar fast verblasste blaue Punkte, die einmal das »E« von »Elvis« ergeben sollten. Er hatte mir nie davon erzählt. Jetzt aber wollte er Ricky damit beeindrucken.

»Du bist jung genug, um so etwas zu sagen«, setzte Kajo ernsthaft fort. »Die Lebenden betrauern den Tod eines Menschen umso mehr, je jünger er ist, aber die Jungen selber sind die Todesmutigsten. Ein Paradox, das sich erst auflöst, wenn man ein Gefühl für Verantwortung bekommt. Nicht nur für sich selbst, sondern auch für andere.«

»Eine was?«, fragte Janis.

»Amen«, sagte Ricky.

»Mach dich nur lustig, Ricky, aber eines Tages wirst du mir Recht geben.«

»Da ist unglaublich viel Vitamin C drin. Kommt aus Neuseeland.«

»Eines Tages«, sagte Ricky, »wird es die Welt nicht mehr geben. Verantwortung war gestern. Heute ist Pogo, Herr Krämer. Es ist vorbei mit dem Predigen, auch mit eurem Sozialismus-Scheiß.«

»Schmeckt aber komisch. So sauer. Und die ganzen Kerne.«

»Es geht nicht ums Predigen. Es geht darum, dass wir die Spielräume der Freiheit gegen ihre Feinde verteidigen. Aufklärung ist…«

»Aufklärung ist, wie man fickt, ohne zu schwängern…«

»Immanuel Kant und die…«

»Kant war ein Idiot. Hockte in seiner Bude und hatte null Spaß. Ist das vielleicht ein Vorbild?«

Ricky war einfach unglaublich! Er war eine Art Zauberer. Was er verschwinden ließ, und das ließ damals mich vor Ehrfurcht den Atem anhalten, war die Allmacht meines Vaters. Ich hatte Kajo oft in Diskussionen erlebt, und er war so eine Art rhetorischer Schwergewichtler mit überzeugender Kampfbilanz, jede Menge Siege, ein paar Unentschieden, keine Niederlagen. Ricky aber war klein und wendig, und wenn Kajo zum Schlag ausholte, war er schon längst woanders. So etwas hatte ich noch nie erlebt, und obwohl ich rasend eifersüchtig auf ihn war wegen Janis, wünschte ich mir dennoch, dass Ricky auch mein Freund wäre.

Mein Wunsch ging dann sogar in Erfüllung, und ich hing tatsächlich ein paar Mal mit Janis und Ricky und den übrigen Punks herum, meistens irgendwo draußen auf einer Wiese oder vor einem Supermarkt. Ich entsprach zwar rein äußerlich nicht gerade ihren Vorstellungen, weil ich mich betont bieder gab, aber da ich Janis' Bruder war, akzeptierten sie mich. Außerdem hielten sie mein Problem, und das hieß in erster Linie meine Intelligenz, für heilbar. Das Hauptmittel, das zur Anwendung kam, nannten sie *Nes-Sprit*, eine zuckersüße Mischung aus Nesquik und Korn, etwa im Verhältnis ein Drittel zu zwei Drittel. Brausi, er war einer von den Punks, die immer draußen waren und mehr oder weniger auf der Domplatte lebten, rührte den Sprit in einem Einmachglas an, Aldi-Korn und dazu das braune Pulver, bis ein dickflüssiger, klebriger Schleim entstand, in dem der Alkohol kaum noch rauszuschmecken war.

»Auf Ex, Ho.«

»Alles?«

»Und ob.«

»Punk never dies!«

Sie schrien ihre Parole und ich trank. Es war ungefähr ein halber Liter, vielleicht auch mehr. Brausi, Maschine, Paula, Janis und Ricky sahen mich gespannt an.

»Schmeckt gar nicht so schlecht«, sagte ich.

»Dann wart's mal ab.«

Als ich zwölf Stunden später aufwachte, war es dunkel. Ich lag auf dem Rücken und sah in den gelben Nachthimmel über der Stadt. Wo war ich? Ich wusste überhaupt nichts mehr, außer, dass mir elend war. Ich setzte mich auf und stellte fest, dass ich mich von oben bis unten vollgekotzt hatte. Die Grenzen zwischen mir und der Welt hatten sich aufgelöst. Alles war eins, wie Mo immer sagte. Ich spürte weder Hitze noch Kälte, weder Hunger noch Durst. Ich wollte etwas sagen, aber dann kotzte ich gleich wieder los, das meiste auf meine eigenen Beine, die ich aus irgendeinem Grund nicht bewegen konnte. Eigentlich fand ich es großartig. Irgendwer strich mir die Haare aus dem Gesicht, vermutlich Paula, eine süße Punkerin, in die ich mich sofort verknallte.

»Alles in Ordnung, Ho?«

»Ja, klar.«

Wir küssten uns und dann wurde ich wieder ohnmächtig.

16. Ausrüstung für die Wildnis

Ein paar Tage später besteige ich früh morgens den Flieger nach München, wo ich einige Termine für die Agentur wahrnehmen muss. Ich sehe von Sitzreihe zu Sitzreihe und stelle fest, dass ich auf erschreckende Weise den meisten anderen Passagieren in der Maschine ähnele. Genau wie sie trage ich einen dunklen Anzug, habe eine schwarze Laptoptasche über der Schulter und schalte mein Handy erst im letzten Moment in der Gangway aus, um vorher noch schnell die wichtigsten Gespräche mit einigen Kunden zu führen – und genau wie die anderen werde ich es wieder einschalten, sobald die Fasten-Your-Seatbelt-Lichter erloschen sind. Ein paar Unterschiede gibt es aber doch: Zum Beispiel bin ich der einzige Mensch in der gesamten Maschine, der mehr oder weniger nichts tut, sondern einfach nur auf seinem Sitz hockt, neugierig in die Gegend starrt und sich den dritten Orangensaft bringen lässt, obwohl wir noch keine viertel Stunde in der Luft sind. Alle andere blättern längst mit ernstem Gesicht in ihren Unterlagen und unterstreichen die wichtigsten Passagen mit roten oder gelben Markern, oder sie bringen ihren Organizer auf den neuesten Stand oder lassen sich von der Flugbegleiterin eine Tageszeitung geben und pflücken als Erstes den Sportteil heraus, um dann lässige Konversation über die Meisterschaftschancen von Werder Bremen und die Pokalaussichten irgendwelcher Drittliga-Mannschaften mit ihren Sitznachbarn zu betreiben.

Fast hoffnungsvoll suche ich unter den Passagieren nach einem Typen, der mir auf Anhieb unsympathisch und verdächtig ist, beispielsweise der Typus Burschenschaftler mit Narben im Gesicht und zuviel Pomade im Haar, der auf dem Weg nach Riad ist, um syrischen Mittelsmännern Dual-Use-Giftgas-Produkte mit dem Endziel Teheran zu verkaufen.

Fehlanzeige. Die meisten Kerle, fast alle sind in meinem Alter, sehen irgendwie ganz in Ordnung aus, man könnte glatt mit ihnen ein Bier trinken gehen, und ich muss zugeben, dass ich diese Feststellung jedes Mal treffe, wenn ich im Flugzeug sitze. Ich wette, dass die Hälfte dieser Jungs irgendwo in ihren Köfferchen das neueste Buch von Bernhard Schlink oder Leon de Winter oder wenigstens von Dan Brown hat und dass sie am Wochenende mit ihren Freundinnen in Kunstausstellungen gehen, und wenn sie nicht gerade FDP wählen, wählen sie die Grünen. Verdammt noch mal. Vielleicht ist es das größte Problem in meinem Leben (und der größte Unterschied zu Kajo), dass ich einfach keine Feinde mehr habe, nicht mal hier, im so genannten Establishment, das es vermutlich sowieso nicht mehr gibt.

Um halb zehn sitze ich im Besprechungszimmer eines unserer wichtigsten Kunden, eines Outdoor-Equipment-Herstellers, der in allen größeren Städten eigene Verkaufsfilialen unterhält und einen Jahresumsatz von fast 50 Millionen Euro macht. Das Geheimnis des Erfolgs dieser Firma ist einfach. All die Typen, die heute morgen mit mir im Flieger saßen, verwandeln sich jeden Freitag gegen 14 Uhr von gut gekleideten Businessjungs und -mädchen in hochwertig ausgestattete Freizeitabenteurer, die Multifunktionshosen,

Multifunktionsjacken, Multifunktionsunterwäsche tragen (alles aus intelligentem Fasermaterial), sich auf teuren Mountainbikes oder Inlinern durch die Gegend bewegen und vor Gesundheit nur so strotzen.

Ich stehe also wieder einmal vor einer Gruppe aufmerksamer Zuhörer und präsentiere unsere neuesten Entwürfe, die wir in den zurückliegenden Wochen in der Agentur entwickelt haben.

»Im Prinzip läuft die Idee darauf hinaus, eine neue Multifunktionstasche aus einem intelligenten Fasermaterial auf den Markt zu bringen«, sage ich. »Das Material ist widerstandsfähig, nässeabweisend, atmungsaktiv. Und wir bringen ein gepolstertes Laptop-Fach unter. Sehen Sie hier…«

Der Produktmanager für den Bereich Bags & Cases, eigentlich ein promovierter Soziologe, der einige Jahre als Reisegruppenleiter in Tibet gearbeitet hat und dann von der Firma abgeworben wurde, zeigt sich von seiner gewohnt skeptischen Seite.

»Für wie groß halten Sie den Anteil der Leute, die ihren Computer mit auf eine Wanderung in die Berge nehmen?«

»Oh, ungefähr null«, erkläre ich.

»Also? Was soll das dann?«

»Ich denke, die Frage stellt sich so nicht.«

»Nein?«

»Verdammt noch mal, nein«, antworte ich, und im ersten Augenblick finde ich meinen Tonfall absolut angemessen, schließlich spricht der Produktmanager mit mir, als hätte er es mit einem begriffsstutzigen, zurückgebliebenen Dreijährigen zu tun, dabei ist in Wirklichkeit er derjenige, der nicht versteht, wie der Hase läuft. Dann aber fällt mir das seltsame, angespannte Schweigen im Raum auf, das meiner kleinen, dahingeworfenen Bemerkung folgt, und mir wird bewusst, dass der Typ noch so blöd sein kann, er ist nun einmal auf der Seite unserer Auftraggeber, und wenn er die Neigung verspürt, mich wie einen Schwachsinnigen zu behandeln, dann hat er vielleicht nicht das Recht dazu, aber die Macht, und darauf kommt es an.

Meine Rettung ist, dass ich nicht der Einzige im Raum bin, der den Typen nicht leiden kann, und dass noch jemandem hier klar ist, worum es eigentlich geht. Und das ist ganz zufällig der Geschäftsführer der Firma.

Er lächelt wohlwollend in meine Richtung und sagt dann mit einer in einem genau berechneten Ausmaß zu leisen Stimme:

»Wollen Sie, Herr Krämer? Oder darf ich den Kollegen auf die Sprünge helfen?«

Ich nehme den Faden auf.

»Sehen Sie, die Produktidee für unsere Multifunktionstasche ist genau auf die Bedürfnisse der Kunden abgestimmt. Wir haben es mit Leuten zu tun, die mitten in der Stadt wohnen und die unter Wildnis Wohnquartiere mit hohem Sozialhilfeempfängeranteil verstehen, die Geländewagen mit Vierradantrieb kaufen, obwohl die tougheste Straße, die sie befahren, die A8 in Richtung Traunstein ist. Unsere Tasche, da haben Sie völlig Recht, genügt zwar allen Anforderungen, um mit ihr Antarktis-Expeditionen, Wüstendurchquerungen oder Dschungel-Safaris überstehen zu können. Aber die Käufergruppe sind selbstverständlich Büroangestellte, die das gute Stück für ihren täglichen Weg zur Arbeit nutzen. Das verstehen wir, so ganz unter uns, unter Multifunktions-Equipment.«

Der Geschäftsführer bedenkt mich mit einem Blick, der ebenfalls so wirkt, als betrachte er seinen dreijährigen Sohn, nur dass er ihn für begabt und hoffnungsvoll hält. Er erinnert mich mit seinen langen grauen Haaren und dem ausgemergelten Gesicht ohnehin an meinen Vater, und dann macht er eine ganz ähnliche, wohlwollende Geste in meine Richtung, wie Kajo sie auch machen könnte.

»Ich denke, damit sind alle offenen Fragen geklärt, und wir können Krämer & Johannsen den Zuschlag geben. Was meint ihr? Gibt es andere Meinungen? Jürgen? Mareike? Nein?«

Die Frage ist phantastisch formuliert, denn jeder im Raum weiß, dass eine abweichende Meinung die unmittelbare Erschießung oder im schlimmeren Fall den Rausschmiss bedeuten würde, und so kann ich meinen Vormittag als vollen Erfolg verbuchen. Ich verabschiede mich mit Handschlag von sämtlichen Mitarbeitern und trete hinaus in die Freiheit.

Am Abend treffe ich mich mit Miriam, einer alten Freundin, die seit einigen Jahren in München lebt. Unser Treffpunkt ist direkt am Stachus, und sie erscheint wie üblich pünktlich auf die Minute.

»Lange her, nicht wahr? Du siehst großartig aus. Wie geht es dir?«, frage ich sie.

Sie sieht wirklich gut aus, sehr modisch, ein wenig blass, aristokratisch, kränklich. Vor meinem inneren Auge spult sich der Film unserer Beziehung ab, die nun schon einige Jahre zurückliegt, ein verfrühter Versuch, wir hatten es sogar ernst gemeint, hatten damals eine gemeinsame Wohnung bezogen, aber es ist schief gegangen, weil wir einfach noch nicht so weit waren.

»Ich freue mich, dich zu sehen, Ho. Wirklich.«

Wir nehmen uns lange und herzlich in den Arm. Miriam ist, wie alle Frauen, die ich kenne, alleinerziehend, findet sich mit ihrem Schicksal aber hervorragend ab. Ihr Sohn Jonas muss drei oder vier Jahre alt sein, und Miriam versucht alles, um einen Umgang des Vaters mit dem Kind zu verhindern. Sie hasst ihn, und nach allem, was ich weiß, hat sie dazu auch allen Grund.

»Wie wäre es mit Italienisch? Es gibt ein hervorragendes Lokal gleich um die Ecke«, sagt sie, oder vielmehr haucht sie es in einer Lautstärke, die man vielleicht mit einem Hochleistungsmikrofon gerade noch verstehen könnte. Ja, so ist sie schon immer gewesen.

Wir gehen zusammen die Straße hinunter und ich bin erstaunt, wie schnell wir in das Schema finden, das unsere Beziehung auch damals schon ausgemacht hat und in dem ich die Rolle desjenigen habe, der sie auf den Arm nimmt oder sie provoziert, und sie diejenige ist, die bettelt oder bittet oder sich zurückgesetzt fühlt. Miriam trägt eine seltsame Mischung aus Stolz und Verletzlichkeit zur Schau, sie ist unsicher und nervös, und zugleich ist sie stark und voller Ideen. Von mir erwartet sie, dass ich mich auf eine geradezu lächerliche oder filmreife Art höflich und gentlemanlike benehme, damals wie heute, sie legt Wert auf solche Umgangsformen, und selbstverständlich tue ich ihr den Gefallen.

Nachdem wir uns damals getrennt haben, verloren wir uns aus den Augen. Erst Jahre später hörte ich wieder von ihr, und seitdem pflegen wir eine erstaunlich verbindliche Freundschaft, auch wenn wir uns höchstens ein- oder zweimal im Jahr sehen.

Das italienische Restaurant, das sie vorgeschlagen hat, ist gemütlich und vor allem nicht zu voll. Wir setzen uns an einen der hinteren Tische und stoßen mit einem Glas Wein auf unser Wiedersehen an, und erst jetzt fällt mir auf, dass sie nervös und angespannt ist.

»Meine Eltern sind gestorben«, erklärt sie unvermittelt.

Ich habe mit allem Möglichen gerechnet, damit nicht, und ich sehe sie erschrocken an.

Instinktiv nehme ich ihre Hand.

»Das tut mir Leid.«

Sie lächelt mich dankbar an, schüttelt aber dazu aus irgendeinem Grund den Kopf.

»Nein, nein… ich bin schon über das Schlimmste hinweg. Es ist schon über ein halbes Jahr her.«

»Ich dachte… ich verstehe nicht ganz.«

Ich bin unsicher, warum sie das Thema anspricht, wenn es offenbar doch nicht die Bedeutung hat, die gemeinhin mit einer solchen Bemerkung verbunden ist. Sie erzählt mir dann ihre Geschichte, die darauf hinausläuft, dass ihre Eltern, kurz bevor sie selber durch einen Unfall gestorben sind, ihrerseits ein Vermögen von einer entfernten Tante geerbt hatten, und dieses Vermögen ist nun weiter in Miriams Hände gegangen. Der springende Punkt ist der, dass Miriam, ohne irgendwie darauf vorbereitet zu sein, von einem Tag auf den anderen reich geworden ist.

»Was meinst du mit reich?«, frage ich sie und lasse wie ein Angler den Abstand zwischen meinen Händen größer werden, um das Ausmaß des Fangs zu bestimmen.

Ihre Antwort ist schlicht, aber einleuchtend. Sie breitet die Arme so weit aus, wie es überhaupt nur geht, und sie sagt:

»Das meine ich mit reich.«

Nach und nach begreife ich, dass Miriam von ihren Eltern nicht einfach nur ein Haus und etwas Bargeld geerbt hätte, oder sonst irgendetwas, was sich in begreifbaren Dimensionen abspielt. Miriam, so wie sie an diesem Abend bei dem Italiener vor mir sitzt, ist eine junge, hübsche, unauffällige Frau von 30 Jahren, und sie besitzt so viele Millionen, dass die Summe alle meine Vorstellungen übertrifft. Sie ist nicht einfach reich, sondern sie hat mehr Geld als die meisten Deutschen, und dazu auch noch Aktien, Industriebeteiligungen, Immobilien, und inzwischen arbeitet ein ganzer Stab von Beratern, Bankern und Finanzdienstleistern für sie.

»Wow!«, sage ich einfach nur. Und gleich noch einmal: »Wow!«

»Ja, das habe ich auch gedacht.«

»Und? Wie fühlt es sich an?«

Statt einer Antwort wackelt sie mit dem Kopf, und ich stelle ihr dann einige Fragen, die mich auf die richtige Spur bringen. Ihr plötzlicher Reichtum hat Miriam völlig unvorbereitet getroffen, zumal ihre Kindheit und Jugend in ganz normalen Verhältnissen verlaufen ist. Sie kann mit dem Geld nicht nur nicht umgehen, sie ist völlig überfordert. Ich begreife nach und nach, dass sie mich treffen wollte, weil sie ihre Situation nicht als unverhofftes Glück, sondern als Krise und Notlage empfindet.

»Lach bitte nicht über mich, Ho. Alle sagen immer nur, dass sie meine Probleme gerne haben würden, aber ihr könnt euch gar nicht vorstellen, was es bedeutet…«

»Na ja, wenn ich ehrlich bin: Deine Probleme würde ich gerne haben.«

»Du bist unmöglich, Ho.«

»Nein, ich bin realistisch.«

»Ich vertraue dir. Mach es mir nicht so schwer.«

Ich nicke und bemühe mich mit aller Macht um einen ernsten Gesichtsausdruck. Ich kippe meinen Wein zu schnell in mich herein, ich verschlucke mich, und der anschließende Hustenanfall gibt mir die Gelegenheit, mich wieder einigermaßen in den Griff zu bekommen.

»Ich meine, okay, du hast keine finanziellen Sorgen mehr,

das ist natürlich schrecklich«, sage ich. »Aber können wir uns trotzdem darauf einigen, dass es schlimmere Probleme auf dieser Welt gibt?«

Ich muss meine eigene Glaubwürdigkeit retten, indem ich ihr nicht zuviel Mitgefühl gönne. Ich spüre, dass sie zornig wird.

»Ich weiß selber, dass es Schlimmeres gibt«, sagt sie. »Aber genau das ist doch das Problem. Niemand, den ich kenne, kann mich verstehen. Die meisten wollen mir nicht einmal zuhören, oder wenn doch, dann schlagen sie mir vor, dass ich das ganze Geld einfach verschenken soll, am besten an sie.«

»Keine schlechte Idee, oder?«

»Idiot.«

Trotz der kleinen Auseinandersetzung hebt sich unsere Laune und wir schaffen es, über die lächerliche Tragik ihres Schicksals herumzualbern, bis mir und auch ihr selbst klar wird, dass die eigentliche Angst, unter der sie immer noch leidet, eine ganz andere ist, als sie ursprünglich dachte. Miriam befürchtet, dass ihr Reichtum dazu führen wird, dass sie nie wieder jemanden kennen lernt, der es in Wahrheit nicht auf ihr Geld abgesehen hat.

»Sag es einfach nicht«, schlage ich vor.

»Ich soll lügen?«

»Nein, du sollst es einfach verschweigen. Glaubst du, ich rede mit einer Frau sofort darüber, wie viel ich verdiene? Niemand tut das, warum solltest du es also?«

Sie sieht mich verblüfft an und beginnt dann zu lachen.

»Ist es wirklich so einfach?«, fragt sie zögerlich.

»Ich würde es nicht ausschließen.«

In Wahrheit ist es nicht einfach, für den Moment aber fühlt sie sich erleichtert, und vielleicht hat sich unser Treffen allein deshalb gelohnt.

»Und du? Wie geht es dir?«, fragt sie mich.

Ich mache eine Geste, die alles und nichts bedeutet.

»Hervorragend. Wirklich. Kein Grund zur Klage.«

»Standardantwort Nummer eins, Ho. Kommt mir bekannt vor.«

»Tatsächlich?«

»Du sagst es jedes Mal.«

»Es stimmt jedes Mal.«

Sie lacht, und dann nimmt sie meine Hand und drückt sie.

»Wenn wir uns nicht schon sehr lange kennen würden, würde ich es dir glauben.«

Ihre Neugier ist ehrlich gemeint, es ist die Sorte Anteilnahme, die sie und ich uns leisten können, weil wir uns ohnehin nur einmal im Jahr sehen und die Offenheit des anderen kaum gegen ihn verwenden würden.

Wir bleiben also noch eine ganze Weile in dem Restaurant sitzen, und ich erzähle ihr von Celia, und von der sich allmählich aufdrängenden Frage, ob es mit uns etwas für immer sein könnte.

»Gut, dass ihr euch das fragt. Wird so langsam Zeit, oder?«, sagt Miriam lächelnd.

»Hey, für den Spott bin ich hier zuständig.«

»Denkst du.«

»Du meinst, die Sache mit Celia könnte eine Chance haben? Etwas, wo ich mir mehr Mühe als sonst geben sollte?«

Miriam sieht mich eine Weile ernst und forschend an.

»Liebst du sie?«, fragt sie dann.

»Woher soll ich das wissen?«

Miriam zieht amüsiert die Augenbrauen hoch.

»Indem du in dich hineinspürst?«

»Ja, das wäre eine Möglichkeit.«

Sie sieht mich prüfend an.

»Oder du weißt es, und traust dich nur nicht, die richtigen Schlüsse daraus zu ziehen.«

Ich bin verblüfft und gleichzeitig unentschieden, ob ich mich über ihre Bemerkung amüsieren oder ärgern soll.

»Und was sind die richtigen Schlüsse?«, frage ich sie.

»Ich denke, das weißt du genau.«

Ich zucke hilflos mit den Schultern, aber sie sieht mich mit einem wehmütigen Lächeln an, und dann sagt sie mit ihrer leisen, nachdenklichen Stimme: »Weißt du, was ich dir wünsche, Ho? Dass du nur ein einziges Mal von jemanden verlassen wirst, der dir wirklich etwas bedeutet. Vielleicht wüsstest du dann den Wert der Dinge wieder zu schätzen.«

Ihre plötzliche Offenheit überrascht mich, und doch habe ich das Gefühl, dass sie den Kern der Dinge trifft.

»Ja, wahrscheinlich hast du Recht. Aber offenbar gehöre ich zu den Menschen, die es auf die ganz harte Tour lernen müssen.«

Wir trinken ein letztes Glas Wein miteinander und verabschieden uns auf der Straße. Ich schlendere noch eine ganze Weile durch die Straßen und hänge meinen Gedanken nach. Warum kann ich eigentlich nicht daran glauben, dass die Dinge auch einmal gut gehen? Ich vermute, das ist die entscheidende Frage, auf die ich eine Antwort finden muss.

Nach meiner Rückkehr nach Berlin überredet Kajo mich zu einem Treffen, und mir ist natürlich sofort klar, dass er etwas auf dem Herzen hat.

Wir verabreden uns an einem Nachmittag, spazieren in gemächlichem Tempo durch die vorweihnachtlich dekorierten Straßen und amüsieren uns gemeinsam über die Leute, die mit gierigen Augen die Schaufensterauslagen ansehen. Es ist ein schöner Moment, der mich an unsere vielen gemeinsamen Unternehmungen in der Vergangenheit erinnert. Wir betreten gemeinsam ein Starbucks-Café, und Kajo, der oft hier herkommt, bittet mich, für ihn einen *Frappucino decaf syrup hazelnut* zu bestellen. Ich besorge die Getränke, und als ich mich zu ihm setze, grinst er mich an wie ein Achtjähriger, aber statt zu reden, nestelt er nervös mit seinem Feuerzeug herum.

»Ich warte, Kajo…«

»Es ist wegen deiner Mutter und mir.«

»Was ist mit euch?«

»Wir sind an einem Punkt angelangt, an dem wir… also, so geht es jedenfalls nicht mehr weiter. Das ist uns in den letzten Wochen klar geworden.«

Seine Worte treffen mich völlig unvorbereitet, ein Faustschlag aus dem Nichts. Das Verhältnis meiner Eltern ist mir in den zurückliegenden Monaten so harmonisch erschienen wie lange nicht mehr – und jetzt das! Offenbar kenne ich die beiden doch nicht so gut, wie ich dachte.

»Ihr wollt euch trennen?! Schon wieder?«

Kajo sieht mich verdutzt an, stutzt dann und bricht in ein ziemlich albernes Gelächter aus.

»Trennen? Nein, überhaupt nicht. Im Gegenteil. Wir wollen heiraten!«

Erst das ist der wirkliche K.O.-Punch. Diesmal ist Kajo derjenige, der mich besorgt ansieht.

»Ho? Alles in Ordnung? Soll ich dir einen Schnaps bestellen?«

»Am besten eine ganze Flasche.«

»Freust du dich denn nicht?«

»Doch, und wie. Es ist einfach nur die Überraschung…«

Als ich Celia am Abend von unserem Gespräch erzähle, fängt sie an zu kichern. Sie steckt mich an, und wir liegen beide lachend im Bett und schütteln die Köpfe über meine verrückten Eltern.

»Ich finde es toll«, sagt Celia. »Ich freue mich für die beiden.«

»Ich finde es verrückt. Es ist dasselbe wie immer. Sie denken sich irgendeinen Quatsch aus, Hauptsache, ihnen wird nicht langweilig. Dass sie damit anderen Menschen vielleicht wehtun oder dass sie sie überrumpeln, interessiert sie nicht.«

»Sei nicht so hart, Ho. Versuch doch einfach, dich zu freuen.«

»Das tue ich«, sage ich.

Celia gibt mir einen Kuss.

»Und nimm dir lieber an den beiden ein Beispiel«, sagt sie.

17. Eine schrecklich nette Familie

Punk hatte den Vorteil, dass meine Eltern damit völlig überfordert waren. Sie gaben sich zwar Mühe, das Ganze locker und lässig zu finden, aber als herauskam, dass Janis und ich wochenlang nicht in die Schule gingen und stattdessen betrunken in den Parks rumhingen, kam es zu einer handfesten Auseinandersetzung.

»Mein Gott, Ho. Ist dir denn gar nichts wichtig im Leben?«, fragte Mo eindringlich.

»Natürlich nicht. Warum auch?!«

Sie schüttelte verständnislos den Kopf.

Kajo reagierte anders. Er war neugierig, und statt sich zu beschweren, lud er mich in ein Restaurant ein, um mit mir zu sprechen. Es störte ihn nicht im Geringsten, dass ich inzwischen aussah, als würde ich mein Leben in einer Mülltonne verbringen. Zwischen mir und ihm bestand seit unserer gemeinsamen Fahrt nach der Sache mit Albert und Elke eine besondere Beziehung, und daran hat sich bis zu diesem Tag nichts geändert. Es war völlig unabhängig von dem üblichen Vater-Sohn-Verhältnis. Wir begegneten uns sozusagen auf Augenhöhe.

An diesem Abend saßen wir in einem gutbürgerlichen Restaurant in der Altstadt. Das war 1984 und wir aßen Haxe mit Püree und Kraut und diskutierten über Politik, über die Zukunft, Krieg und Frieden, die Nato, die Grünen, so wie wir es auch heute noch tun. Erst nach und nach näherten wir uns privaten, persönlichen Themen.

»Erzähl mir von der Schule, Ho. Wie läuft es? Bist du zufrieden?«

Normalerweise hätte er keine Antwort bekommen, er hätte nicht einmal gefragt. Jetzt aber saßen wir uns als Freunde gegenüber und ich berichtete ihm von den Lehrern, die ich mochte, und von denen, die mir auf die Nerven gingen.

»Wenn ich mir vorstelle, dass ich noch fünf Jahre durchhalten muss, wird mir schlecht. Ich weiß nicht, ob ich das schaffe...«, beklagte ich mich. Ich träumte davon, die Schule abzubrechen und irgendwo hinzugehen.

Kajo sagte, dass es ihm damals genauso gegangen wäre und dass er mich verstehen könnte.

»Du musst selber wissen, was du willst«, sagte er.

»Ich habe leider nicht die geringste Ahnung«, sagte ich.

Er leitete einen Themenwechsel ein. Es kam ohne alle Vorwarnungen.

»Könntest du dir vorstellen, dass Mo und ich uns scheiden lassen?«, fragte er.

Ich sah ihn mit offenem Mund an.

»Das fragst du mich?«

Er hob zur Bestätigung die Schultern, eine Geste, die auch eine halbe Entschuldigung sein sollte.

»Was denkst du? Wäre es in Ordnung? Ich meine, könntet du und Janis damit umgehen?«

»Und du? Könntest du es?«, fragte ich zurück. Ich verwandelte mich von Kajos Freund doch wieder zurück in den Sohn, das Kind, den Minderjährigen. Ich war 17, und was er sagte, machte mir Angst, auch wenn ich es mir nicht eingestand.

Kajo hatte inzwischen eine ganze Menge Bier getrunken.

»Damit du mich nicht missverstehst«, sagte er. »Ich will es nicht. Ich liebe deine Mutter, und ich bin mir ganz sicher, dass wir eine gemeinsame Zukunft haben…«

»Bitte, Kajo. Erspar mir so einen Mist.«

»Doch, wirklich, ich liebe sie, Ho. Aber das reicht möglicherweise nicht. Ab und zu entwickeln sich die Dinge in eine Richtung, die man nicht beeinflussen kann.«

»Meinst du das jetzt wieder historisch?«

»Nein, ich meine das ganz individuell.«

Mir schossen die Tränen in die Augen.

»Habt ihr schon miteinander gesprochen?«

Er schüttelte den Kopf, und jetzt spürte ich, dass hinter seiner beherrschten Fassade, genau wie bei mir, ein Riesenberg an Trauer und Schmerz steckte.

»Ich weiß einfach nicht, was ich machen soll«, sagte er.

»Ich auch nicht, und es geht mich im Übrigen auch nichts an.«

Er sah mich an und nickte mit dem Kopf.

»Da hast du wohl Recht.«

In diesem Sommer fuhren wir nach Spanien, und es war unser letzter gemeinsamer Urlaub. Mo schrieb Janis und mir eine Entschuldigung für die Schule. Wir hatten ein Haus in einem Küstenort gemietet, in dem es viele Restaurants und Läden und Galerien gab. In einem Café stand ein Klavier, das verstimmt war. Janis spielte dennoch darauf, und die Gäste waren begeistert von ihrer Stimme. Ich schwamm im Meer, und nachmittags lagen wir am Strand unter einem Sonnenschirm, damals noch umsonst. Abends aßen wir Meeresfrüchte oder Paella in Restaurants und danach schlenderten wir zu viert durch die Gassen unseres Urlaubsortes, Kajo in Jeans und T-Shirt, Mo in einem leuchtend roten Sommerkleid, Janis und ich wie mutierte Endzeitmenschen, mit Lederjacken und hochgegelten Haaren. Die Leute drehten die Köpfe nach uns um, riefen uns Dinge nach oder wollten uns sogar Geld zustecken, als wären wir eine *Live Performance*. Wir genossen es, und es schweißte uns zusammen, und zwischen uns glühte eine große Liebe.

In Wahrheit war es nur ein letztes Flackern. Zwei Monate später trennten sich Mo und Kajo endgültig, und neben der Trauer, mit der es mich erfüllte, fühlte ich eine ungeheure Wut in mir, weil sie mich mit dem Schritt überrumpelten und ich die Illusion gehabt hatte, dass wir es schaffen könnten.

18. Stille Nächte

An Heiligabend versammeln wir uns alle bei Mo und Kajo in Schöneberg, und wir spüren den heiligen Zauber der Familie, der uns alle miteinander verbindet. Die Wahrheit sieht dann allerdings so aus, dass sich jeder mit jedem streitet, die Wohnung meiner Eltern wirkt wie der Trainingsraum einer Kampfkunstschule, nur dass wir nicht mit Stöcken und Sicheln, sondern mit Worten aufeinander losgehen, das ist halt unsere Art, Spaß zu haben.

Charmanterweise geht es ohne jede Verzögerung los, nur etwa drei Minuten, nachdem Celia und ich die Wohnung betreten haben, und wundern kann es mich nicht. Weihnachten ist nun einmal das beste Beispiel dafür, dass meine Eltern eine seltsame Vorstellung vom Begriff Familie haben. Sie haben nämlich nicht nur mich und Celia und Janis und Grischa eingeladen, dazu meinen Onkel Hans-Jürgen und meine Großeltern, Opa Jupp und Oma Lene, sondern auch ihre sämtlichen Ex-Ehegatten mit deren neuen Partnern, so dass wir eine ziemlich große Gesellschaft werden.

Für meine Großeltern, die mit über 80 Jahren die lange Reise aus Köln gemacht haben, ist es eine Zumutung. Meine Großmutter, Oma Lenchen, ist inzwischen nur noch halb so groß wie ich, ein altersschwacher Luftballon. Sie drückt sich verängstigt an meine Seite:

»Ach Schnüggelschen, kommens hee, un lass disch anlure. Neenee, wat bis do für'n stattlisch Kerl jeworde.«

So oder ähnlich umgarnt sie mich mit Worten und klopft mir abwechselnd auf den Hintern, den Bauch, die Brust, oder, wenn ich auf einem Stuhl sitze und damit in Reichweite bin, auf die Wange.

Opa Jupp dagegen trägt seine schlechte Laune demonstrativ zur Schau. Er sitzt grummelnd in einem der Sessel, vor sich eine Zeitung, und stößt alle paar Minuten missmutige Kommentare aus:

»Dat is keen Haushalt, hee, dat is Kokolores, ist dat. Un zu esse kriege ma och nix, oder wenn, dann jrad um Mitternaach, wenn et in de Kirch jeht.«

»Lass jut sin, Jupp«, versucht meine Großmutter ihn zu beschwichtigen.

»Ach, hör doch op.«

Erstaunlicherweise wandelt sich die Stimmung, als Katrin, Kajos geschiedene zweite Frau, eintrifft. Sie ist nur zwei Jahre älter als ich, eine kluge und bildschöne Frau, und sie drückt Jupp, der ja immerhin der Vater der Verflossenen ihres Exmannes ist, einen Kuss auf die faltige Wange (sie hat Anfang der 90er Jahre mit Kajo im Haus meiner Großeltern mütterlicherseits gewohnt, weshalb sie Jupp und Lene gut kennt).

»Hallo Jupp, wie schön, dass wir uns wiedersehen«, sagt Katrin mit ihrer sprühenden Stimme, und mein Großvater bekommt sofort eine rosige Haut, und diesmal ist er derjenige, der Klapse auf Hintern verteilt.

»Ach so, ja, Tach, Katrin. Jeht's dich jut?«, sagt er, und noch während er ihre Hand hält, dreht er sich zu Monika um: »Wat mäht die dann hee? Isch dacht, do wärst wieder mit dem Klaus-Joachim?«

»Lass jut sinn, Pap. Zerbrisch dir net den Kopp darübber«, antwortet Monika gut gelaunt.

»Mensch, Päns, wat mäht ihr bloß für Sachen…«

Die übrigen Begrüßungen, die wir erleben, sind nicht viel unkomplizierter. Katrin hatte inzwischen ein zweites Mal geheiratet. Ihr neuer Mann, Helmut, den wir an diesem Abend kennen lernen, stellt sich als ruhiger, zurückhaltender Typ heraus, der allerdings ziemlich aufgeregt ist, weil es seine erste Begegnung mit dem großen, legendären, historischen Kajo Krämer ist. Wir anderen belächeln seine Nervosität.

»Mach dir keine Sorgen, Helmut. Es ist einfach nur Kajo, einfach nur mein Vater«, versuche ich ihn zu beschwichtigen.

»Es ist so beeindruckend, wenn man solche Sätze über einen Mann wie Kajo hört. Wirklich sehr beeindruckend«, gibt er seufzend zurück.

Ich zucke mit den Schultern, aber Helmut lächelt mich dankbar an und beschließt offenbar, mich für den restlichen Abend als Rettungsanker zu nutzen, jedenfalls weicht er nicht mehr von meiner Seite und erzählt mir in einem fort von seiner Arbeit und seinen politischen Überzeugungen:

»Natürlich ist die Aufweichung der moralischen Fundamente seit den 60er Jahren und die radikale Permissivität eine der Hauptursachen für die soziostrukturellen Pathologien der Gesellschaft.«

Ich versuche ihn an Kajo zu lotsen, der es liebt, über solche Fragen zu streiten, aber die beiden gehen sich erst einmal aus dem Weg – nicht wegen 68, sondern wegen Katrin, auch wenn sie beide ungefähr minütlich den gleichen Satz murmeln:

»Oh, nein, das macht mir überhaupt nichts. Ich bin nur froh, dass er/sie wieder glücklich ist.«

In meinem Fall ist es nicht viel anders. Celia sorgt dafür, dass Katrin und ich nicht zu oft und nicht zu nahe aneinander geraten. Ich kann Katrin ausgesprochen gut leiden, und wäre sie nicht zufällig für einige Jahre meine Stiefmutter gewesen, könnte ich mich glatt in sie verlieben, und ich kann nicht ausschließen, dass sie ganz ähnlich empfindet. Celia, die mich gut genug kennt, bewegt sich elegant wie ein Basketballspieler im Raum und blockt uns erfolgreich voneinander ab, und als ich sie schließlich zur Rede stelle, erstickt sie meine Vorhaltungen mit Küssen.

»Du kannst reden, mit wem du willst«, sagt sie mit einer betörenden Stimme.

»Wirklich mit jedem?«

»Klar. Nur nicht mit dieser Schlange, die garantiert nach dem Vater jetzt den Sohn vernaschen will.«

»Sei nicht albern. Außerdem bist du diejenige, die mit meinem Vater herumflirtet, und wenn jemand Grund hätte, eifersüchtig zu sein, dann bin ich das.«

»Das ist etwas ganz anderes«, sagt sie, aber sie weiß meine Gefühle dennoch zu schätzen. Außerdem erlöse ich sie von allen Zweifeln, indem ich sie an der Hand nehme, Katrin vorstelle, und ihr dabei einen demonstrativen Kuss gebe.

Der eigentliche Star des Abends ist ohnehin Grischa, und der Junge weiß es auch. Dank Janis' Unpünktlichkeit kommen die beiden mehr als eine Stunde zu spät, wir anderen warten schon ungeduldig am Tisch, und als sie die Wohnung betreten, hält Grischa Einzug wie ein junger König. Er wird hochgehoben, gedrückt, geküsst und verwöhnt, bis er sich genervt von uns abwendet. Als er schließlich auf dem Fußboden sitzt und seine Geschenke auspackt, stehen wir um ihn herum, und betrachten ihn mit der gleichen Rührung, mit der man das letzte überlebende Exemplar einer aussterbenden Tierart ansieht.

Celia spürt es noch intensiver als ich, und ihre Melancholie legt sich wie eine Schlinge um meinen Hals.

»Warum machen wir heute Nacht nicht auch ein Baby? Ist gar nicht so schwer…«, flüstert sie mir ins Ohr.

»Warum bis nachts warten? Lass uns nach hinten gehen, und sofort damit anfangen«, erwidere ich.

Ich hoffe, sie mit meiner Leichtigkeit zu versöhnen, aber Celia kennt mich gut genug, um mich zu durchschauen.

»Sag doch einfach, dass du es nicht willst«, sagt sie.

»Celia, bitte…«

Sie wendet sich abrupt von mir ab, setzt sich zu Orlando auf den Boden und hilft ihm dabei, seine Pakete auszupacken. Ich fühle mich hilflos und überrumpelt, und der ganze Abend scheint in einem Fiasko zu enden, aber kurz darauf kommt Celia erneut zu mir und drückt mir einen versöhnlichen Kuss auf die Lippen.

»Verzeih mir. Ich weiß auch nicht, was mit mir los ist.«

Opa Jupp ist es dann, der uns von weiteren Diskussionen erlöst. Er stellt sich mitten in den Raum und verkündet mit donnernder Stimme:

»Jetz wird hier ave endlisch jesunge. Sons ist dat doch kein rischtisches Hellichovend! Und außerdem könne mir danach enlisch esse!«

Wir anderen folgen bereitwillig seinen Anweisungen. Opa Jupp hat lange genug einen Schulchor geleitet, um selbst jetzt, nachdem er eine halbe Flasche Brombeerlikör geleert hat, die richtigen Anweisungen zu geben. Er stellt uns im Halbkreis vor den Tannenbaum, den Mo wunderbar mit peruanischen Indianerfiguren geschmückt hat, und gemeinsam schmettern wir *Stille Nacht, Heilige Nacht*, und danach auf Kajos besonderen Wunsch die *Internationale*. Es ist rührend, und in einer gelösten Stimmung gehen wir hinüber ins Esszimmer.

Den restlichen Abend unterhalten wir uns kurioserweise über den Tisch, um den wir uns versammelt haben. Es ist ein prächtiges langes schweres Möbelstück aus dunkler Eiche, dessen jahrhundertealter Holzgeruch mir in die Nase steigt, trotz der vollgeladenen Teller mit Gänsebraten, Wildsoße, Gemüse, Kroketten, trotz Oliven, des Bordeaux und der Honigsenf-Soße über dem Salat. Jeder von uns, meine Eltern, mein Onkel, Katrin, die Geister meiner Vorfahren, ich, Janis, können etwas zur Geschichte des Tisches beitragen, können einen Fleck erläutern, die Entstehung einer Kerbe, den Ursprung eines Risses, denn der Tisch begleitet die Familie seit grauer Vorzeit. Das Möbelstück hat ab dem Jahre 1878 im Haus meines Ururgroßvaters gestanden, irgendwo in einem namenlosen, immer eingeschneiten Land im Osten, wo es lange Jahre als Mittelpunkt der 14-köpfigen Familie gedient hat. In den Wirren des Unabhängigkeitskrieges 1919, alle kämpften gegen alle, Bolschewiki gegen Kaiserliche, Deutsche gegen Russen, Rote gegen Weiße, Bürgerliche gegen Proletarier und Junker gegen Landsknechte, flüchtete die Familie Krämer, inzwischen auf zehn Köpfe zusammengeschrumpft – Krankheit, Krieg und Kälte hatten ihren Tribut gefordert –, während das Möbelstück zurückblieb und als Folge der üblichen Plünderungen kurzfristig in bolschewikischen Besitz überging (so drückt es mein Onkel Hans-Jürgen aus). Kosaken und rote Landsknechte saßen grölend um diesen Tisch und sangen ihre unchristlichen Lieder. Dann wurde das gute Stück, blut- und biergetränkt, von Freikorpslern requiriert und umfunktioniert – zum Kartentisch des Grafen von der Goltz (*Jott hab ihn selig*), der dann mit seinen Obersten drum herum stand und mit der Reitgerte das Vorrücken auf die Hauptstadt erläuterte, bevor er – der Graf, nicht der Tisch – von den *Roten* in Weimar zurückgepfiffen wurde. Nichtsdestotrotz: Auf der Ladefläche eines rumpelnden Lastwagens wurde das Möbelstück als eine Art rollendes Kommandozentrum Zeuge erst der Befreiung und dann des Verrates an den deutschen Soldaten, die immer noch kampfbereit im Osten standen, sagt mein Onkel. In diesem Augenblick schlägt mein wütender Vater auf den Tisch, nicht wesentlich leiser als viele Jahre zuvor der heldenhaft gestorbene Oberst von Manteuffel, einige Stunden bevor ihn eine Kugel auf der Dunabrücke in die Schläfe traf, und er wiederum auf eben unserem Wohnzimmertisch aufgebahrt wurde – mein Onkel deutete zum Beweis auf den entsprechenden Fleck, den wir all die Jahre für Rotwein gehalten haben. Kajo will nichts davon hören. Onkel Hans-Jürgen behauptet allerdings, ungerührt vom Protest meines Vaters, dass mein Großvater behauptet hätte, sein Vater hätte behauptet, den Tisch, der zunächst als verschwunden galt, sehr viel später noch einmal im Durchgangslager Kreckow in der Nähe von Stettin gesehen zu haben – das Möbelstück hatte also, sagt mein Onkel, genau wie die übrigen Mitglieder meiner Familie, die lange Reise nach Westen angetreten.

»Das sind doch Hirngespinste«, sagt Kajo.

»Ach! Das musst du gerade sagen!«, entgegnet Mo streitlustig. Ich bin ihrer Meinung, und so bekommt Onkel Hans-Jürgen das Wort. Er ist schließlich Historiker, entschuldigt sich in diesem Fall jedoch mit einer unsicheren Quellenlage. Stettin schien damit das vorläufige Ende der Geschichte des Tisches zu sein. Tatsache ist, dass das Möbelstück für lange Jahre in ein unterirdisches, nicht einsehbares Stück der Zeitläufte abtauchte, keine Zeugen, keine Zeugnisse, um dann erst Mitte der sechziger Jahre in einer Altbauwohnung in Berlin-Charlottenburg aufzutauchen. Es ist, Kajo schwört darauf, die Unterlage, auf der Janis und ich im Sommer 1967 getauft worden sind, derselbe Tisch auch, auf dem davor und danach die Gelage unserer elterlichen Kommune stattfanden. Jetzt ist es Hans-Jürgen, der protestierend auf den Tisch schlägt – er dulde nicht, dass ein Gegenstand, auf dem die im Dienst ums Vaterland gefallenen Infanteriebrigadisten aufgebahrt worden waren, unter ihnen der heldenhafte Oberst Manteuffel (*Jott hab ihn selig…*) für Kajos studentische Ausschweifungen herhalten soll. »Widerlich! Einfach widerlich!«, sagt er.

»Aber so war es nun einmal«, entgegnet Kajo gelassen.

»Ich weiß es nicht«, sagt Katrin, die, was den Rotwein angeht, locker mit dem mithalten kann, was Kajo noch vor wenigen Jahren konsumiert hat. Sie beginnt so gut wie alles, was sie sagt, mit einem leisen »Ich weiß es nicht« – was nur heißen soll, dass sie es in jedem Fall besser weiß als ihr jeweiliger Gesprächspartner. Katrin hat Ende der 80er Jahre einige Zeit als Redakteurin in Berlin gearbeitet, natürlich bei der *taz*, wo sie es sogar, bei gleichem Gehalt wie alle anderen, bis zur stellvertretenden Chefredakteurin brachte. Sie schwört, dass eben dieser Tisch, um den wir nun sitzen, lange Jahre in den Redaktionsräumen der *tageszeitung* gestanden habe, Ort hitziger Debatten gewesen sei, Stätte von Streitigkeiten und, last but not least, stundenlanger Redaktionskonferenzen.

»Ach! Das wird ja immer scheener«, sagt mein Onkel, der nach ein paar Gläsern Wein wie mein Großvater spricht. Katrin zuckt mit den Schultern und fährt fort:

»… von wo er eines Tages auf mysteriöse Art und Weise

verschwunden ist. Einfach so. Und wenn ihr jetzt meint, dass ich oder Kajo etwas damit zu tun hätten, dann kann ich es nicht ändern.«

Wir starren Kajo an, der Schluckauf bekommt (zuviel Mineralwasser). Er hebt die Hände.

»Es ist nun einmal Familienbesitz. Mehr sage ich nicht dazu.«

Letzteres stimmt in jedem Fall. Mehr sagt er wirklich nicht.

19. In alle Winde

Mo und Kajo ließen sich 1985 scheiden. Janis und ich wohnten weiter mit Kajo zusammen im Haus meiner Großeltern, und Oma Lene kümmerte sich um uns. Sie räumte bei uns auf, staubsaugte, wischte die Böden, oder sie saß in der Küche und polierte das Besteck. Wenn sie mich sah, brüllte sie auf der Stelle los:

»Komm bloß net herin, Ho. Do aal Dreckmötz, do.«

»Dann mach halt nicht sauber.«

»Knallkopp.«

Sie ließ den Staubwedel sinken, sah mich an, schüttelte den Kopf, seufzte.

»Ach, Ho, du Schnüggelsche. Soll ich dir wat zu Mittag koche?«

Ich nickte und imitierte den Gesichtsausdruck eines kleinen Jungen, und eine halbe Stunde später saß ich in der Küche und löffelte Bohnensuppe mit Speck. Dazu gab es ein Zwiebelbrötchen, das sie mir fingerdick mit Griebenschmalz beschmierte. Während ich aß, schüttete mir Lene ihr Herz aus, jeder bekam sein Fett weg. Mo, ihre nichtsnutzige Tochter – *wat is die fürn Rüffje jeworde, nee nee, wo soll dat hinführe…* ihren noch nichtsnutzigeren Schwiegersohn – *der Kajo, der hät für sin Schwijermoder nit mal en fründlisch Wort überrisch…*

»Ach, Oma. Was soll ich denn erst sagen?«, hielt ich dagegen.

»Do? Am beste jar nix, do Schnuddelsjung, do. Do hälst als Erstes ding Schnüss.«

In dieser Zeit wurde erstaunlicherweise mein Großonkel Ferdinand eine meiner wichtigsten Bezugspersonen. Vermutlich, weil er mit mir nicht groß über irgendwelche Probleme sprach, sondern weil er einfach für mich da war, mir freundschaftlich auf den Rücken klopfte und mich einfach liebte.

»Der Ho, der is wat janz Besonderes«, sagte Ferdi, sobald es um mich ging. »Auch wenn man et nisch sofot merke dot.«

Ferdi war der Cousin meiner Großmutter, und er war immer dabei, bei jedem Fest, bei jeder Taufe, bei jeder Runde. Vermutlich lag es daran, dass er genau wusste, dass die anderen zu lästern begannen, sobald er den Raum verließ, nicht nur wegen Tante Lulu (die ja seine Schwester war, was ihn nicht davon abhielt, sie noch mehr zu lieben als mich). Also verließ er den Raum einfach nicht.

»Isch bleev hee sitze, bis isch umfall«, sagte er meistens.

»Ave wenn du sitzt, kannst do doch ja net umfalle«, entgegnete Opa Jupp.

»Ebens.«

Mo hatte unser Zuhause in Nippes gegen ein ungefähr drei Quadratmeter großes Quartier unter dem Dach des Ashrams in der Venloer Straße eingetauscht. Sie hatte für ihren Umzug nicht mehr als eine einzige Reisetasche gebraucht, und selbst die war nicht einmal voll gewesen. Sie besaß jetzt nur noch eine Matratze, ein Schränkchen, eine Lampe, eine Kladde für ihre Notizen, einen Stift, ein paar Bücher. Sonst nichts.

Sie war zu diesem Zeitpunkt 44 Jahre alt, und sie war zu

nachdenklich und zu klug, um Entscheidungen wie den Einzug in den Ashram ohne Anflüge von Zweifeln zu treffen. So hat sie es mir einmal erklärt, wesentlich später: »Wenn du jung bist, tust du Dinge, oder du lässt sie bleiben. Später aber wird jede Entscheidung zu einer Art Bilanz. Ich wollte wieder eins mit mir selbst werden. Klingt ziemlich bescheuert, oder?«

»Allerdings.«

Sie lachte und knuffte mich in die Seite, aber ich war damals noch nicht soweit, um mir ihr zu lachen.

Monikas Zweifel und ihr Gewissen waren das eigentliche Problem. Sie stand sehr früh am Morgen auf, an sieben Tagen in der Woche, das ganze Jahr. Sie meditierte im Morgengrauen, duschte, frühstückte, dann begann die Arbeit. Sie wurde zuerst in einem der Büros eingesetzt und war für den Einkauf des Zorba-the-Buddha-Restaurants zuständig. Eine Herausforderung, die sie gerne annahm. Oft fuhr sie mitten in der Nacht auf den Großmarkt und lernte zu feilschen. Es gab Händler, die sich weigerten, sie zu bedienen, aber die meisten schätzten sie als harte und freundliche Kundin. Sie steuerte den Lieferwagen, vollgepackt mit Gemüse, Fisch, Reis, Gewürzen, Kräutern, durch den Frühmorgenverkehr. Sie stritt sich mit den Köchen und den Küchenhilfen, wurde aber nach ein paar Wochen selbst in der Küche eingesetzt: Befehl von oben, eine Übung in Demut. Auf einmal saß die Managerin, die sie gerade noch war, nicht mehr am Schreibtisch, sondern sie war dazu da, Möhren und Kartoffeln zu schälen, Spinat zu waschen, Zwiebeln zu hacken, Salat zu zupfen. Ihre Arbeitszeit fing am Nachmittag an und ging bis zum späten Abend, und sie stand stundenlang mit Rückenschmerzen an der Arbeitsplatte und kümmerte sich um das Gemüse, sie kochte Beilagen, schmeckte ab, wusch, würzte und säuberte nach Mitternacht das Kochgeschirr. Keine Zeit, um nachzudenken – darum ging es. Um ein, zwei Uhr morgens sank sie zu Tode erschöpft auf ihre Matte, und es störte sie nicht einmal, dass Sri Gandero und Ma Ganya einen halben Meter von ihr entfernt miteinander schliefen, so müde war sie. Sie schlief auf der Stelle ein, etwas, was ihr seit Jahren nicht mehr gelungen war. Sie war, kein Zweifel, *glücklich*.

So weit war das alles völlig in Ordnung. Die Dinge nahmen in diesen Monaten allerdings noch eine andere Wendung, und das war der Punkt, an dem uns Mo dann doch ziemlich auf die Nerven ging. Die Sanyasin-Bewegung veränderte sich. Neben Kundalini und Tai Chi und der alten Sei-im-Einklang-mit-dir-selbst-Philosophie wurde *Geld verdienen* zur Meditation Nummer eins. Die Jünger machten Diskotheken und Restaurants und Entspannungsstudios auf, und sie hatten auf einmal allesamt einen wichtigen Gesichtsausdruck, der dem von Bankern in nichts nachstand. Sie trugen Anzüge von Boss und Krawatten von Trevira, nur dass sie sich bei der Farbauswahl auf Bordeaux, Magenta und Karmesin beschränkten. Aber selbst das veränderte sich, als Bhagwan die Kleidervorschriften lockerte und nur noch die Pioniere der Bewegung in Rot erschienen. Generationsbrüche allenthalben, und die alten Sinnsucher der 70er Jahre standen fassungslos da und beobachteten ihre jungen Freunde dabei, wie sie neongelbe, azurblaue, gepunktete, gestreifte, karierte Schmuckperlen auf ihre Malas, ihre Halsketten, zogen. Die Mas und Swamis meinten das alles ernst, jedenfalls in einem spirituellen Sinne. Sie wollten, so wie die alten Zen-Buddhisten, den ganz normalen Alltag und das ganz normale Leben als Weg zur Erleuchtung begreifen, und wenn der Alltag nun einmal ein kapitalistischer war, dann war auch der Kapitalismus der Pfad, der zur großen Erlösung führte. Konnte Mo, meine Mutter, die alte Kommunistin, das wirklich mitmachen? Sie konnte! Neue Aufgaben, neue Einstellungen.

Kajo und ich bemühten uns um ein gutes Verhältnis, was uns in erster Linie dadurch gelang, dass wir uns aus dem Weg gingen. Immerhin besuchten wir weiterhin gemeinsam irgendwelche Lokale, wo wir uns wie Freunde gegenübersaßen und über alles Mögliche redeten. Wir tranken Bier oder Wein, und wir unterhielten uns, aber an einem Abend räusperte er sich, als wäre ihm die ganze Sache ziemlich unangenehm, und er fragte mich, für wie wahrscheinlich ich es eigentlich hielte, jemals das Abitur zu machen. Er grinste dabei, was mir gefiel. Offenbar war er genau im Bilde darüber, was Janis und ich trieben.

»Hat dich jemand angerufen?«, erkundigte ich mich.

»Der Direktor.«

»Und?«

»Er vermisst dich.«

»Ich ihn nicht.«

»Ich habe ihm erzählt, was ihr zurzeit durchmacht. Ich denke, du bekommst noch eine Chance.«

»Toll.«

»Sei nicht leichtfertig, Ho. Tu nichts, worüber du dich eines Tages ärgerst.«

Er redete mir eine Weile ins Gewissen, aber er wurde nicht penetrant dabei. Er sagte, dass es für ihn letztendlich in Ordnung wäre, wenn ich die Schule verließ. Er würde meinen Entschluss respektieren, solange ich ihn bewusst fasste. Lieber wäre es ihm natürlich anders – *Freiheit ist die Einsicht in die Notwendigkeit*, sagte er. *Freiheit ist immer die Freiheit des Andersdenkenden*, sagte ich. Seine Art dabei gefiel mir gut.

Kajo war sich durchaus bewusst darüber, dass er keinerlei moralischen Vorsprung vor uns hatte. Er trank, er hatte seine Ehe versaut, er ging mit Studentinnen ins Bett, die kaum älter als Janis und ich waren. Auf dieser Basis konnten wir miteinander sprechen. Es wurde ein guter Abend und unser Verhältnis besserte sich.

Andererseits leistete Kajo sich eine Menge Dinge, die die guten Ansätze zwischen uns wieder zerstörten. Es lag vermutlich gar nicht an uns oder an der Sache mit Mo, sondern an der Zeit an sich, die ihm zu schaffen machte. Kajo arbeitete immer noch tage- und nächtelang, ohne zu schlafen, und er nahm dazu immer mehr Tabletten, um sich überhaupt in Gang zu halten. Für uns war klar, dass er wieder einmal auf der Flucht war. Er war halt ein Vertriebener, sein ganzes Leben lang, auch wenn er sich das selbst nie eingestand. Wer wusste schon, ob er auf der Suche nach einer wahren Heimat war oder ob er gerade vor dieser wahren Heimat flüchtete, weil er es nicht ertrug, dass die Dinge heil und ganz sein könnten.

Ein paar Monate später dann, wir waren gerade 18 geworden, zog Janis nach Berlin, von heute auf morgen, ohne jede Ankündigung. Sie schmiss die Schule. Sie wollte nur noch Musik machen, und von uns, das heißt von Mo und Kajo, und sogar von mir, wollte sie nichts mehr wissen. Nie mehr, wie sie uns damals versicherte.

Das war dann wohl das Ende, dachte ich, als ich auf der Straße stand und hinter dem vollgepackten Auto hersah, mit dem sie davonfuhr. Die Geschichte der Familie Krämer war zu Ende, weil es keine Familie Krämer mehr gab. Schluss, aus, vorbei. Wir hatten es versucht, aber wir hatten es nicht geschafft.

20. Ansteckungsgefahr

Celia und ich haben für die ersten beiden Wochen im Januar ein Hotel auf Lanzarote gebucht. Das ist ziemlich gewagt, denn natürlich ist ein gemeinsamer Urlaub immer eine Art Assessment-Center für eine Beziehung. Es ist mehr oder weniger das erste Mal, dass wir länger wegfahren, von einigen Wochenendtrips zur Datsche und kurzen Fahrten nach Rom und Paris abgesehen. Aber diese Reisen waren so kurz, dass wir kaum die Chance hatten, richtig aneinander zu geraten. Jetzt haben wir uns 14 Tage und Nächte vorgenommen, und das bedeutet, dass es keine Ausflüchte geben wird, keine Chance, der Realität zu entfliehen.

Ich bin dennoch zuversichtlich, oder vielleicht bin ich auch naiv, aber ich kann nicht anders, als mich auf die vor uns liegende Zeit zu freuen, und Celia geht es nicht anders.

In den Tagen vor dem Flug liegen wir gemeinsam auf dem Sofa, und wir schmieden Pläne und malen uns die Zeit in schillernden Farben aus. Ich wiege mich im friedlichen Gefühl der zurückliegenden Weihnachtstage, die harmonisch verlaufen sind, zumal wir immer wieder über die Hochzeitspläne meiner Eltern gesprochen haben, und daher gibt es nicht den geringsten Grund, sich Sorgen zu machen.

Okay, da ist die Sache mit Silvester. Celia und ich wollten nach dem Trubel an Weihnachten den Abend alleine zu Hause verbringen. Allein das war ein grandioser Vertrauensbeweis, den wir uns gegenseitig liefern wollten, keine Party, keine Exzesse, nur sie und ich. In letzter Minute aber rief Moritz an und lud uns ein, und da er immer noch reichlich Stress mit Nina hat, wollten wir ihn nicht hängen lassen. Wir sagten also zu, und der Abend wurde großartig, wir aßen miteinander, hörten Musik, tranken zuviel Wein und blickten auf das vergangene Jahr zurück, an dem wir einfach nichts Schlechtes entdecken konnten. Um Mitternacht standen wir dann auf dem Dach des Hauses, in dem die beiden wohnen, und wir sahen uns das Feuerwerk über der Hauptstadt an. Es war ein perfekter Moment, uns erfüllte eine große Zuversicht für das vor uns liegende Jahr, und Celia war selbstbewusst genug, um zu glauben, dass wir Moritz' und Ninas Krise mit unserem Glück heilen könnten, und natürlich besteht bei so etwas immer die Gefahr, dass in Wahrheit wir uns an ihrem Unglück anstecken, aber wer kann das wissen.

Dann ist es soweit, wir steigen in den Flieger, die Zeit vergeht wie nichts, wir trinken Sekt und schlafen eine Weile und sehen uns die Wolken vor dem Bullauge, an, und dann bringt uns der Shuttle zu unserem Hotel.

Die Anlage liegt an einem felsigen Küstenabschnitt oberhalb einer Bucht. Brauner Felsen, ascheschwarzer Strand, azurblaues Meer – die Konturen und Farben der Landschaft sind von einer kühlen, leuchtenden Schärfe. Es ist ein Ort, dessen Klarheit und Reinheit mich begeistern, und in dieser Nacht lieben wir uns mit einer Intensität, die mich überwältigt, ich sinke danach in einen erschöpften Schlaf, und ich weigere mich, dem Gefühl nachzugehen, dass in der Art, in der Celia mich berührt hat, so etwas wie Verzweiflung lag.

Am Morgen wache ich früh auf. Celia hat das Laken, mit dem wir uns zugedeckt haben, im Schlaf ans Fußende gestrampelt. Sie schläft nackt und verführerisch neben mir. Ich küsse sie auf die Schulter, und sie lächelt mich mit verquollenen Augen an.

»Guten Morgen«, knurrt sie, noch halb im Traum.

»Ich wollte dich nur wecken, bevor ich mich an dir vergehe.«

»Hmmm.«

Sie räkelt sich, aber sie durchkreuzt meine Pläne, indem sie mich sanft aber bestimmt zur Seite schiebt, und so stehen wir gemeinsam auf. Wir stellen uns vor die hölzernen Fensterläden, die wir über Nacht geschlossen haben. Wir wollen sie gemeinsam feierlich aufstoßen, um den strahlenden, ersten Ferientag zu begrüßen.

»Auf drei«, sage ich.

»Eins, zwei… drei…«

Wir öffnen die Läden, die knarzend nach außen schwingen und uns einen Blick über das Meer bis zum Horizont erlauben – bis sie, nur einen Sekundenbruchteil später, angestoßen von einem orkanartigen Wind, wieder vor unseren Nasen zuschlagen. Hoppla.

»Scheint windig zu sein«, sage ich.

»Ach. Es zieht nur ein wenig.«

»Egal. Lass es uns noch einmal probieren.«

»Also schön.«

Wir versuchen es wieder – gleiches Ergebnis. Was da draußen weht, ist keine leichte Brise, das ist ein ausgewachsener, nervtötender Sturm, und ich ahne schon, warum auch immer, dass das hier nur ein Vorgeschmack ist auf das, was noch kommen soll.

»Wir könnten einfach einen Tag im Hotel bleiben. Und uns einfach nur mit uns selbst beschäftigen…«, sage ich.

»Ich will aber raus.«

»In den Sturm?«

»Sei nicht so negativ, Ho. Das ist kein Sturm. Das ist nur ein Lüftchen.«

»Negativ? Ich bin nicht negativ. Ich dachte nur, dass wir…«

Sie dreht sich um und stampft ins Badezimmer. Ich höre, wie sie hinter sich die Tür abschließt, und dann stehe ich da und habe das Gefühl, etwas Entscheidendes verpasst zu haben. Zum Beispiel den Grund für ihre Laune, die nicht weniger überraschend und heftig ist als das Wetter. Was, bitte schön, ist eigentlich los?

Ich mache zunächst das einzig Vernünftige, ich versuche, unser Problem zu ignorieren. Am Nachmittag mieten wir einen Buggy mit offenem Verdeck und machen uns auf den Weg ins Innere der Insel. Ich spiele eine gute Laune vor, die ich nicht habe, rede allerlei dummes Zeug und klammere mich an die Hoffnung, dass die Dinge sich schon zurechtziehen werden, das haben sie bisher immer getan, und ein Streit zwischen mir und Celia ist schließlich die Regel, keine Ausnahme, also auch nichts, was mich erschrecken könnte.

Leider habe ich die Rechnung ohne Lanzarote gemacht. Stundenlang fahren wir durch pechschwarzes Ödland, in dem nicht eine einzige Pflanze wächst, kein Baum, der Schatten spendet, nicht einmal ein See, in dem wir uns von der Hitze abkühlen könnten. Die Insel ist ungefähr so gemütlich und einladend wie der Mond, und garantiert die hundertprozentig falsche Umgebung, um die Stimmung eines zerstrittenen Paares zu heben.

Noch vor kurzem hätte Celia angesichts einer solchen Landschaft angefangen zu lachen, sie kann die Natur wunderbar verspotten, und dann hätte sie zum Beispiel mich für so kratzig und faul erklärt wie die Lavabrocken, die überall herumliegen, und ich hätte mich mit einem Kompliment revanchiert und sie als so explosiv und unberechenbar beschimpft wie die hoch aufragenden Vulkankrater am Horizont.

Jetzt aber sitzen wir schweigend nebeneinander im Wagen und fahren auf einer schnurgeraden Straße über eine sengende Hochebene. Wir sehen uns nicht an. Wir berühren uns nicht.

Gelegentlich wechseln wir doch ein paar Worte, ungefähr so häufig, wie wir an einem Gasthaus oder an einer Tankstelle vorüberkommen, also ungefähr alle 20 Kilometer. Und auch dann nur ein paar öde, kurze Sätze. Ich starre auf die Straße, und Celia dreht den Kopf zum Fenster und sieht zur Seite des Buggys hinaus.

Ich frage: »Was ist eigentlich los?«

»Nichts.«

»Dann ist ja gut.«

Eine halbe Stunde fahren wir durch schwarzgraue Aschelandschaft. Erst dann folgt die Fortsetzung unseres Gesprächs.

»Bestimmt nicht?«

»Ganz bestimmt.«

Wieder eine halbe Stunde Stille. Wenn es so weitergeht, müssen wir für die nächsten drei Tage fahren, um etwas zustande zu bringen, was die Bezeichnung Unterhaltung verdient.

»Gib mir eine Chance, Celia.«

»Die kannst du dir nur selber geben.«

Ich steige in die Eisen – eine Vollbremsung inmitten der lanzarotischen Einöde. Ohne Grund, aber mit Wut im Bauch. Der Wagen wirbelt eine riesige Staubwolke auf, die der Wind natürlich genau auf uns zutreibt. Wir husten, klopfen uns ab.

»Gut gemacht, Ho.«
»Auto fahren kann ich halt.«
»Ansichtssache.«
»Bitte, Celia. Gib mir einen kleinen Hinweis, was los ist.«
»Denk doch einfach mal nach.«
»Das tue ich seit heute morgen.«
»Das ist doch schon mal etwas.«

Ich biege in eine unasphaltierte Straße ein, von der nicht erkennbar ist, wohin sie führt. Nach wenigen Kilometern verliert sich der Weg in einer von kleineren Canyons durchzogenen Landschaft, in der immerhin ein paar Kakteen wachsen – Zeichen der Hoffnung, jedenfalls für Optimisten wie mich.

»Sollen wir umkehren?«, frage ich.
»Dazu ist es zu spät.«

Ich bin kurz davor, die Beherrschung zu verlieren.

»Verdammt noch mal, Celia. Rede mit mir. Beschimpf mich meinetwegen, oder schrei mich an, oder schlag mich. Aber gib mir einen Hinweis, was los ist.«

»Schlagen wäre nicht schlecht«, sagt sie.

Ihr kleiner Satz erfrischt mich wie ein Regenguss. Das ist die Celia, die ich kenne. Dazu dieses kleine Lächeln, das über ihren Mund huscht. Vielleicht ist doch noch nicht alles verloren.

»Urlaub ist immer schwierig, für alle Paare. So eine Art Härtetest«, sage ich.

»Genau. Und wir haben ihn nicht bestanden.«
»Ich finde nicht, dass man das jetzt schon sagen kann.«
»Ich kann es.«

Es ist egal, was ich sage, ich pralle gegen eine Wand. In dieser Nacht liege ich wach neben ihr. Sie ist eingeschlafen, oder jedenfalls tut sie so. Wir haben uns nicht einmal eine

Gute Nacht gesagt. Wir haben uns nicht berührt. Ich verschränke die Hände hinter dem Kopf und starre an die Decke. Der Wind, der durch die Ritzen des Fensters hereinkriecht, lässt die Vorhänge schaukeln und rascheln, aber es stört mich nicht. Ich habe den ganzen Tag nicht ein einziges Mal an den Wind gedacht.

Nach dem Frühstück am nächsten Morgen führe ich einige Telefonate mit Christian und mit einigen wichtigen Kunden der Agentur. Celia liegt am Pool auf einem Liegestuhl und blättert in einer Zeitschrift.

»Musst du sogar hier mit deinen Leuten sprechen? Kannst du nicht einfach mal ein paar Tage nichts tun? Deine Firma vergessen? Einfach nur im Hier und Jetzt sein?«

»Du klingst wie meine Mutter.«

»Idiot.«

»Celia! Bitte! Tu nicht so, als wäre ich ein Workaholic, der selbst im Urlaub nur an sein Büro denkt.«

»*Du* tust so, nicht ich.«

»Das ist lächerlich.«

»Dann mach dein verdammtes Handy aus.«

»Du weißt, dass ich nur das Dringendste erledige, aber das geht nun mal nicht anders. Außerdem hast du auch Sachen für deine Universität mit.«

»Das ist etwas ganz anderes.«

»Bei dir ist es immer etwas ganz anderes.«

»Stimmt ja auch.«

Ich stehe kopfschüttelnd vor ihr. Wir benehmen uns wie zwei 37-jährige Kinder, aber ich habe keine Idee, was ich tun könnte, um damit aufzuhören.

»Okay, in Ordnung. Keine Telefonate mit der Firma mehr.«

Zum ersten Mal sieht sie von ihrer Zeitschrift auf.

»Du sollst es nicht nur tun, weil ich dich darum bitte. Du sollst es von dir aus tun. Ich möchte einfach das Gefühl haben, dass du für mich da bist.«

»Ich bin für dich da! Ich bin den ganzen Tag für dich da, und wenn du willst auch die ganze Nacht, und überhaupt immer…«

»Das reicht mir nicht.«

»Aber mir reicht es jetzt!«

Wutschnaubend verlasse ich die Hotelterrasse. Ich ziehe mir im Zimmer eine Jeans und ein T-Shirt über, springe in unseren Buggy und fahre einfach drauflos, irgendwohin, weg von ihr, weg vom Hotel, einfach immer weiter. Jetzt freue ich mich sogar über den Wind. Er verschafft mir Kühlung, er treibt die schweren Gedanken aus meinen Kopf.

Ich lasse den Wagen an einem Parkplatz oberhalb einer Klippe stehen. Der Abstieg zum Meer ist nicht ungefährlich, aber immerhin bringt mich das auf andere Gedanken. Ich spaziere eine Weile an einer langgezogenen Bucht entlang, die von bizarren Felsformationen eingerahmt wird. Ein paar Badegäste liegen herum, ein paar Kinder spielen in den Wellen.

Celia und ich haben uns von dem Tag an gestritten, an dem wir uns kennen gelernt haben. Für mich war das eine neue Erfahrung. Und trotzdem hat es mich nicht abgeschreckt. Ganz im Gegenteil. Ich mochte es, wenn sie zornig oder wütend war, und im Laufe der Zeiten hat sich bei mir ein tiefes Vertrauen darin aufgebaut, dass wir uns immer wieder zum Punkt der Versöhnung vorkämpfen werden.

Am Morgen nach unserer ersten Nacht, damals vor rund einem Jahr, frühstückten wir gemeinsam in ihrer Küche. Ich sah mir die Bilder an, die sie über dem Herd aufgehängt hat, es sind kolorierte Holzschnitte von Gesichtern, eine Dorflandschaft, ein Birkenwald.

»Sie gefallen dir nicht, stimmt's?«, meinte sie.

»Hey! Habe ich irgendetwas in der Richtung gesagt?«

»Dachte ich nur so…«

»Falsch gedacht.«

Es war nur ein Anflug, die Andeutung eines Kampfes, und direkt danach erschien auf ihrem Gesicht ein Lächeln, für das ich mich gleich noch einmal in sie verliebte. Und so ging es weiter. Wir kämpften miteinander, wir versöhnten uns.

Ich lasse mir die Wellen um die nackten Füße spülen. Es stört mich nicht, dass meine Jeans nass wird. Ich blicke aufs Meer raus, und ich schmecke den bitteren Geschmack des Abschieds. Ich weiß nicht, warum es so ist, ich habe nicht die geringste Ahnung.

Als ich am Abend ins Hotel zurückkehre, überrascht Celia mich mit einer guten Laune, die mich völlig von den Socken haut.

»Hey, wo warst du? Ich habe mir Sorgen gemacht! Ich dachte schon, du wärst ohne mich nach Hause gefahren. Oder im Meer ertrunken. Oder essen gegangen«, sagt sie, und endlich hat ihre Stimme wieder die Farbe und die Wärme, die ich kenne.

»Ertrinken? Das würde ich nie tun. Oder wenn, dann nur mit dir zusammen.«

Sie legt ihre Arme um meinen Nacken und wir küssen uns, bis die Hotelgäste, die um uns herum in der Halle stehen, nervös zu husten beginnen.

»Und ich dachte schon, du würdest inzwischen andere Männer küssen.«

Sie blitzt mich an.

»Eifersüchtig?«

»Rasend.«

»Tja, um mich muss man sich halt bemühen.«

»Und ich Idiot habe es nicht getan. Wirst du mir verzeihen?«

»Mal sehen. Vielleicht. Aber nur wenn du mich zum Abendessen einlädst, mit Champagner als Aperitif, Muscheln als Hauptspeise, und dir selbst als Nachtisch.«

»Gib mir drei Minuten, um etwas anzuziehen, mit dem man mich nicht aus jedem Lokal wieder rauswirft.«

Ich stürme ins Zimmer hoch, ziehe mich um. Ich schäme mich für die düsteren Gedanken, die ich am Nachmittag gewälzt habe, und für meine eigene Ungeduld. Ich selbst bin der launischste Mensch der Welt. Warum bin ich nicht in der Lage, anderen Mensch auch ihre Auszeiten, ihre schlechten Phasen zu gönnen?

Ich beschließe, nicht weiter über die Dinge nachzudenken, und mich stattdessen darüber zu freuen, dass alles wieder in Ordnung ist. Celia empfängt mich mit einem strahlenden Lächeln in der Lobby. Gemeinsam spazieren wir zu dem kleinen Ort in der nächsten Bucht hinüber. Die Restaurants haben verschiedene Fische auf eisgekühlten Tabletts ausgestellt. Während die Kellner auf uns einreden, erfinden wir Namen für die verschiedenen Arten, lachen über den dümmlichen Gesichtsausdruck der Doraden und die ewig schlechte Laune der Seeteufel.

»Und der hier«, sagt Celia und zeigt auf eine Meerbarbe, »der guckt so lieb, dass wir ihn auf der Stelle aufessen sollten.«

Wir setzen uns an einen Tisch direkt an der Hafenmauer. Weit draußen schaukeln die Lampen der Fischerboote auf den Wellen. Wir stoßen an und sehen uns in die Augen, wir genießen den Wein, die milde Luft, die Unterhaltungen der anderen Gäste, die von den übrigen Lokalen herübertreiben.

»Und was machen wir morgen?«, fragt Celia, auf einmal voller Begeisterung. »Noch einen Ausflug in die Wüste? Oder wir fahren in die Hauptstadt, wir sitzen im Café herum und beobachten Leute – einverstanden?«

In der Nacht schlafen wir miteinander. Ich schlafe danach ein, erschöpft von der Sonne, meiner Wanderung, unserem Sex, aber irgendeine Unruhe lässt mich kurz darauf wieder die Augen öffnen. Ich fühle mit der Hand neben mich, finde die Seite des Bettes aber leer vor. Ich richte mich auf. Celia sitzt hellwach in einem der Sessel neben der Verandatür und weint.

»Was ist los, Celia?«

»Nichts, Ho. Gar nichts. Lass mich einfach in Ruhe.«

»Nein, das werde ich nicht tun. Ich möchte, dass du mir endlich sagst, was los ist. Was habe ich falsch gemacht?«

»Nichts. Gar nichts.«

»Ist es vorbei? Gibt es jemand anderes?«

»Schlaf weiter, Ho. Ich möchte nicht reden. Ich möchte alleine sein.«

Sie steht auf und tritt hinaus auf die Terrasse vor dem Zimmer. Als ich nach einer halben Stunde nach ihr sehe, sitzt sie in einem der Korbstühle, die Beine an den Körper gezogen, und starrt hinauf in die Sterne. Ich lege ihr eine Hand in den Nacken, aber sie schüttelt mich ab.

»Lass mich bitte in Ruhe, Ho.«

Als ich am nächsten Morgen aufwache, weiß ich, dass die Dinge anders geworden sind, und dass es kein Zurück mehr gibt. Natürlich gebe ich mir reichlich Mühe, dieses Gefühl zu verdrängen oder sogar zu zerstören. Ich drücke Celia einen Kuss auf die Schulter, sie schläft noch, mit dem Gesicht zur Wand, und dann springe ich aus dem Bett und renne hinunter zum Pool, ich schwimme, bis ich nicht mehr kann und bis ich erschöpft und schwer atmend in der Sonne liege.

In den folgenden Tagen setzt Celia mich immer wieder Wechselduschen aus, die mich fast um den Verstand bringen. Immer dann, wenn ich gerade beschließe, mich mit ihrer Zurückweisung abzufinden, taut sie für Stunden oder auch einen halben Tag auf, sie lacht wieder, kommt auf mich zu, und wir liegen uns in den Armen wie ein Paar, das für lange Zeit getrennt gewesen ist. Sie wisse auch nicht, was mit ihr los sei, sagt sie dann, und es täte ihr Leid, und alles, was sie tun könne, sei, mich um Verständnis und Geduld zu bitten. Und ich freue mich mit ihr, ich heule sogar mit ihr, und ich verspreche ihr alle Geduld und alles Verständnis, zu dem ich überhaupt in der Lage wäre. Aber ganz offenbar ist es nicht genug, denn die Tage vergehen, und die kalten Phasen überwiegen die warmen, der Abstand zwischen uns wächst von Stunde zu Stunde, und die Phasen des Schweigens und der Distanz werden immer länger, bis es zum Schluss, das ist schon der Tag unseres Rückfluges nach Deutschland, keine Versöhnung und keine Versprechen mehr gibt.

21. Die alte Wut

Janis und ich lebten Anfang der 90er Jahre beide in Berlin. Während ich noch studierte, machte sie die ersten Schritte ihrer musikalischen Karriere. Sie trat regelmäßig in Jazzclubs auf, und wenn ich Zeit hatte, begleitete ich sie auf ihren Tourneen. Sie war tatsächlich immer noch mit Ricky zusammen, obwohl der inzwischen Anzüge und Krawatten trug und ihm sein ehemaliger Lebensstil nur durch seine erbärmlich schlechten Zähne anzusehen war.

1992 starb Opa Heini. Er und Lotte waren schon vor Jahren in eine betreute Wohneinheit in Köln gezogen, um näher bei Kajo und Mo zu sein. Es funktionierte natürlich nicht. Unsere Eltern benahmen sich zwar immer noch wie Kinder, fanden Janis und ich jedenfalls, aber das hieß noch lange nicht, dass sie sich um *ihre* Eltern kümmerten. Also waren wir diejenigen, die regelmäßig im Zug saßen und rüber zu unseren Großeltern ins Heim fuhren. Wir waren auch die Einzigen, die ahnten, dass Heini sich allmählich in Rauch auflöste, im wörtlichen wie im übertragenen Sinne. Bei jedem unserer Besuche konnten wir uns mit eigenen Augen davon überzeugen. Er saß von morgens bis abends in seinem Sessel und verbreitete um sich herum eine dichte Wolke aus Zigarrenqualm, dunkelblau, stinkend, im besten Falle kubanisch, meistens Jamaika, ab und zu Bayern-Verschnitt, den er aus irgendeinem Grund, wahrscheinlich eine

Kriegserinnerung, am liebsten mochte. An manchen Tagen waren wir nicht sicher, ob er überhaupt noch da war, dort hinten, irgendwo, am Ursprung des blauen Nebels im Zimmer.

Oma Lotte dagegen erinnerte mich immer mehr an eine Mumie, konserviert, alterslos, streng riechend. Sie schrumpfte Monat für Monat ein wenig mehr, aber sie blieb im Gegensatz zu Opa bei klarem Verstand. Sie löste Kreuzworträtsel.

Wenn Heini in seinem Sessel aufwachte, sah er verwirrt um sich, verschaffte sich durch eine wedelnde Handbewegung klare Sicht und war ansonsten unsicher, welches Jahr wir schrieben, welches Jahrzehnt, welches Jahrhundert. War der Krieg schon vorbei? Dann ist ja gut. Aber welcher Krieg? Er hob das Ärmchen zum Mund und paffte seine Zigarre an, bis der Qualm ihn wieder vor der Gegenwart schützte. An guten Tagen hörten wir ihn dann kichern. Er murmelte Wörter wie »Angriff« und »Jawoll, Herr Jeneral«, und schließlich besprach er mit einem imaginären Gegenüber die Arbeiten, die im Garten zu erledigen waren: Mangold, Pasternaken, Bärlauch, Unkraut jäten. »All das scheene Jemise.« Er hatte oft schlechte Laune. »Und ich saje euch, er kommt, der Russe, er kommt so jewiss wie der Hajel im Winter. Aber dann kann er was erleben.«

»Mach dir keine Sorgen, Opa. Der kalte Krieg ist vorbei«, sagte ich.

Er sah mich mit rotierenden Augen an.

»Wer sind Sie, mein Herr?«

Meine Großmutter gab ihm dann ein paar kräftige Ohrfeigen, die ihn in die Wirklichkeit zurückholten. »Nu lass jut sein, Heini. Nun jib Ruh'«, redete sie auf ihn ein.

Selten und ohne jedes Vorzeichen erlebten wir seine klaren Momente. Seine Augen waren dann plötzlich wieder so strahlend wie früher und ich wurde den Verdacht nicht los, dass er uns seine Krankheit nur vorspielte. Er sah mich, seinen Lieblingsenkel, durchdringend an.

»Wie jeht's denn meinem Jungchen? Bist jroß jeworden. Ach, da fällt mir doch ein eine Jeschichte, wo ich dir erzählen mechte.«

Ich wartete eine Weile. Ich sah zu Lotte hinüber, aber die war über ihr Kreuzworträtsel gebeugt: Italienischer Fluss mit vier Buchstaben. Vorsichtig fragte ich:

»Was, Opa? Was für eine Geschichte?«

Keine Antwort. Er war eingeschlafen.

Er hatte dann offene Stellen am Rücken und an den Beinen. Keinen Magen mehr. Er wurde in ein anderes Zimmer verlegt, und die Schwester verbot ihm das Rauchen – dennoch blieb der Eindruck, dass ihn eine Wolke umgab.

Die Beerdigung von Opa Heini war eine der wenigen Gelegenheiten, bei denen ich mit meinen Eltern zusammentraf. Zu der Zeit waren wir alle zu sehr mit unserem eigenen Leben beschäftigt, um uns sonderlich füreinander zu interessieren. Mo und Kajo hatten beide wieder geheiratet, aber im Café nach der Beisetzung spürte ich, wie sehr die beiden immer noch aneinander hingen. Sie verabschiedeten sich mit einer herzlichen Umarmung und einem langen Kuss, bei dem ihre neuen Partner bleich vor Eifersucht wurden.

Diese Begegnung mit meiner Mutter erschütterte Kajo mehr, als er es sich selber eingestehen wollte. Er erschien am nächsten Vormittag pünktlich zu seinem Hauptseminar. Er setzte sich an seinen Tisch und wartete mit müden Augen und teilnahmslosen Gesicht darauf, dass die Studenten eintrafen. Soweit war alles normal. Er hatte es sich angewöhnt, nach der üblichen Viertelstunde c.*t.* weitere fünfzehn Minuten zu warten, bis sämtliche Teilnehmer da waren. Er las in seiner Zeitung, sortierte Papiere, öffnete das kleine Ledertäschchen, in dem er seine Kugelschreiber aufbewahrte. Was tat er eigentlich hier? Warum war er hier? Was sollte das alles? Die Fragen schossen Kajo unvermittelt durch den Kopf, und sie erschreckten ihn. Er ignorierte das gelegentliche Kichern der Studenten, die vermutlich dachten, er wäre verkatert. Wie üblich. Vielleicht war er krank? Ja, das könnte eine Erklärung sein, dachte Kajo, und der Gedanke erleichterte ihn. Eine Erkältung, vielleicht sogar eine Grippe, ein Magen-Darm-Infekt. Das würde die seltsame Übelkeit erklären, die er verspürte.

Er versuchte sich auf die Lektüre der Frankfurter Rundschau zu konzentrieren, aber die Buchstaben tanzten vor seinen Augen. Sein Verstand sagte ihm, dass er psychosomatische Reaktionen auf die Umstände der vergangenen Tage zeigte, die Beerdigung, das Wiedersehen mit Mo, die Szene, die Katrin, seine Frau, ihm danach gemacht hatte.

Kajos Magen krampfte sich zusammen. Also doch Magen-Darm? Ein Schluck Sauvignon würde ihn kolossal entspannen. Vielleicht sollte er noch einmal kurz in sein Dienstzimmer hinübergehen.

»Herr Krämer? Sollen wir so langsam…?«

»Was?«

»Wir würden gerne mit dem Referat anfangen.«

Kajo wischte sich mit der Hand übers Gesicht. Die Studenten starrten ihn an, als könnten sie seine Gedanken lesen. Oder bildete er sich das nur ein? Was war bloß los mit ihm?

»Geht's Ihnen nicht gut?«

Eine der Studentinnen beugte sich mit besorgtem Gesichtsausdruck zu ihm vor. Er kannte sie aus seiner Sprechstunde. Er mochte sie. Eine talentierte Denkerin. Wie hieß sie doch gleich? Sie war attraktiv.

»Doch, doch. Alles bestens.«

Betretenes Schweigen im Raum. Die vier Mitglieder der Referatsgruppe sortierten nervös ihre Manuskripte.

»Jetzt fangen Sie schon an. Na los«, herrschte Kajo sie an.

Irritierte Blicke. In den hinteren Reihen wurde wieder gekichert. Ein Mädchen, von dem Kajo den Eindruck hatte, sie noch nie im Leben gesehen zu haben, begann auf linkische Art über die politischen Theorien des 19. Jahrhunderts zu sprechen.

Nach der Stunde packte Kajo wie in Trance seine Papiere zusammen und verstaute sie in seiner Aktentasche, an der er besonders hing. Das Stück war aus braunem Rindsleder, war abgewetzt, voller Erinnerungen, fleckig, und die frühesten Schweißspuren stammten noch aus den 60er Jahren, eine Reliquie der Revolte. Kajo liebte diese Tasche. Er stand auf und ging zur Tür und murmelte einen Abschiedsgruß.

Vor seinem Dienstzimmer kam ihm ein Student, der für ihn als Hilfskraft arbeitete, entgegen und sah ihn mit scheelen Blicken an. Alle waren verrückt. Andererseits, dieser Student, wie hieß er gleich, war ein begabter Wissenschaftler, ein kluger Bursche, anders als die meisten anderen Studenten. Was wusste er noch über ihn? Etwas Entscheidendes. Ein Lächeln erschien auf Kajos Lippen.

»Ach, Herr Bachmann, gut, dass ich Sie treffe. Können Sie kurz mitkommen?«

»Ja, natürlich. Ist alles in Ordnung, Herr Krämer?«

Kajo, der sich tatsächlich besser fühlte, seitdem er den Seminarraum verlassen hatte, lächelte müde.

»Oh ja, danke der Nachfrage. Es geht. Nicht gut. Aber es geht.«

Er schloss sein Zimmer auf und bot Bachmann einen Stuhl an. Er nahm den Chianti aus dem Hängeregister.

»Möchten Sie?«

»Ein Gläschen. Warum nicht?«

Bachmann reagierte hervorragend, aber Kajo konnte dennoch seine Anspannung spüren. Das Beste würde erst noch kommen.

»Haben Sie eigentlich Interesse an einer Stelle als wissenschaftlicher Mitarbeiter?!«, fragte Kajo.

»Ja, schon. Im Prinzip. Allerdings... ich habe noch nicht einmal Magister.«

Kajo winkte ab.

»Das kriegen wir schon hin. Und da wäre noch etwas.«

»Ja?«

Kajo leerte sein Glas, schenkte erneut ein, trank auch das zweite Glas.

»Können Sie mir Pot verkaufen?«

»Wie bitte?«

Bachmann grinste, aber das lag, wie Kajo sogleich merkte, an seinem antiquierten Vokabular.

»Sie wissen schon. Wie nennen Sie das denn heutzutage? Dope? Shit? Haschisch?«

»Dope ist in Ordnung. Wie viel wollen Sie denn haben, Herr Professor?«

»Ich weiß nicht. Wie viel könnten Sie denn...?«

Bachmann kramte seinen Tabak aus der Tasche und entnahm dem Paket ein kleines Plastiktütchen, in dem ein grünbrauner Klumpen steckte.

»Hier, Herr Krämer. Geschenk des Hauses. Ich weiß ja, dass Sie es im Moment nicht einfach haben. Vielleicht hilft's.«

Kajo fuhr mit der Straßenbahn nach Hause. Er zog sich in

sein Arbeitszimmer zurück und schloss hinter sich die Tür ab, überprüfte noch einmal durch das Niederdrücken der Klinke, dass sie wirklich geschlossen war. Dann zog er sich aus. Schuhe, Hose, Hemd. Er blieb in Unterwäsche und Strümpfen, drehte aber für alle Fälle die Heizung hoch. Dann legte er sich auf das Sofa, mit dem festen Entschluss, an diesem Tag nichts mehr zu tun. Und am nächsten vielleicht auch nicht. Solange, bis die Dinge wieder ins Gleichgewicht kamen. Er hörte bis in die späte Nacht seine alten Deep-Purple- und Led-Zeppelin-Platten. In ohrenbetäubender Lautstärke. Als Katrin, seine ehemalige Assistentin und Ehefrau, gegen die Tür hämmerte, reagierte er nicht. Sie gab auf und verließ wutschnaubend die Wohnung. Kajo kiffte eine Tüte nach der anderen. Es entspannte ihn. Und es brachte Klarheit.

Ein paar Monate später trennte Kajo sich von Katrin, und er begann meiner Mutter Liebesbriefe und Blumen zu schicken. Dass sie nicht darauf reagierte, störte ihn nicht. Er hatte eingesehen, dass er nie im Leben eine andere Frau als Mo geliebt hatte und dass er auch niemals eine andere Frau lieben würde.

22. Ein ungelöster Fall

Celias Lieblingsphilosoph heißt Sören Kierkegaard, ein alter dänischer Dandy, der sein Leben auf Partys zugebracht hat, obwohl er eigentlich ein todtrauriger Mensch war. Dieser Kierkegaard hat gemeint, dass das menschliche Grundproblem darin besteht, dass man das Leben nur rückwärts verstehen könne, aber dass man es vorwärts leben müsse.

Mir kommt diese Meinung ziemlich optimistisch vor, weil ich überhaupt nichts verstehe, weder vorwärts noch rückwärts, ich tappe völlig im Dunkeln. Es ist sogar noch schlimmer, weil sich alles, was mir bisher einigermaßen verlässlich vorkam, innerhalb von wenigen Tagen völlig verändert hat. Es hat sich aufgelöst, ist verschwunden, zerbröselt, unsichtbar geworden. Ich stehe mit leeren Händen da.

Nach unserer Ankunft am Tegeler Flughafen sind Celia und ich schweigend zu unserem Wagen gegangen. Auch auf dem Weg nach Hause haben wir nicht ein einziges Wort miteinander gewechselt. Ich hielt vor Celias Haus im Prenzlauer Berg, stieg aus, umrundete den Wagen und holte ihr Gepäck aus dem Kofferraum. Warum stieg sie nicht aus?

Wie ein Chauffeur öffnete ich ihre Tür.

»Deine Sachen stehen da.«

Erst jetzt bemerkte ich, dass sie die Hände vor das Gesicht geschlagen hatte und weinte, wie so oft in den Tagen davor.

Ihr Körper schüttelte sich, und ich hörte ihre erstickten Schluchzer, und seltsamerweise schmolzen meine ganze Wut und mein Trotz augenblicklich zusammen. Ich hockte mich vor sie und ich berührte ihre Hände und fand leise, tröstende Worte für sie.

»Hast du ein Taschentuch?«, schniefte sie.

»Klar.«

Sie wischte sich die Augen ab und putzte sich die Nase, und ich fragte mich, wie oft ich sie so schon gesehen hatte, und ich wusste, dass es mich bisher immer nur genervt hatte, sie heulen zu sehen, aber ich wusste auch, dass ich alles dafür tun würde, sie auch in Zukunft so sehen zu können.

Celia stieg mühsam aus dem Wagen, ihre Trauer und der Streit hatten sie genauso erschöpft wie mich.

»Ich glaube, wir brauchen ein wenig Auszeit voneinander, oder? Was meinst du?«, fragte sie leise.

»Klar, du wirst schon Recht haben«, sagte ich, ohne rechte Überzeugung.

»Es ist besser so. Bestimmt.«

»Mach dir keine Gedanken. Melde dich, sobald dir danach ist.«

Sie ging zu ihrem Gepäck – kein Kuss zum Abschied, nicht einmal eine Berührung. Die Coolheit, mit der sie immerhin so etwas wie eine Trennung auf Zeit vorschlug, schockierte mich. Ich horchte in mich hinein. Ich versuchte herauszufinden, was in mir vorging, was ich dachte, was ich fühlte, und ob das, was ich gerade erlebte, nur eine Krise oder wirklich der Anfang vom Ende unserer Beziehung ist. Oder vielleicht sogar schon das Ende vom Ende.

»Soll ich dir mit dem Koffer helfen?«

»Kein Problem, Ho. Fahr einfach nach Hause. Ich schaffe das schon.«

Sie nahm ihre Sachen, und ich sah ihr zu, wie sie zur Haustür ging und dann umständlich ihren Schlüssel herauskramte.

»Hey, warte. Ich…«, setzte ich an.

»Was?«, fragte sie.

»Ist es vorbei?«

Auf ihrem verheulten Gesicht erschien ein schwaches Lächeln, das mich mitten ins Herz traf. Dann zuckte sie mit den Schultern.

»Ich weiß es nicht, Ho.«

Sie öffnete die Tür und verschwand im Inneren des Hauses, und ich stand da und sah zu, wie meine Welt in Trümmer zerfiel.

Das ist fünf Tage her und jetzt ist es wieder einmal mitten in der Nacht und ich liege hellwach auf dem Sofa. Ich horche in mich selbst hinein, und zwar ungefähr so, wie die Leute vom SETI-Programm ins Weltall hineinhorchen, immer in der Hoffnung, dabei auf so etwas wie Intelligenz zu stoßen.

Ich trinke oder trinke nicht, ich schlafe oder schlafe nicht, esse oder esse nicht, aber all das bringt überhaupt nichts. Ich komme mir vor wie ein Kriminalkommissar, der einen Tatort besichtigt. Alles ist da, die Leiche, die Täterspuren, die Indizien. Ich weiß genau, dass die Lösung des Falles schon jetzt vor mir liegt wie ein aufgeschlagenes Buch, aber ich schaffe es nicht, die Teile so zusammenzusetzen, dass sie ein sinnvolles Ganzes bilden. Der Kommissar kommt sich vor wie ein Idiot, und wahrscheinlich ist er das auch.

Ich lege mich ins Bett und versuche zu schlafen. Ganz zufällig habe ich nämlich noch ein Leben jenseits meiner Beziehungsprobleme. Ich führe zum Beispiel eine kleine Designagentur, die es sich nicht leisten kann, einen unausgeschlafenen, depressiven, schlecht gelaunten Kreativchef zu haben. Also: Schlafen.

Vier Stunden später klingelt mein Wecker, allerdings ist das keine große Überraschung für mich. Schließlich beobachte ich den großen schwarzen Zeiger seit ziemlich genau vier Stunden und warte darauf, dass er den kleinen roten Zeiger einholt, der die Weckzeit markiert.

Aufstehen, duschen, frühstücken. Ich sitze am Küchentisch und erinnere mich daran, dass es noch ein weiteres gutes Mittel gibt, um mit Problemen fertig zu werden. Es besteht darin, die Dinge von *schlimm* in *katastrophal* zu verwandeln, also die ganze Sache einfach über jene Grenze zu treiben, bis zu der sie gerade noch erträglich ist. Spätestens dann muss ich mir einfach eine Lösung einfallen lassen, weil ich mir selbst jeden Fluchtweg und jede Ausrede nehme.

Nichts einfacher als das. Ich beschließe, mich noch an diesem Morgen an die Arbeit zu machen, und die Vorstellung hebt meine Laune sogar um ein paar Grad. Es wird ein wunderbares Gemetzel werden, und auch wenn ich mit einigen Kollateralschäden rechne, so werde das größte Opfer dennoch ich selbst sein.

Eine Stunde später komme ich in einer Stimmung wie Hannibal Lecter in die Agentur.

»Hey, Ho. Vergessen dich zu rasieren? Oder ist der Pennerlook jetzt modern?«

»Guten Morgen, Ho. Die Augenringe stehen dir. Wirklich. Siehst gut aus. Gibt dir so etwas Verwegenes.«

»Grüß dich, Ho. Ich will ja nichts sagen, aber das, was da an deinem Schuh klebt, sieht extrem wie ein Stück Pizza aus…«

Ich bleibe stehen. Ich drehe mich um. Ich blicke meine

Mitarbeiter an, und zwar ungefähr so wie Godzilla die Menschen ansieht, die unter ihm stehen und die er gleich zermalmen, in Stücke reißen und auffressen wird. Mit einer selbstzerstörerischen Ruhe lasse ich meinen Blick von Peter zu Aymara, zu Christian und zu Tina und dann zu allen anderen schweifen, und es besteht spätestens danach kein Zweifel mehr für sie, dass ich ihre allmorgendliche Entertainment-Show nicht mitmachen werde. Nicht heute. Nicht in diesem Zustand. Und überhaupt nie wieder.

»Es ist ganz einfach, Leute. Ihr habt eine Stunde Zeit, um diese Agentur in einen Zustand zu verwandeln, den man als professionelle Arbeitsumgebung bezeichnen könnte. Ihr habt eine weitere Stunde, um mir die Entwürfe aller laufenden Projekte zu präsentieren. Und ihr habt bis heute Mittag Zeit, um über euer Verhältnis zu eurem Arbeitgeber nachzudenken. UND WENN IHR DAS NICHT TUT, DANN SCHMEISSE ICH EUCH ALLE RAUS! HABEN WIR UNS VERSTANDEN?«

Ich trampele weiter in Richtung Büro, kicke unterwegs das neueste Modell unseres Junior-Kaffeeautomaten in hohem Bogen gegen die Wand, reiße danach aus Versehen ein paar Zeichenpläne vom Tisch, die wie riesige Schneeflocken quer durch den Raum segeln, und bringe außerdem noch eine halbvolle Tasse Kaffee – offenbar von gestern – zum Umkippen, so dass sich die braune Lache quer über Michaels Unterlagen für unsere Jahresbilanz ergießt.

»WOW!«, höre ich Aymaras wirklich beeindruckte Stimme hinter mir.

»Ich weiß nicht, wie ihr es seht, aber ich würde sagen, Ho ist in einer Krise«, sagt Peter von Kampen und löst damit eine allgemeine Diskussion aus.

»Krise? Ich würde sagen, er steht kurz vor dem Suizid.«

»Und du meinst, das würde er hier in der Agentur machen?«

»Wer weiß.«

»Am besten lassen wir ihn einfach in Ruhe. Gehen wir lieber rüber zu Claudio.«

»Gute Idee.«

»Ich komme mit.«

»Ich auch.«

Ich sitze in meinem Glaskasten, und ich muss mit ansehen, dass meine Leute sämtliche Anweisungen ignorieren, die ich ihnen gerade vor die Füße geknallt habe. Stattdessen verlassen sie einer nach dem anderen die Agentur, um es sich drüben in dem italienischen Bistro gemütlich zu machen.

Was tue ich? Ich beneide sie. Und zwar ungefähr eine halbe Stunde lang. Dann ziehe ich meine Jacke an, verlasse das Büro und gehe ebenfalls zu Claudio rüber, wo ich mich erst einmal dafür entschuldige, wie ich mich benommen habe.

»Erzähl uns doch einfach, was los ist«, sagt Aymara daraufhin mit versöhnlicher Stimme.

»Wollt ihr es wirklich hören?«

»Klar.«

Ich setze mich hin, schlürfe einen Latte Macchiato und berichte meinen Mitarbeitern, die zum Glück wieder zu meinen Freunden geworden sind, von meinem katastrophalen Urlaub und davon, dass meine Beziehung zu Celia mehr oder weniger am Ende ist und dass sich mein ganzes Leben seitdem anfühlt wie ein übervoller Mülleimer, den endlich mal jemand leeren müsste.

»Hat irgendwer von euch einen Vorschlag, was ich tun soll?«

Schulterzucken, Kopfschütteln, Seufzen. Die Mitarbeiter der Agentur Krämer und Johannsen sind genauso ratlos wie ich selber, und das hat etwas Tröstendes für mich. Jedenfalls im ersten Moment. Beziehungsweise genauso lange, bis ich erkenne, dass es gar keine Ratlosigkeit ist, die ich in ihren Gesichtern sehe. Sondern eher so etwas wie Mitleid. Durchmischt mit Spuren von Unverständnis. Und Widerwillen. Und Wut. Und dann sieht mich Aymara an, wiederum schulterzuckend, kopfschüttelnd und seufzend, und sie sagt mit ihrer mütterlichen Stimme:

»Was du tun sollst, Ho? Ich glaube, das weißt du selbst am besten.«

Ja, ich bin so naiv gewesen und habe mir eingebildet, dass es diesmal mit Celia etwas anderes sein könnte als all die Male zuvor. Was für ein Unsinn! Wir leben im Zeitalter der Lebensabschnittspartnerschaften, und wenn es einen Beweis bräuchte, dass alle anderen Formen von Beziehungen ein für alle Male vorbei sind, dann hat meine Familie den doch eindrucksvoll geliefert!

Darum wäre ein sauberer Schnitt zwischen Celia und mir doch gar nicht so verkehrt und allemal besser, als die Dinge mit falscher Hoffnung am Leben zu erhalten. Nein, ich bin schon immer für klare Verhältnisse gewesen, für ein Ende mit offenem Visier, und wenn Celia nicht die Kraft dazu findet, dann muss ich es halt tun.

Ich greife zum Telefon und lade mich für den Abend bei Gerda und Phillip ein, alten Freunden meiner Eltern, denen ich aus irgendeinem Grund vertraue und die ich in Notlagen immer einmal wieder zu Rate ziehe. Die beiden stammen ursprünglich aus dem Norden, sind einige Jahre älter als Mo und Kajo und haben so gut wie nichts mit ihnen gemeinsam, außer der Tatsache, dass sie sich ebenfalls ein ganzes Rudel Katzen halten, die genau wie bei Mo und Kajo alberne Namen tragen wie *Herr Kohl* oder *Mau Ritsius* oder *Jagger*. Phillip war, als er seinen Beruf noch ausübte, Arzt, und er hat Mo Anfang der 60er Jahre kennen gelernt. Obwohl ihre Lebenswege in unterschiedlichen Richtungen verlaufen sind, haben sie nie den Kontakt zueinander verloren, auch wenn ich inzwischen enger mit ihnen befreundet bin als Mo und Kajo. Gerda hat lange Jahre an einer Schule gearbeitet, ist dann ins Ausland gegangen – getrennt von Phillip – und hat sich anschließend einen Traum erfüllt. Sie eröffnete in Berlin eine kleine Galerie, die sie mit Leidenschaft führt und um die sie eine beeindruckende Zahl von Freunden und Stammkunden versammelt hat.

Trotz der kurzfristigen Verabredung zaubern die beiden wieder einmal ein wunderbares Abendessen auf den Tisch. Schon an der Tür empfängt mich ein würziger Bratenduft, dazu die üblichen Schwaden von Räucherkerzen und der ferne Duft der Zigarillos, die Phillip sich gönnt und für die er sich tadelnde Blicke von Gerda einfängt.

Die beiden haben eine kleine gemütliche Tafel für uns gedeckt, und ich würde gerne herzhaft zulangen und einfach nur einen unserer üblichen Abende mit Wein und guten Gesprächen zu erleben. Heute aber stochere ich lustlos in meinem Essen herum, bin einsilbig oder sogar grantig, und vielleicht ist auch das nur Teil meiner Strategie, mit der ich die Dinge in den Zustand der totalen, heillosen Katastrophe führen will. Vielleicht wäre es nicht das Schlechteste, wenn mich sogar Gerda und Phillip vor die Tür setzen würden und ich endgültig wie ein Penner einsam und verloren durch die Straßen schleichen würde, auf der Suche nach einer Antwort auf meine Fragen.

Natürlich läuft es so nicht mit den beiden, dafür kennen sie mich viel zu gut, und dafür sind sie auch viel zu neugierig.

Gerda und Phillip können zuhören wie nur wenige andere Menschen, und ich bin, genauso selten und genauso erstaunlich, bereit, von ihnen Ratschläge anzunehmen, die ich mir von meinen eigenen Eltern verbitten würde. Sie haben mir schon oft dabei geholfen, mir selber auf die Spur zu kommen, und darum bin ich nicht undankbar, als Gerda mich anlächelt und dann mit einer resoluten Bewegung ihren Teller von sich wegschiebt.

»Vorschlag, Ho: Ich stelle das Essen in den Ofen, damit es warm bleibt. Und du erzählst erst mal, was eigentlich los ist. Einverstanden?«

»Einverstanden.«

Wir ziehen ins Wohnzimmer um, das überladen ist mit den Andenken, die die beiden von ihren unzähligen Reisen in die entlegensten Weltgegenden mitgebracht haben. Ich mache es mir auf einem Sessel gemütlich, während Gerda und Phillip auf dem Sofa Platz nehmen. Im Kamin prasselt ein gemütliches Feuer, Phillip steckt sich einen Zigarillo an, und Gerda nimmt ihr Strickzeug zur Hand – kleine Ablenkungen, die es mir einfach machen sollen zu reden.

Als ich mit meinem Bericht fertig bin, setzt sich Gerda zu mir auf die Armlehne des Sessels und streicht mir wie bei einem kleinen Jungen durch die Haare.

»Und du hast wirklich keine Ahnung, was los sein könnte?«

»Nicht die geringste.«

»Vielleicht hast du irgendetwas gesagt oder getan, womit du Celia verletzt hast.«

»Das habe ich garantiert, aber ihr könnt euch sicher sein, dass Celia keine drei Sekunden gezögert hätte, um zurückzuschlagen und mir vorzuhalten, was für ein grober, unhöflicher, schlecht erzogener Kerl ich wäre. Hat sie aber nicht getan.«

Die beiden müssen bei dem Bild lächeln, spüren aber, dass ich Recht habe mit dem, was ich sage. Celia und ich haben nie mit irgendetwas hinter dem Berg gehalten, und ich kann mir nicht vorstellen, warum sich das geändert haben sollte.

»Vielleicht ist sie einfach in einer depressiven Phase, und es hat gar nichts mit dir zu tun. Wie alt ist sie jetzt? 36? Manche Frauen erreichen sehr früh eine Phase der hormonellen Umstellung, und das kann zu einer großen Belastung für ihre Partnerschaft werden.«

Ich sehe Gerda entgeistert an. Trotz *meiner* depressiven Phase kann ich nicht anders, als zu lachen. Nein, so einfach ist die Lösung nicht, da bin ich mir vollkommen sicher.

»Oder es ist etwas ganz anderes«, fährt Gerda fort, und Phillip, der offenbar ihre Gedanken errät, nickt dazu.

»Und was könnte das sein?«

»Vielleicht hat Celia jemanden kennen gelernt?«

Es ist ja nicht so, dass mir dieser Gedanke nicht längst auch schon durch den Kopf gegangen wäre und dass ich nicht längst schon alle Männer, die in Frage kommen könnten, gedanklich gescannt hätte – allen voran ihren Professor, mit dem sie schließlich bereits eine Affäre gehabt hat. Bis zu diesem Zeitpunkt hat diese Theorie recht weit oben auf der Liste der Möglichkeiten rangiert. Jetzt aber, wo Gerda es ausspricht, spüre ich mit einer klaren, überdeutlichen Sicherheit, dass es nicht so ist. Nein, Celia hat nichts hinter meinem Rücken angefangen, es geht nicht um einen Betrug oder eine Affäre, es geht nur um sie und mich.

»Nein…«, sage ich. »Das ist es nicht. Aber ich bin euch trotzdem dankbar, dass ihr mir zugehört habt, und wenn ich ehrlich bin, ist das auch fast schon das Beste, was ihr überhaupt für mich tun könnt. Und ich denke, wir sollten jetzt das Abendessen fortsetzen.«

Ich spiele den beiden eine Erleichterung und eine gute Laune vor, die ich nicht habe. Ich bin mir nicht sicher, ob sie es mir abkaufen. Oder ob sie einfach nur die Tatsache respektieren, dass ich nicht länger reden möchte. Wir setzen uns wieder an den großen, runden Tisch, essen uns satt und plaudern über Belanglosigkeiten, und gerade diese Leichtigkeit bringt meine Laune endlich wieder in Schwung.

Als ich spät am Abend im Auto sitze, fühle ich mich besser. Eine neue Zuversicht erfüllt mich, auch wenn ich immer noch nicht die geringste Ahnung habe, was eigentlich los ist.

Es kommt mir seltsam vor, dass ich ausgerechnet in dieser Situation das Bedürfnis verspüre, mit Kajo zu reden. Ich denke eine Weile darüber nach, und dann komme ich darauf, dass es vielleicht doch nicht so merkwürdig ist. Mein Vater ist schließlich eine Art Experte, wenn es um Beziehungskrisen geht, sein ganzes Leben bestand ja aus fast nichts anderem. Er ist selber oft genug verlassen worden, zum Beispiel von meiner Mutter, dann hat er selbst seine zweite Frau Katrin sitzen gelassen, und er hat alle Höhen und Tiefen eines inzwischen über 60jährigen Liebeslebens durchgemacht, und vielleicht kann er mir den einen oder anderen brauchbaren Ratschlag geben.

Ich rufe Kajo an, und wir verabreden uns für den nächsten Morgen in meinem Golfclub in der Nähe von Potsdam. Ich selbst habe vor einigen Jahren durch Christian zu dem Spiel gefunden. Christian golft seit seinem 17. Lebensjahr. Er macht keinen Hehl daraus, dass der Sport gut fürs Geschäft ist, und tatsächlich haben wir den einen oder anderen Auftrag für die Agentur irgendwo zwischen Fairway und Green an Land gezogen. Kajo hat sich nur mit sanfter Gewalt von mir überzeugen lassen, es auch einmal zu probieren. Es war höchste Zeit für ihn, endlich einmal etwas anderes zu tun, als in verrauchten Zimmern vor Büchern und Papieren zu hocken. Und dann hat er erstaunlicherweise schon am ersten Nachmittag Feuer gefangen, und seitdem ist er ungefähr alle zwei Wochen auf dem Platz zu finden. Mit seinen Fähigkeiten ist es weniger schnell gegangen, aber dank meiner Fürsprache ist er schließlich Mitglied im Verein geworden. Die Kleiderordnung ignoriert er selbstverständlich, aber die Leute im Club wissen den langhaarigen Grandseigneur in Jeans und Lederjacke inzwischen zu schätzen.

Kajo holt mich von zu Hause ab, wir fahren gemeinsam aus der Stadt, und dann biegt er wie immer eine Spur zu schnell von der Landstraße in die Auffahrt zum Club.

Es ist erstaunlich mild für einen Tag im Februar. Am Rande des Fairways blühen die ersten Krokusse, und das Licht der Sonne scheint wärmer und heller als noch vor wenigen Tagen. Ich überlasse Kajo den ersten Abschlag, und dann wandern wir in aller Seelenruhe in Richtung Fähnchen, und auch wenn wir bisher nur über Belanglosigkeiten geplaudert haben, weiß er doch genau, dass ich ihn nicht grundlos um das Treffen gebeten habe.

»Also schön. Was ist passiert, Ho? Es geht um Celia, stimmt's?«

»Stimmt.«

»Habt ihr euch getrennt?«

»Nicht direkt.«

»Was soll das heißen?«

»Das wüsste ich halt auch gerne.«

Während er zwischen Holz und Eisen schwankt und dann einen seiner erstaunlich kraftvollen Abschläge präsentiert, gebe ich ihm eine kurze Schilderung der Ereignisse der vergangenen Wochen, einschließlich meiner erfolglosen Versuche Celia anzurufen.

»Sieht aus, als wollte sie nicht mit dir reden, was?«, stellt Kajo überflüssigerweise fest.

»Stimmt. So sieht es aus.«

»Und du hast nicht die geringste Ahnung, warum das so ist?«

»Darum habe ich dich um unser Treffen gebeten. Weil ich dachte, dass du mir vielleicht eine Idee geben könntest.«

»Das kann ich allerdings, Ho.«

Ich sehe ihn überrascht an. Irgendetwas an seinem Tonfall gefällt mir ganz und gar nicht, aber er spannt mich nicht lange auf die Folter.

»Ich habe mich gestern mit Celia getroffen«, sagt er.

»Du hast was?«

»Wir haben uns getroffen. Sie hat mich angerufen, und sie hat mich um ein Treffen gebeten, genauso wie du es getan hast.«

»Ich fasse es nicht«, sage ich, immer noch erstaunt, und unentschieden, ob ich einfach überrascht oder vielleicht doch stinksauer sein sollte.

»Wie kannst du so etwas tun? Ich meine… Celia ist *meine* Freundin. Ihr könnt euch nicht einfach hinter meinem Rücken miteinander treffen!«

»Oh, und ob wir das können. Abgesehen davon: Wir beiden, also du und ich, treffen uns doch auch hinter ihrem Rücken.«

»Es gibt da einen Unterschied. Du bist mein Vater, Kajo.«

»Das behauptet deine Mutter auch immer.«

Ich schnaube vor Wut. Selbst jetzt kann Kajo seine dummen Scherze nicht lassen.

»Bitte, Kajo, erspar mir das. Und sag mir einfach, worüber ihr gesprochen habt.«

Wir lassen den Vierer-Flight passieren, der uns folgt, denn inzwischen haben wir unser Spiel mehr oder weniger aufgegeben. Wir ziehen den Wagen hinüber zu einem Unterstand, wo es windgeschützt ist, und setzen uns auf eine Holzbank.

»Weißt du, Ho, man kann die Dinge nicht immer beeinflussen, auch wenn man es glaubt. Gelegentlich muss man die Augen zumachen und mit dem Strom schwimmen, selbst wenn man keine Ahnung hat, wo man Ende landen wird.«

»Wem sagst du das? Ich habe nie anders gelebt als so.«

Er schnalzt mit der Zunge, eine leise, aber deutliche Geste.

»Wir würden hier nicht sitzen, wenn es so wäre. Du weißt es genau.«

»Damit kann ich nichts anfangen, Kajo. Gib mir einen Ratschlag, aber stell mich nicht vor Rätsel«, sage ich, eine Spur schärfer, als ich es beabsichtigt habe.

Kajo bleibt gelassen. Er legt mir eine Hand auf die Schulter und lächelte mich an.

»Ich denke, der Punkt ist der, dass du dir selber ein Rätsel bist. Was Celia angeht, weißt du doch eigentlich genau, worum es geht. Oder etwa nicht?«

»Nein!«, rufe ich so laut, dass sich ein paar Spieler, die nicht allzu weit entfernt stehen, zu uns umdrehen. Kajo hat natürlich Recht, ich weiß, worum es geht, ich wusste es schon die ganze Zeit, wusste es vom ersten Moment an, aber ich will es dennoch nicht glauben.

»Celia ist schwanger, Ho. So einfach ist es.«

»Ich hab's mir gedacht«, sage ich mit leiser, schwacher, erschöpfter Stimme.

Kajo nickt mir versöhnlich und beruhigend zu.

»Und es stimmt wirklich. Ihr bekommt ein Kind.«

Natürlich, ich wusste es, oder sagen wir, ich habe es geahnt, und es wäre mir lieber, wenn ich jetzt vor Freude aufspringen und Kajo um den Hals fallen könnte, aber das kann ich nicht.

»Und hat sie dir vielleicht auch verraten, warum, verdammt noch mal, sie mir kein Wort davon gesagt hat? Warum sie nicht mit mir geredet hat? Warum sie mehr oder weniger mit mir Schluss macht?«

»Ich denke, die Antwort auf diese Frage kennst du auch, Ho.«

Kajo hat auch dieses Mal Recht. Ich kenne die Antwort.

Mo sagt immer, kleine Taten machen große Geschichte, aber zu dieser Einstellung hat sie, genau wie Kajo und alle ihre Freunde, erst gefunden, nachdem die Zeit der großen Taten sowieso vorbei war. Eine Art Trost also, aber der wirkt immerhin auch bei mir.

Meine kleine Tat, von der ich mir Großes erhoffe, folgt einige Tage nach meinem Treffen mit Kajo. Und sie besteht in nichts anderem als darin, dass ich den Finger hebe und auf das kleine Klingelschild am Eingang zu Celias Haus im Prenzlauer Berg drücke. Kurz darauf ist ihre Stimme in der Gegensprechanlage zu hören.

»Ja?«

»Ich bin es, Ho«, sage ich. »Können wir reden?«

Und dann, eine Minute, zwei Minuten, gefühlte Ewigkeiten, geschieht gar nichts, nur eisige, lähmende Stille. Ich stehe da wie eingefroren in der Zeit, meine Augen sind auf die Tür gerichtet, auf ihren Namen an der Klingel, auf das kleine Gitter der Sprechanlage, als wäre es das Tor zur großen Erlösung.

Und dann, in dem Augenblick, in dem so etwas wie Resignation durch mich hindurchflutet und ich mich umdrehen und gehen und meine Niederlage eingestehen will, höre ich ihre Stimme, *In Ordnung, komm hoch*, und der Türöffner schnarrt, und ich drücke die Haustür auf.

Meine Betäubung weicht so schnell, wie sie gekommen ist, aber an ihre Stelle tritt keine Erleichterung und keine Hoffnung, sondern Angst, und diese Angst wächst in mir mit jeder Treppenstufe, die ich höher steige, mit jeder Sekunde, die vergeht, sie breitet sich mit einer ungeheuren Geschwindigkeit in mir aus, und all dies geschieht in der Erwartung, dass die Dinge auf eine Katastrophe zusteuern, aus der es keinen Ausweg mehr geben wird.

Celia steht in der Wohnungstür und sieht mir mit eingefallenem Gesicht und tiefdunklen Rändern unter den Augen entgegen. Ich halte die Blumen, die ich für sie gekauft habe, unschlüssig in der Hand, ich weiß nicht, wie oft ich in den zurückliegenden Stunden an diesen Augenblick habe denken müssen, aber jetzt sind alle Worte, alle Gesten, überhaupt alles, was ich mir zurecht gelegt habe, wie weggeblasen, und alles was mir gelingt, ist vermutlich das Dümmste überhaupt: Ich stehe vor ihr im Hausflur, und ich sage mit einer schnellen, wütenden, kampfbereiten Stimme:

»Warum hast du es mir nicht gesagt?«

Natürlich, es ist unsinnig von mir, das zu tun, und vermutlich wird Celia einfach nur einen Schritt zurücktreten und die Tür ins Schloss werfen – aber sie sieht mich an, verblüfft, sie stutzt, und dann lacht sie heraus, und ihr Lachen trifft mich direkt ins Herz und hebt die Temperatur in meinem Körper wieder auf ein lebensfähiges Niveau, und alles, was ich denken kann, ist, dass ich diese Frau verdammt noch mal liebe.

»Willst du nicht vielleicht erst einmal reinkommen?«, fragt sie.

Und ich, immer noch der ungeschickte, schüchterne, überforderte Junge, halte ihr meinen Blumenstrauß hin.

»Die sind für dich.«

»Rosen.«

»Mmm.«

»Danke, Ho, aber … ich will keine Blumen von dir.«

Sie schließt die Tür hinter uns. Wir stehen angespannt voreinander, und meine erste Frage hängt über uns wie eine Gewitterwolke, sie weiß das, ich weiß das, und ich hoffe, dass sie mich nicht weiter quälen wird, aber genau das tut sie.

»Du kannst deine Jacke an die Garderobe hängen. Willst du einen Kaffee? Oder einen Wein?«

»Celia, bitte.«

»Was?«

»Du weißt, was.«

Sie dreht sich um und geht in Richtung Küche, und so ganz nebenbei, als sei es das Selbstverständlichste der Welt, sagt sie:

»Warum ich es dir nicht gesagt habe? Ich weiß es nicht, Ho. Vielleicht wollte ich, dass du von selbst drauf kommst.«

»Dann hättest du mir noch ein paar Monate Zeit lassen müssen. Irgendwann hätte ich es vermutlich gesehen.«

Ich will, dass sie wieder lacht, aber den Gefallen tut sie mir nicht. Ihre Stimme klingt hart und erschöpft.

»Vielleicht habe ich auch einfach geglaubt, dass es dich nichts angeht. Es ist meine Sache, ganz allein meine Sache. Und das ist doch genau das, was du hören willst, oder? Mach dir also keine Sorgen, ich werde nichts von dir verlangen, überhaupt nichts. Du bist frei, Ho, so frei wie du immer warst und immer sein wolltest, und von mir aus kannst du auch gerne weiterhin glauben, dass Menschen ohnehin nicht dafür gemacht sind, miteinander auszukommen, oder wenn überhaupt, dann nur solange es allen Beteiligten Spaß macht.«

Ihre Worte zünden all die kleinen Sprengsätze, die irgendwer in meinem Inneren angebracht hat, die Detonationen bringen mein Herz aus dem Rhythmus, krampfen meinen Magen zusammen, nehmen mir die Luft zum Atmen. Ich starre Celia an, ungläubig, fassungslos, mir wird schwindelig, ich kann nicht, will sie nicht länger ansehen, und ich frage mich, ob das Ganze hier wirklich mein Problem ist oder ob es nicht längst um ihren Film geht, um ihren Pessimismus, ihre Wunden, die ihr den Blick auf die Wirklichkeit versperren. Aber gleichzeitig ahne ich, dass sie einfach nur Recht hat mit dem, was sie sagt, das hat sie, aber ich bin dennoch hier, ich bin hergekommen, ich stehe vor ihr in der Hoffnung, dass es eine Lösung gibt, aber was hat es für einen Sinn, wenn sie längst die Antwort auf alle Fragen kennt?

Ich stelle mich in den Küchendurchgang und sehe ihr dabei zu, wie sie einen Weißwein öffnet.

»Ist es nicht vielleicht besser, du trinkst nicht?«

»Lass das meine Sorge sein, Ho. Außerdem ist der Wein für dich.«

»Bitte, Celia, lass uns reden wie normale Menschen. Gib mir eine Chance…«

»Ich wiederhole mich ungern, aber: Die Chance kannst du dir nur selber geben.«

»Darum bin ich hier, Celia. Nur darum.«

Sie sieht mich prüfend an, und offenbar bestehe ich den Test, denn ich spüre, wie sich etwas tief in ihrem Inneren entspannt. Ihr Blick wird friedlicher, und sie sagt:

»Ich freue mich jedenfalls, dass du gekommen bist.«

Und dann sitzen wir uns an ihrem Küchentisch gegenüber. Wir umklammern beide unsere Gläser, ich den Wein, sie ihren Kräutertee, kleine Gesten der Zuversicht, und wenigstens finden unsere Worte endlich wieder einen Weg zum anderen. Celia sagt mir, was sie in der Zeit durchgemacht hat, nachdem sie von ihrer Schwangerschaft erfahren hat, wenige Tage vor unserem Urlaub, wie nichts mehr selbstverständlich war, alles mit einem Mal auf dem Prüfstand war, alles, sie selbst, ich, unsere Beziehung.

»Ich hatte nicht damit gerechnet, Ho, verstehst du. Wir haben nie über Kinder gesprochen, kein einziges Mal, so als gäbe es dieses Thema überhaupt nicht. Ich mache dir keinen Vorwurf, ich war nicht anders als du, aber als ich das Ergebnis erfuhr, merkte ich, wie sehr ich mich getäuscht hatte. Ich habe mich gefreut, verstehst du. Ich habe mich einfach nur gefreut, so, als wäre das Kind etwas, was ich mir immer gewünscht habe.«

»Und meinst du nicht, ich hätte mich auch gefreut? Kannst du dir das überhaupt nicht vorstellen?«

Sie senkt den Kopf und dann sagt sie mit leiser Stimme:

»Ja, ich war unfair zu dir, vielleicht auch zu mir selbst. Aber es war, als müsste ich plötzlich alles mit neuen Augen sehen, und ich wollte auch dich mit neuen Augen sehen, bevor ich es dir sagen konnte, und ich habe gemerkt, dass es nicht klappen würde, Ho. Es würde nicht klappen. Ich kenne dich, und ich kenne mich, und es wäre das Ende gewesen, vielleicht lieben wir uns, aber wir können keine Familie sein, wir schaffen das nicht, und darum wollte ich selber gehen, bevor ich dir die Chance gab, mich zu verlassen.«

»Du hättest mit mir reden müssen, Celia.«

»Es geht hier nicht um Dinge, bei denen Reden viel hilft.

Männer versprechen viel in solchen Situationen, aber ich weiß, wie viel oder besser gesagt, wie wenig es wert ist.«

»Du bist unfair, Celia. Und du bist zu hart zu dir selbst.«

»Ja, vielleicht bin ich das, aber vielleicht muss ich es auch sein. Es geht jetzt nicht mehr nur um mich, es geht auch um mein Kind.

»Es ist unser Kind.«

»Ist dir wirklich klar, was das bedeutet?«

»Ich dachte, wir hätten uns in dem einen Jahr ein wenig kennen gelernt. Ich dachte, wir vertrauen uns, Celia. Ich habe nicht geahnt, dass du so wenig von mir hältst.«

»Ich halte sogar sehr viel von dir, Ho. Mehr als du dir vorstellen kannst. Ich liebe dich, Ho, das tue ich so sehr, dass ich es nicht ertragen könnte, dich zu verlieren. Du bist ein toller Mann. Aber du bist kein Mann, der für so etwas wie eine Familie geschaffen ist. Das weißt du selbst am besten. Du hast mir in den vergangenen Monaten so viel von euch erzählt, von deinen Eltern, von deiner Schwester, und ich habe mich schon lange gefragt, warum du das tust, und seltsamerweise ist es mir genau in dem Augenblick klar geworden, in dem ich diesen rosa Punkt auf dem Teststreifen gesehen habe. Eigentlich hast du mir die ganze Zeit nur eines erzählt, ganz egal wie lustig es war, eine Geschichte von Menschen, die eigentlich nur an sich selber glauben, an ihre Aufgaben, ihre Träume, aber bestimmt nicht an die ihrer Mitmenschen, ihrer Partner, ihrer Familie…«

Ich höre ihr zu, und ich muss zugeben, dass sie mir die Augen für Dinge öffnet, die ich gerne selber herausgefunden hätte.

»Und weißt du, Ho«, fährt sie fort, »du wirst lachen, aber meine Erfahrungen sind eigentlich genau dieselben wie deine. Vielleicht waren meine Eltern nicht so berühmt wie deine, das heißt, von meinem Vater kann ich das eigentlich nicht einmal sagen, weil ich ihn nie kennen gelernt habe. Meine Mutter ist keine glückliche Frau gewesen, und sie ist es heute auch nicht, und dafür gibt es einen ganz einfachen Grund. Sie hat sich im Leben immer nur eine einzige Sache gewünscht, nämlich, dass ein Mann bei ihr bleibt, ohne dass sie ihn darum bitten muss, aber diesen Wunsch hat ihr nie einer erfüllt. Ich werde nicht bitten, Ho, ich werde es nicht einmal hoffen. Das hier, was wir erleben, ist kein Spiel, jetzt nicht mehr. Es ist das einzige, wirkliche Leben, das wir haben, und ich glaube, dass du ziemlich wenig Erfahrung damit hast. Weißt du, das Komische ist, ich liebe dich, Ho. Das tue ich wirklich. Aber gerade darum sind die Dinge so gekommen, wie sie nun einmal gekommen sind. Wir können es nicht ändern.«

Ich weiß nicht, was ich jetzt tun oder sagen müsste, mir ist nur klar, dass es etwas anderes ist als das, was ich dann tatsächlich sage und tue. Aber es kommt mir vor, als hätte ich keine Wahl, mein Körper und mein Mund und nichts gehorcht mir mehr, ich bin gelähmt und sitze vor ihr, und ich kann nichts anderes tun, als zuzusehen wie die Dinge immer schlimmer werden, wie sie mir durch die Finger rinnen, und ich weiß schon jetzt, dass nichts mehr zu retten ist, und darum erscheint es mir vielleicht sogar logisch, sie endgültig an den Punkt zu treiben, an dem es kein Zurück mehr gibt.

»Okay«, sage ich. »In Ordnung… es ist gut so.«

Mehr nicht. Nur ein paar lumpige, kleine Worte, mit denen ich ihr zustimme, mit denen ich in das Ende unserer Beziehung einwillige, mit denen ich ihr Schicksal als alleinerziehende Mutter besiegle und meines als zukünftiger Vater, der sein Kind vielleicht nur am Wochenende oder sogar nur einmal im Monat oder gar nicht sieht. Ja, es erscheint mir plötzlich logisch und folgerichtig, und ich muss es mir selbst nicht immer wieder versichern, es ist selbstverständlich.

»Du hast bestimmt Recht, Celia. Ganz klar. Das ist ... sehr klug von dir, was du dir gedacht hast. Bestimmt. Es ist eine weise Entscheidung, und ich werde sie respektieren. Verlass dich darauf.«

Und dann stehe ich auf, und es ist Zeit, Abschied zu nehmen und dem Wahnsinn seinen Lauf zu lassen, und ich fühle mich wie jemand, der am Ende von allem angelangt ist.

»Es freut mich, dass du das sagst«, sagt Celia mit tapferer Stimme, und anscheinend tun wir nichts anderes mehr, als uns gegenseitig davon zu überzeugen, dass wir die richtige Wahl getroffen haben.

»Es wird also keinen Streit geben...«, sage ich daher.

»Nein, keinen Streit.«

»Es ist gut, so, wie es läuft.«

»Ja, sehr gut.«

»Phantastisch.«

»Hervorragend.«

Wir sehen uns an, so wie wir es tausende Male gemacht haben, seit unserem Kennenlernen vor über einem Jahr, und vielleicht denkt Celia in diesem Augenblick dasselbe wie ich. Es ist uns nicht gelungen, die Masken abzunehmen, in diesen ganzen 14 Monaten unserer Liebe nicht. Wir spielen uns immer noch etwas vor, haben nie etwas anderes gemacht als damals an dem Abend, an dem wir uns bei Thomas und Angelika kennen gelernt haben, und jetzt ist unser Stück zu Ende, der Vorhang fällt, wir werden abtreten, und jeder in unser eigenes, wahres Leben zurückkehren.

Wir stehen in der Tür, um uns zu verabschieden. Sie starrt mich an, ausdruckslos, hilflos, und das Einzige, was sich an ihr bewegt, sind ihre Augen, die über mein Gesicht wandern mit einem verzweifelten, suchenden Blick, und dann, eine winzige, vorsichtige, verzweifelte, kaum wahrnehmbare Geste, sie zuckt mit den Schultern, aber gerade weil sie dabei so zurückhaltend ist, trifft es mich mit einer umso gewaltigeren Wucht, und ich ahne den Abgrund, der sich in ihr auftut, und in mir genauso.

Also beantworte ich ihre Geste, ihr hilfloses Zucken mit den Schultern, auch mit einer Geste, mit nichts anderem, ich nicke mit dem Kopf, ich signalisiere ihr, dass ich sie verstanden habe, dass ich ihren Entschluss respektiere. Ich trete einen Schritt zu ihr heran und drücke ihr einen Kuss auf die Wange.

»Wir werden es irgendwie schaffen, Celia.«

Ich drehe mich um und gehe ein paar Schritte zur Tür.

Ich bleibe stehen und bin gespannt, ob sie noch etwas sagt, sie tut es nicht, sie sagt nichts, und ich bin auch längst der Überzeugung, dass es nichts mehr zu sagen gibt, dass das hier nur noch ein Abschied ist, und der einzige Gefallen, den wir uns jetzt noch tun können, ist der, es kurz zu halten und den Weg frei zu machen für eine Zukunft, in der wir uns nicht noch weitere Schmerzen zufügen werden.

23. Alternative Energie

Mitte der 90er Jahre war unsere Familie immer noch in alle Winde zerstreut, als die Dinge eine überraschende Wendung nahmen. Mo lebte zu dieser Zeit nicht mehr im Ashram in der Venloer Straße, sondern in einer Wohngemeinschaft in Deutz. Alle Mitbewohner waren langjährige krisengeschüttelte und dennoch überzeugte Sanyasin. Im Nachhinein sagt sie: »Keiner von uns war jünger als 50. Nette Menschen, kluge Menschen. In gewisser Hinsicht auch ketzerisch, obwohl ich das Wort nicht mag. An einem Abend, nach der Meditation, tranken wir zusammen eine Flasche Wein, oder auch zwei, und dann beschlossen wir alle gemeinsam, dass es mal wieder schön wäre, auszuschlafen. Am nächsten Morgen fiel die *Dynamische Meditation* einfach aus, und wir luden stattdessen Freunde zum Brunch ein. Damit war es fast schon entschieden.«

Die zweite Hälfte des Weges legte sie im Frühjahr 1995 während einer Indienreise zurück, insgesamt die fünfte in ihrem Leben. Mo liebte das Land, seine Menschen, seine Orte, seine Gerüche, seine Wirrheit. Sie flog gemeinsam mit Swami Santono, den ich vor einigen Jahren als Dr. Markus Penzin kennen gelernt hatte, von Frankfurt aus mit Alitalia nach Bombay. Die beiden, die zu dem Zeitpunkt noch kein Paar waren, wollten einige Tage in der Metropole verbringen und dann mit dem Zug weiter nach Poona fahren.

Sie mieteten sich in einem kleinen, gemütlichen Hotel im heruntergekommenen Geschäftszentrum der Stadt ein, und sie verbrachten die ersten Tage mit Lesen und langen Spaziergängen. Meistens gingen sie am Gate of India entlang, oder sie ließen sich von einem Taxi zu einem der vielen Hindutempel bringen, deren Menschenaufläufe Mo abschreckten und zugleich faszinierten. Sie saßen in einem Café am Ufer und beobachteten die Geier, die sich an den aufgebahrten Toten der Parsen zu schaffen machten. Mo trank zuckersüßen Milktea und versank in einer melancholischen Stimmung, aus der sie auch der Gedanke an den kommenden Aufenthalt in Poona nicht befreien konnte.

»Was ist los?«, fragte Santono.

»Nichts.«

»Ich sehe es dir doch an.«

»Ich weiß es nicht, Markus. Ich weiß es einfach nicht.«

Er schien gar nicht zu merken, dass sie ihn zum ersten Mal seit Ewigkeiten bei seinem richtigen Namen nannte. Sie beschlossen gemeinsam, die Weiterfahrt nach Poona um einige Tage zu verschieben. Der morbide Charme Bombays, der Lärm auf den Straßen, die farbigen Plakate über den Kinos, die erdrückende Armut, die jungen, strahlenden Geschäftsleute – Monika betrachtete all das mit einer seltsamen Leere im Kopf, die ihr Angst machte. Sie war nach Indien gekommen, um an einem *Satsang*, einem Meditationszyklus, teilzunehmen. *Eins werden mit den Dingen*. Und jetzt, während sie zwischen dem Marine Drive und Victoriabahnhof entlangspazierte, wurde ihr klar, wie unendlich weit sie sich in den vergangenen Jahren von der spirituellen Welt entfernt hatte. Auf der Suche nach sich selbst hatte sie sich selbst verloren. Und dazu auch noch ihren Ehemann, ihre Kinder, ihr Haus. Alles, eigentlich.

Meine Mutter ist eine zu kluge Frau, um dem Extremismus des eigenen Gefühls nicht mit Misstrauen zu begegnen. So war es auch während der Stunden und Tage in Bombay. Was sie damals erlebte, war nicht die allmähliche Loslösung aus den Fängen einer Sekte, und erst recht nicht eine *Befreiung*. All das, was sie in den zurückliegenden Jahren getan hatte, war freiwillig gewesen. Es war sogar gut gewesen, es hatte sie weitergebracht, das sagt sie bis zum heutigen Tag. Bhagwan war ganz allein ihre Entscheidung gewesen, und es war eine gute Entscheidung. Sie konnte gehen oder bleiben. Die Freiheit war das eigentlich Erschreckende.

Am gleichen Abend saß sie mit untergeschlagenen Beinen auf ihrem Bett im Hotelzimmer. Durch die Fenster drang der Motorenlärm der Stadt, der ferne Klang von Musik, die Rufe einiger Straßenhändler. Markus stand im Badezimmer und rasierte sich, das heißt, er stutzte den Vollbart, den er sich hatte wachsen lassen, mit einer Nagelschere. *Wie ein richtiger Siddhu*, hatte er lachend gesagt. Er sah durch die geöffnete Badezimmertür zu ihr hinüber und freute sich, dass sie ihre gute Laune wiedergefunden hatte.

»Was hältst du davon, wenn wir heute Abend essen gehen? Vielleicht im Maharadscha Hotel?«, fragte er.

»Setz dich einen Moment«, sagte sie.

»Ja, natürlich.«

»Du wirst alleine fahren müssen.«

»Ich… Wieso? Wohin?«

»Nach Poona. Ich komme nicht mit. Ich bleibe hier.«

Um Monikas Mund spielte das wunderbare, selbstbewusste Lächeln, das schon viele Männer angezogen und verunsichert hatte. Seit ein paar Jahren wurde es durch die Traurigkeit in ihren Augen gemildert. Sie sah Markus an, und dann hob sie in einer feierlichen Geste ihre Mala, ihre

Holzkette mit dem kleinen Bhagwan-Bild, über den Kopf. Für eine Sekunde spürte sie den Impuls, die Kette in einer wütenden Geste aus dem Fenster zu werfen, wie es viele Mas und Swamis in den zurückliegenden Jahren getan hatten. Seltsamerweise erlosch der Impuls gleich wieder. Sie faltete die Kette zusammen und legte sie neben sich auf das Bett.

»Oh Gott«, rief Markus Penzin aus – sein Gesicht auf einmal blass und schweißüberströmt.

»Du musst es nicht gut finden, Markus. Akzeptiere es einfach.«

»Nein, das meine ich nicht. Ich glaube, ich habe Durchfall«, schrie er. Er sprang vom Bett auf, knallte hinter sich die Badezimmertür zu und stöhnte langgezogen auf. Als er eine halbe Stunde später totenblass und völlig erschöpft wieder im Schlafzimmer stand – es kam Monika vor, als hätte er in der Zeit mehrere Kilo Körpergewicht verloren –, hob er in einer ergebenen Geste die Hände.

»Ich habe es schon lange vorgehabt. Aber ich wollte dich nicht verlieren«, sagte Swami Santono. Zu der ersten Kette auf dem Bett gesellte sich eine zweite. Als sie ein paar Tage später abreisten, ließen sie die Malas, zwei verliebte Schlangen, einfach liegen.

Ein halbes Jahr später heirateten meine Mutter und Dr. Markus Penzin auf dem Kölner Standesamt am Gülichplatz. Es wurde eine kleine, schnörkellose Feier, an der neben den beiden Trauzeugen – Maya war die eine, ein Bekannter von Penzin der andere – nur Janis, Kajo und ich teilnahmen. Mein Vater war der Einzige, der das Brautpaar lautstark und weinselig ins Eheleben schickte. Alle anderen blieben nüchtern. Es ging so lange gut, bis Kajo mehr oder weniger unter dem Tisch lag, gut gelaunt und singend. Mo rief ihm ein Taxi und gab dem Fahrer 20 Mark extra, damit er Kajo, der nicht mehr auf den eigenen Beinen stehen konnte, in den Wagen und dann in seine Wohnung trug.

»Vielleicht geht's beim zweiten Mal besser«, seufzte sie, aber keiner von uns wusste so recht, was sie damit meinte.

Ich ahnte, dass die Dinge, jedenfalls für Kajo, auf eine Katastrophe zusteuerten. Als er Mo das Ja-Wort sprechen hörte, zerriss es ihm das Herz. Er betrank sich in den Wochen danach hemmungslos und ließ sich schließlich freiwillig in ein Sanatorium einweisen. Diesmal war er derjenige, der Zeit brauchte, um darüber nachzudenken, was er mit dem *Rest seines Lebens* anfangen sollte.

Tatsächlich waren Kajos Sorgen, jedenfalls was Mo anging, überflüssig. Die zweite Ehe meiner Mutter hielt nicht einmal ein Jahr, dann ließ sie sich von Markus Penzin scheiden. Die beiden hatten sich nichts mehr zu sagen, blieben aber Freunde. Mo nahm wieder ihren Mädchennamen an (den sie auch heute noch trägt) und fuhr für mehrere Wochen auf eine griechische Insel, um ebenfalls nachzudenken.

Mo spürte, dass ihre große Befreiung – und damit meinte sie alles Bisherige, die 60er Jahre, die Sache mit Albert, die Sache mit Bhagwan – noch viel weiter gehen musste, als sie bisher geglaubt hatte. Sie lag auf ihrem Bett im Hotel (Vier Sterne, all inclusive), hörte das Meer gegen die Klippen schlagen und spürte, dass es auf eine Art Rückkehr hinauslief. Der Weg zum Glück, der Weg zu einem besseren Leben, führte eben doch nicht nach innen, sondern nach außen, er war nicht leise, sondern laut. Und er sollte Spaß machen.

Mo trat kurz darauf bei den Grünen ein, wurde erst Kölner Stadtverordnete, dann Landtagsabgeordnete, und mit dem Wahlsieg von Rot-Grün sogar Mitglied des Bundestages. Sie machte sich schnell einen Namen als Expertin für alternative Energien. »Davon habe ich halt mehr als genug«, scherzte sie.

Und dann, das muss einige Monate nach ihrem Wiedereinstieg in die Politik gewesen sein, setzte Mo sich an den Schreibtisch und beantwortete zum ersten Mal einen von Kajos Liebesbriefen. Es waren zu diesem Zeitpunkt Hunderte, ganze Kisten voll, sie hatte jeden einzelnen aufgehoben. Sie schrieb und schrieb, und am Ende wurde kein Brief, sondern ein ganzes Buch daraus, eine Art Biographie, ihr Leben, Kajos Leben, Janis' und mein Leben. Das Manuskript wurde von einem Verlag angenommen und veröffentlicht, und unzählige ihrer alten Weggefährten lasen es und hatten Tränen in den Augen. Janis und ich genauso, das allerdings wegen der Widmung, die Mo vorangestellt hatte: *Für Kajo, den ich immer lieben werde.*

Übrigens hatte sie Kajo vorher nichts davon gesagt, und so wurde er von Bekannten darauf aufmerksam gemacht. Er rief bei ihr an, und es dauerte keine fünf Minuten, und die beiden stritten sich wie zu ihren besten Zeiten, und wie üblich ging es um alles und nichts, um Politik, um Kochrezepte, die rot-grüne Kriegsregierung (Kajos Ausdruck), seine Realitätsverweigerung (Mos Ausdruck).

»Was soll das Kajo? Hast du mich angerufen, um mich zu beschimpfen?«

»Ja … ich meine natürlich, nein.«

»Also?«

»Könntest du dir vorstellen, wieder mit mir zu leben?«.

»Ja, das könnte ich.«

»Das ist… großartig.«

»Die Dinge sind nicht so einfach.«

»Du hast Recht. Aber wir könnten es versuchen.«

»Ja, das sollten wir.«

24. Vollbremsung

Ich hätte es ahnen müssen. Meine Eltern würden nicht einfach heiraten. Nicht sie, nicht Kajo Krämer und Monika Eckhorn. Keine Trauung in Stille und Demut, kein schlichtes Ja-Wort, keine einfache Zeremonie. Die beiden würden der Welt schon mit den geeigneten Mitteln mitteilen, dass sie von nun an wieder Mann und Frau sind... aber, dass sie es derart übertreiben, das überrascht mich dann doch.

Ich sitze im Wagen, es ist Samstagabend. Auf der Landstraße in Richtung Oranienburg führen kleine, selbstgemalte Schilder die anreisenden Gäste in die richtige Richtung. In riesigen altertümlichen Lettern sind die Initialen meiner Eltern – K und M (Karl Marx, Kommunistisches Mannifest, Haha) – in ein rotes, reich verziertes Herz eingetragen, dazu die jeweils passende Entfernungsangabe:

Noch fünf Kilometer bis zum großen Glück.

Ich bin nicht gerade in der Stimmung, in der man auf Hochzeitsfeste gehen sollte. Schon gar nicht auf das der eigenen Eltern. Unter anderen Umständen würde ich das Ganze möglicherweise als romantisch empfinden. Heute nicht. Meine Verfassung ist eher geeignet für Beerdigungen, Trauerfeiern oder Häusersprengungen. Irgendein Anlass, bei dem es nicht weiter auffallen würde, wenn ich nicht lache, wenn ich nicht fröhlich bin und wenn ich eigentlich nur stumm in der Ecke hocken und die Welt für einen trostlosen, verwunschenen Ort halten würde – und das, obwohl ich mich tief in meinem Herzen für meine Eltern freue.

Am Vormittag sind wir bereits zu einer kleinen, einfachen Zeremonie auf dem Standesamt zusammengetroffen. Es war rührend, zumal es für mich ein Wiedersehen nach langen Jahren mit Ulf und Maya war, den beiden Zauberern aus meinen Kindertagen. Als Maya mich im Foyer entdeckte, schrie sie laut auf und stürmte auf mich zu und bedeckte mein Gesicht mit Küssen. Und dann nannte sie mich in einem fort ihren guten, niedlichen, unvergesslichen, immer geliebten Karl Ho Bob, die Wonne ihrer frühen Jahre, ihren größten Schatz, den süßesten Jungen von allen (all das hielt sie allerdings nicht davon ab, mir anschließend in den Hintern zu kneifen und mir zu versichern, dass ich ein knackiger junger Mann geworden wäre, den sie sich nur ungern entgehen ließ). Sie selbst sah inzwischen wirklich aus wie die alte Navajo-Schamanin, die sie immer sein wollte, und zum ersten Mal schloss ich es nicht aus, dass an ihrer angeblichen indianischen Abstammung etwas dran ist. Andererseits könnte der Grund für ihren dunklen Teint und ihr tief zerfurchtes Gesicht auch einfach der sein, dass sie seit langen Jahren auf La Gomera lebt, wo sie, nachdem sie als Unternehmensberaterin gekündigt hat, ein spirituelles Zentrum betreibt und täglich mehrere Stunden in der Sonne liegt.

Das Wiedersehen mit Ulf fiel nicht weniger herzlich aus. Wir sanken uns in die Arme, und er trägt noch denselben hoch aufgetürmten Lockenkopf wie vor 35 Jahren, nur dass der inzwischen nicht mehr schwarz, sondern hellgrau ist. Er stellte mir seine drei Frauen vor, mit denen er selbstverständlich regulär verheiratet sei – jedenfalls nach jemenitischem Stammesritual, dafür aber schriftlich besiegelt. *Scheiß-Monogamie*, wie er sagte, und zwar so laut, dass der deutsche Standesbeamte es hörte, aber auch Ulf hielt nichts davon ab, mir in den Hintern zu kneifen und mir zu versichern, dass er einen strammen Kerl wie mich am liebsten sofort vernaschen würde.

Ulf und Maya haben auch für den Abend die Rolle der Wedding Planner für Mo und Kajo übernommen. Im Laufe des Vormittags machten sie immer wieder Andeutungen über das große Fest am Abend, und ich hatte den Gedanken, dass es besser wäre, einfach nicht aufzukreuzen. Immerhin ist mein Leben gerade an einem Tiefpunkt angelangt. Wie soll ich da zusehen, dass andere Leute ihr neues Glück feiern, selbst wenn es meine Eltern sind?! Janis, die mich durchschaute, hat mir eine regelrechte Szene gemacht:

»Das meinst du nicht ernst, Ho. Mo und Kajo heiraten! Du kannst nicht einfach wegbleiben.«

»Warum nicht?«

»Das ist nicht witzig, Ho. Du weißt, wie viel den beiden daran liegt.«

»Fragt irgendwer, woran mir etwas liegt?«

»Weißt du, was Selbstmitleid ist, Ho? Weißt du es? Du hast die Sache mit Celia versaut, niemand sonst. Also mach jetzt bitte nicht die ganze Welt dafür verantwortlich, nur weil du jetzt alleine dasitzt!«

Ihre Worte waren brutal, aber angemessen, und als Mo, die unseren Streit bemerkt hatte, zu uns kam und uns mit besorgtem Gesicht fragte, ob denn alles in Ordnung wäre, winkte ich ruhig ab.

»Alles bestens, Mo. Wir freuen uns auf heute Abend.«

»Ach, ihr Lieben. Wer hätte das gedacht, dass Kajo und ich uns noch mal zu diesem Schritt entschließen würden.«

»Wir haben es euch immer zugetraut«, sagte ich, aber so leise, dass Mo es nicht hörte und Janis zu kichern begann.

»Und wer weiß, ob es das letzte Mal ist…«, flüsterte sie. »Verrückt genug sind die beiden.«

Ich sehe das letzte Richtungsherz, das den Ort der Feier in 500 Meter Entfernung ankündigt. Ulf und Maya haben ein altes märkisches Gutshaus für den Abend gemietet, und aus einem nicht wirklich verständlichen Grund haben sie das Hochzeitsfest unter eine Art »Mittelalter-Motto« gestellt (»Na hör mal, Mo und Kajo sind gerade mal über 60. Das ist doch Mittelalter«, hat Maya gesagt). Was sie damit allerdings meinte, wird mir erst jetzt klar.

Ich biege auf den Schotterparkplatz vor dem Gutshaus ein und sehe auf eine ganze Batterie von Volvos, Saabs, einigen Citroens, sowie den dunklen Staatskarossen, mit denen Mos politische Freunde angereist sind. Ein junger Bursche, der eine Art Bauerntracht trägt, winkt mich in eine Parklücke.

»Holder Brautprinz, ich heiße dich willkommen auf dem Hochzeitsfeste der Dame Monika und des Herren Klaus-Joachim. Willst du einen Joint? Eine Line? Oder darf ich dich direkt in das Zelt der Verwandlung führen?«

Der Bauernjunge hält mir ein Kistchen mit vorgedrehten Tüten in der Größe von Salatgurken hin – Mo und Kajo lassen sich wirklich nicht lumpen. Ich winke ab, sogar als der Junge sich fragend an die Nase tippt. Mir ist jetzt schon schwindelig, und alles andere würde mich garantiert die Fassung kosten.

»Zelt der Verwandlung? Klingt nicht übel, aber was soll das sein?«, frage ich ihn.

»Du wirst schon sehen. Folge mir, edler Herr.«

Ich blicke den jungen Kerl an und bereue es, aus einem pazifistischen Elternhaus zu stammen. Kein Wunder, dass Ulf und Maya ein Geheimnis um das Fest gemacht haben.

Wären Einzelheiten an die Öffentlichkeit gekommen, wäre vermutlich nicht ein einziger Gast erschienen. So aber müssen wir uns dem Wahnsinn ausliefern, ohne noch etwas daran ändern zu können.

Ich zucke mit den Schultern und folge meinem Tutor in ein Rotkreuzzelt, wo ich vor die Wahl gestellt werde: Möchte ich den Abend als Bauer, Ritter, Kaufmann oder fahrender Musikus verbringen? Ich erbitte mir ein paar Minuten Bedenkzeit und wühle mich durch den reich ausgestatteten Fundus.

»Das hier würde mir gefallen…«

»Sind Sie sicher?«, fragt die Garderobiere.

»Todsicher.«

Eine Viertelstunde später betrete ich in einem karierten Narrenkostüm den Ballsaal, auf dem Kopf eine Till-Eulenspiegel-Mütze und in der Hand eine Narrenschelle. Endlich passt meine äußere Erscheinung zu meiner Stimmung: Wie jeder Clown bin ich im Herzen tieftraurig.

Die Umgebung übertrifft alle meine Erwartungen. Bereits jetzt sind an die 200 Gäste im Saal, und so gut wie alle sind als Ritter, Knechte oder Edelfrauen verkleidet, wobei ich mir bei einigen nicht sicher bin, ob sie nicht immer so herumlaufen. Die anwesenden Politiker haben es wohl abgelehnt, sich zu kostümieren, und so sind sie in ihren schwarzen Smokings und den korrekt gebundenen Fliegen ohne weiteres zu erkennen. Zwischen den Gästen stolzieren Kellner herum, die dem Motto des Abends weniger entsprechen: Aus der Entfernung sieht es aus, als trügen sie eine Art Livrée, aber aus der Nähe erkennt man, dass es sich in Wahrheit um Body-Paintings handelt und sie mehr oder weniger nackt sind. Ulf hat seiner Phantasie freien Lauf gelassen, und dass er dabei eine ganze Reihe der seriösen Freunde meiner

Eltern düpiert, hat seine Freude garantiert nur gesteigert. »Deine Eltern sind etwas bieder geworden, Ho. Wird Zeit, dass wir sie mal aufmischen«, hat er am Vormittag gesagt und war in ein krächzendes Lachen verfallen.

Ich greife mir einen Sektkelch von einem der herumgereichten Tabletts – auch jetzt hat man die Wahl zwischen Deutz Geldermann, Kirsch-Bananen-Saft und einem Coca-Mate-Cocktail.

Ich spaziere durch die Menge, um mir einen Überblick zu verschaffen. Es ist die reinste Zeitreise: Ein Mann, der mir entfernt bekannt vorkommt, steht vor mir. Offenbar hat er sich als mittelalterlicher Tod kostümiert. Jedenfalls ist er dürr, totenblass und aus seinem Gesicht quellen zwei riesige, gelbe Augen hervor.

»Ho? Ist das mein kleiner Ho?«

»Das bin ich. Aber wer genau will das wissen?«

»Ho! Erkennst du mich denn nicht? Ich bin's!«

»Possi?«

Er ist es tatsächlich. Possi! Der Held meiner Kindertage, der Anführer unserer Bande, unser Häuptling, unser Medizinmann, der erste Liebhaber meiner Mutter, der Mensch, der mir mehr Flausen in den Kopf gesetzt hat als jeder andere. Mir steigen Tränen der Rührung in die Augen. Damit habe ich nicht gerechnet. Wir liegen uns in den Armen, und ich drücke das winzige Menschlein an mich, und es stört mich nicht Geringsten, dass sein Bart immer noch wie ein Küchenabfluss riecht und dass seine Finger aussehen, als hätte er sich den Weg in den Ballsaal gegraben.

»Ach, Ho, wie lange ist das her? 30 Jahre? 35? Und es kommt mir vor, als wäre es gestern.«

»Du siehst blendend aus.«

»Red keinen Unsinn. Ich habe gerade erst meine Gelbsucht auskuriert.«

»Warst du wieder im Knast?«

»Unsinn. Ägyptenurlaub. Nil-Kreuzfahrt. Fünf Sterne. Aber das Essen war trotzdem verseucht.«

Zum ersten Mal an diesem Abend bin ich glücklich, ich vergesse Celia, vergesse meine Trauer, vergesse meine Wut. Possi und ich schlendern hinüber in einen stilleren Nebenraum, und er erzählt mir von seinen langen Jahren, die er tatsächlich im Gefängnis verbracht hat (angeblich unschuldig), von seiner Arbeit als Fahrradkurier, die er sogar noch jetzt im hohen Alter ausübt, und von seinem Leben in einer autonomen Wohngemeinschaft in Kreuzberg.

Auf der Bühne beginnt eine Top-Fourty-Band zu spielen, allerdings haben sie ausschließlich die Charts der späten 60er und frühen 70er im Angebot. Den Leuten gefällt's, und die Tanzfläche wird sofort gestürmt. Ich schlendere zurück in den Saal, und der Reigen des Wiedersehens setzt sich fort. Da, der korpulente Herr mit den lustigen Augen und der Tonpfeife im Gesicht – tatsächlich, es ist Krisanti, der spirituelle Exfreund von Mo. Und die ausgemergelte Frau mit dem Gesicht einer Krähe – das ist Beate, die Frau, vor der ich als Kind soviel Angst gehabt habe. Ich hebe mein Glas, um mit ihr anzustoßen, aber sie lehnt ab und sagt, dass sie an einem Tag, an dem die Deutsche Bank mal wieder die Entlassung tausender Mitarbeiter beschlossen hat, auf nichts und niemanden anstößt, nicht einmal auf meine Eltern.

»Und wenn das hier so weitergeht, dann sprenge ich den ganzen Laden in die Luft«, sagt sie.

Und wer ist der Mann mit der schwarzen Lederjoppe und der Proletenmütze auf dem Kopf, dessen Bernhardinerbacken fast bis auf die Schultern hängen und dessen SED-Abzeichen am Revers im Takt der Musik blinkt? Er winkt mir zu, stellt sich zu uns und drückt Beate einen Kuss auf die Wange.

»Na, Ho. Wie geht's dir?«

»Peter!«

»Aber freilich, mein kleiner Genosse! Ist das eine Freude, dich zu sehen!«

Es ist Peter Burg, der ehemalige Kampfgefährte meines Vaters und spätere Republikflüchtling (von West nach Ost). Er hat Ende der 70er Jahre Karriere als Stasi-Führungsoffizier gemacht, war nach der Wende aber verhaftet worden, weil er 89 ein paar Mauerspechte zusammengeschlagen hat, um den antifaschistischen Schutzwall zu verteidigen. Auch wir nehmen uns lange und herzlich in die Arme.

»Ich habe Beate damals in den Osten geholt, bevor die Rasterfahndung zuschlug. Wir haben geheiratet. Beate hat Recht. Diese Konsumscheiße hier ist nicht auszuhalten. Und der Sekt ist zu fruchtig. Ich hab noch eine Flasche Veuve Clicquot im Wagen, aber die hebe ich mir für später auf.«

»Aber du freust dich doch für Mo und Kajo, oder?«

»Und wie.«

Ein seltsamer Gesang hebt auf der Bühne an, eine Mischung aus afrikanischen Bantu-Gesängen und indonesischer Gamelan-Musik. Die Gäste strömen nach vorne und versuchen die besten Plätze mit Blick auf das Geschehen zu ergattern, und sofort beginnen die ersten Rangeleien.

»Ey, immer abwechselnd, ein Macker und eine Tusse.«

»Quatsch, die Kleinen nach vorne.«

»Nimm die Hand da weg, du!«

Maya steht lächelnd dort oben und fordert uns mit tänzerischen Bewegungen auf, näher zu kommen.

»Na los, hier ist Platz genug«, ruft sie wie eine Marktschreierin. »Und hört gefälligst auf zu streiten.«

Sie hat sich ihr selbstgenähtes Schamaninkostüm angezogen, um die Trauungszeremonie abzuhalten, allerdings erinnert sie mehr an Dirk Bach in einem Hasenkostüm als an eine Priesterin.

»Liebe Schwestern, liebe Brüder, sehr geehrte Damen und Herren, verehrter Herr Außenminister...«, beginnt sie salbungsvoll, wird aber durch ein lautstarkes Geraune unterbrochen.

»Außenminister? Ist der denn auch hier?«

»Ist doch Mos alter Liebhaber.«

»Klar, wer nicht.«

»Hört doch auf. Ihr wisst doch, wie empfindlich Kajo ist. Außerdem ist das Jahre her.«

»Aber dieses Schwein hat Serbien bombardieren lassen.«

»So kannst du das aber nicht sagen.«

»Kriegstreiber!«

»Quatsch nicht so einen Unsinn.«

»Verräter-Sau.«

»Dir zeige ich es.«

Es ist genau wie früher. Alle reden durcheinander, und als die Leute merken, dass keiner dem anderen zuhört, werden sie halt handgreiflich. Ich sehe amüsiert dabei zu, wie die Hochzeitsfeier meiner Eltern binnen Sekunden an den Rand einer Massenschlägerei gerät, bei der noch einmal und in aller Kürze die ideologischen Grabenkämpfe der vergangenen dreißig Jahre ausgefochten werden. Die Putztruppen ziehen ihre Helme aus den Taschen, die Leninisten schwingen leere Sektflaschen, und die Trotzkisten greifen zu den Tranchiermessern, die am Büffet liegen.

Und Kajo steht wie immer hilflos im Gemenge und

spricht davon, dass die endogenen Antagonismen der progressiven Kräfte das eigentliche Verhängnis einer fundamentalen Revision der herrschenden Verhältnisse seien. Aber ihm hört sowieso keiner zu, und irgendwann legen die Schläger ihre Waffen nieder und brechen gemeinsam in ein herzliches Gelächter aus – das Ganze war nur eine kleine Showeinlage zu Ehren meiner Eltern.

Die Einzigen, die es ernst meinen, sind Mos ehemalige Bhagwan-Freunde. Sie stehen mit hoch erhobenen Armen in der Menge, wiegen sich sanft und stimmen schließlich gemeinsam mit den Friedensmärschlern ein schräges »We Shall Overcome« an…

Maya nimmt das Heft wieder in die Hand.

»So, Kinder. Jetzt ist genug mit den Spielereien. Schließlich haben wir noch Großes vor mit unseren beiden Ehrengästen!«

Durch die Menge schwappt ein zustimmendes Gemurmel, und alle klatschen, jubeln und pfeifen vor lauter Begeisterung.

»Auf Monika! Auf Kajo!«

Maya macht eine dämpfende Handbewegung. Sie kommt mir jetzt tatsächlich wie eine Magierin vor, zumal sie ein verklärtes Lächeln auf den Lippen trägt.

»Noch einmal, liebe Schwestern und Brüder – und damit meine ich euch alle –, seid ganz herzlich willkommen! Wir haben uns heute hier versammelt, um zwei unserer Genossen beziehungsweise Genossinnen wieder einmal in den Hafen der Ehe zu schicken. Wir alle kennen sie schon sehr lange, und wir mögen und verehren sie schon sehr lange, und um so mehr freut es uns, dass sie sich nie so sehr gestritten haben, als dass es jetzt nicht diese wunderbare Versöhnung geben könnte. Ich glaube, es ist nicht übertrieben zu sagen, dass Monika Eckhorn und Kajo Krämer sich wirklich aus tiefstem Herzen lieben, und was sollten sie also anderes tun, als vor uns, dem Kosmos und all den Göttinnen…«

»…und Göttern…«

»Halt die Klappe, Possi. Also: Vor all den sichtbaren und unsichtbaren Mächten des Universums einander die ewige Treue zu schwören. Zumal ihr Kerle da unten ja gut wisst, was Mo unter Treue versteht… aber, Schwamm drüber. Damit ist jetzt Schluss. Schließlich kann sich jeder Mensch ändern. Und ich denke, dass haben auch unsere Braut und unser Bräutigam inzwischen verstanden.«

Ein Lachen geht durch die Menge, und ich schließe mich ihm gerne an. Eine Hand legt sich von hinten um mich. Es ist Janis, im Kostüm eines Burgfräuleins. Sie schmiegt sich an meine Seite, und gemeinsam sehen wir, wie Maya unsere Eltern in einem shintoistisch-jüdisch-atztekischem Ritual erneut zu Mann und Frau erklärt und uns alle dazu als Zeugen beruft. Als wir das Ganze mit unserem Applaus besiegeln, habe ich genau wie Janis Tränen in den Augen.

Das Trauungsritual versetzt mich in eine rührselige Stimmung. Während sich die Gäste auf das Büffet stürzen – es geht dabei ungefähr so friedlich zu wie bei der politischen Diskussion vorhin –, ziehe ich mich in einen stillen Nebenraum zurück. Ich möchte für ein paar Minuten meine Ruhe haben.

»Ho?«

»Ich bin hier.«

Es ist Monika, meine frisch getraute Mutter. Sie ist von Maya als Fee ausgestattet worden, und in ihrem wallenden Gewand und mit dem spitzen Hut auf dem Kopf sieht sie wirklich zauberhaft aus.

»Ist es nicht ein wunderbarer Abend?«

»Doch, das ist es. Ich bin froh, dass ihr euch dazu entschlossen habt. Schließlich habe ich jetzt wieder richtige Eltern.«

Mo setzt sich neben mich und legt mir den Arm um die Schultern.

»Du bist traurig wegen Celia, stimmt's? Vor ein paar Wochen habe ich noch davon geträumt, dass wir alle am gleichen Tag heiraten würden. Ich und Kajo, Janis und Morten, du und Celia. Aber wer weiß, vielleicht folgt ihr ja doch noch unserem Beispiel.«

Ich habe ein schlechtes Gewissen. Ich weiß, dass ich an diesem Tag in einer besseren Verfassung sein sollte, aber ich bin es nun mal nicht. Mo ist zu klug und sie kennt mich zu gut, um mich nicht zu durchschauen.

»Lass den Dingen die Zeit, die sie brauchen, Ho. Celia geht durch eine schwierige Zeit. Ich erinnere mich daran, wie es war, als ich mit euch beiden schwanger war. Es gibt Frauen, die in einer solchen Phase einfach alles in Frage stellen. Sie haben Angst, weißt du.«

»Mmm.«

»Na, komm. Versuch den Abend zu genießen. Und wer weiß, vielleicht lernst du ja heute wieder jemanden kennen. Und dieses Mal ist es wirklich die Richtige.«

Es ärgert mich, dass sie das sagt. Sie hat die Sache mit Celia also bereits aufgegeben. Mir wäre es lieber gewesen, sie hätte mich ermahnt und dazu angehalten, es noch einmal zu versuchen. So aber bestätigt sie einfach nur all die düsteren Ahnungen, die ich ohnehin schon habe.

»Darf ich dich etwas fragen, Mo?«

»Klar. Alles. Das weißt du doch.«

Ich druckse eine Weile herum, weil ich mir nicht sicher bin, wie ich es ausdrücken soll. Als meine Eltern sich vorhin auf der Bühne geküsst haben, herrschte eine seltsame, fast andächtige Stimmung im Saal. Es war genau so wie Maya gesagt hat: Mo und Kajo, meine Eltern, lieben sich wirklich. Spätestens heute sind alle Zweifel, die ich in all den Jahren der Trennung und des Streits gehegt habe, verflogen. Ich freue mich für die beiden. Und dennoch gibt mir die Geschichte ihrer Beziehung Rätsel auf. So sehr sich die beiden mögen, so sehr haben sie doch miteinander gerungen, gestritten, haben sich an den Rand des Erträglichen gebracht.

Mo errät meine Gedanken. Sie rückt näher an mich heran und legt ihre Stirn an meine. Wir sehen uns in die Augen, und dann sagt sie mit einer sehr vorsichtigen Stimme:

»Weißt du, Ho. Dein Vater hat nie geglaubt, dass ich ihn liebe. Ich glaube, das war das größte Problem zwischen uns.«

»Und? Hast du?«

»Ich war wahnsinnig nach ihm. Sofort, als wir uns kennen gelernt haben. Und all die Zeit danach.«

Was sie sagt, ist zwar ziemlich theatralisch, aber dennoch spüre ich, dass sie es ehrlich meint. Und doch: Irgendetwas irritiert mich. Wir wissen es beide. Bisher ist es nur die Hälfte der Wahrheit.

»Was noch?«, frage ich schlicht.

Mo lacht leise.

»Sein Misstrauen hat viel zerstört, seine ewige Angst, dass ich ihn verlassen könnte. Seine ständige Eifersucht. Er war genau so, wie du heute bist. Du glaubst nicht daran, dass es klappen könnte. Nicht mit Celia, nicht mit einer anderen. Und darum traust du dich nicht einmal, es zu versuchen. Kajo hat genauso empfunden.«

»Seine Angst war nicht unberechtigt, oder? Was war zum Beispiel damals mit Albert?«

Mo lacht, und es ist eine Spur höhnisch.

»Ach, Ho, diese Sachen sind schon so lange her…«

»Aber vielleicht spielen sie immer noch eine Rolle.«

»Ja, vielleicht tun sie das«, sagt Mo, und ich spüre, wie sie sich, genau wie ich, für einen Moment in Erinnerungen verliert.

»Ich weiß nicht, wie ich es dir erklären soll. Die Sache mit Albert… das hatte viel mit Trotz und wenig mit Liebe zu tun. Aber selbst wenn. Kajo und ich hätten uns so oder so getrennt, unsere Krise war schon damals ernst. Aber ich glaube, darauf kommt es gar nicht an.«

»Worauf kommt es an?«

Mo lacht, und dann zuckt sie mit den Schultern.

»Man muss es versuchen. Und zwar immer wieder.«

Ich bin ein wenig enttäuscht, und ich kann es nicht vor ihr verbergen.

»Ist das alles?«

»Das ist mehr, als du denkst.«

Sie drückt mir einen Kuss auf die Wange.

»Ich muss mich wieder um meine Gäste kümmern, Ho, Lieber. Lass uns ein andermal weiter darüber reden. Willst du mit nach drüben kommen?«

»Ich komme in ein paar Minuten nach.«

Sie lässt mich in meiner Fensternische sitzen, und ich sehe durch die kleinen Scheiben hinaus in die dunkle Nacht. Ich bin dankbar für diesen ungestörten Moment. Eigentlich ist es dasselbe Gefühl, das mich schon all die Wochen begleitet hat, seit Celia und ich uns gestritten und getrennt haben, das Gefühl, das irgendetwas ganz und gar nicht stimmt. Ich habe immer geglaubt, dass es an meinen Eltern läge, dieses bedrückende Gefühl, das mich plagt und das es mir unmöglich zu machen schien, mich jemals im Leben für irgendetwas zu entscheiden. Und jetzt, noch sehr undeutlich, spüre ich, dass es vielleicht gar nicht um die beiden geht. Sondern ganz allein um mich.

»Ho? Ho-o? Bist du hier?«

Janis. Sie hält die Schleppe ihres Kostüms in den Händen und scheint ziemlich aufgeregt zu sein.

»Hier, Janis, am Fenster.«

Sie sieht mich, und aus irgendeinem Grund stößt sie einen spitzen Schrei aus und kommt zu mir gerannt.

»Ich habe *Ja* gesagt. Ich habe tatsächlich *Ja* gesagt«, ruft sie mir zu, noch bevor sie bei mir ist.

»*Ja* wozu? Zu Morten? Ihr wollt es also tatsächlich auch tun? Ihr wollt heiraten?«

»Morten? Wer ist das noch mal? Unsinn! Ich habe eine Solo-Tournee in die USA angeboten bekommen. Und ich habe mich entschlossen, es zu machen. Sie haben gerade eben angerufen. Oh ja, die Jungs von der Band werden enttäuscht sein, und Morten erst recht. Aber damit wird der Gute sich abfinden müssen. Er hat seine Chance gehabt. Ach, ich freue mich ja so!«

Janis drückt mir einen Kuss auf die Wange, und dann hopst sie im Raum herum und ist auch schon wieder verschwunden. Kopfschüttelnd sehe ich ihr nach. Sie weiß genauso gut wie ich, dass die Dinge nicht so einfach sind, wie sie immer tut, aber ihr Trotz ist einfach wunderbar. Und ich bin mir ganz sicher, dass sie Morten spätestens morgen fragen wird, ob er sie begleiten möchte.

»Ho? Bist du hier?«

»Kajo!«

Mein Vater kann sich in der Ritterrüstung, die Ulf für ihn ausgesucht hat, kaum bewegen. Knarzend und klirrend kommt er zu mir herübergewankt.

»Alles in Ordnung bei dir?«, fragt er.

»Alles bestens. Ich freue mich sehr für euch. Komisch, so etwas zu den eigenen Eltern zu sagen, aber: Ihr seid ein tolles Paar.«

»Komisch so etwas zu den eigenen Kindern zu sagen, aber: Janis und du, ihr seid auch toll.«

Ich klopfe gegen das Bruststück der Rüstung. Es gibt ein hallendes Geräusch, und wir müssen beide lachen.

»Ich will mich bei dir bedanken, Ho«, sagt Kajo. »Das sage ich als Vater zu dir, und auch als Freund. Ich denke, wir haben es euch nicht immer einfach gemacht, dir und Janis. Aber besser haben wir es nun einmal nicht hinbekommen. Manche Leute denken, dass das Leben anders wird, wenn man eine Familie gründet, oder wenigstens, wenn man Kinder hat. Aber so ist es nicht. Es bleibt immer noch schwierig, und du musst immer noch jeden Tag an deiner Beziehung arbeiten. So war es bei Mo und mir. Ihr beide wart auf der Welt, aber zwischen Mo und mir blieben die Dinge immer noch offen. Es gab keine Selbstverständlichkeit mehr, das war schon für uns vorbei, nicht erst für euch und eure Generation. Es gab kein Versprechen auf Lebenszeit mehr, alles wollte hart erkämpft werden. Und Monika und ich, wir haben sehr gekämpft, und ihr habt manches Mal darunter gelitten. Aber es heißt bestimmt nicht, dass wir euch nicht immer sehr geliebt haben.«

Ich nicke Kajo zu, und es dauert einige Sekunden, bis seine Worte in mein Bewusstsein dringen und bis ich spüre, dass sie genau die Lücken füllen, die in mir geklafft und mein Leben zu einem unvollständigen Puzzle gemacht haben – bis jetzt, bis zu dieser Sekunde. Durch die Worte meines Vaters kann ich das letzte Stück in das Puzzle einfügen, und erst jetzt, im Jahr 2004, sehe ich das ganze Bild, und ich sehe, wie sehr ich mich bisher getäuscht habe. Ich habe meine Eltern als Entschuldigung dafür missbraucht, mich im Leben nichts zu trauen, dabei hätten sie eine ganz andere Rolle spielen können. Sie hätten ein Ansporn dazu sein können, etwas zu wagen! Ich sehe jetzt auf einmal, dass es keine Ausflüchte für mich gibt, keine halbherzigen Ausreden. Ich muss es selber probieren! Es wäre nichts als feige, es nicht zu tun, und wenn Mo und Kajo mir eines gezeigt haben, dann ist es die Tatsache, dass ich mutig sein muss. Mutig im Leben, mutig in der Politik, und mutig in der Liebe.

Und das bin ich bisher wirklich nicht gewesen!

Ich lache und ich springe auf die Beine, und ich schlage noch einmal gegen Kajos Rüstung, so dass es ihn fast aus dem Gleichgewicht wirft.

»Als Freund und als Sohn, Kajo: Ich bin es, der dir danken muss. Und du weißt gar nicht, wie sehr…«

»Wohin willst du, Ho? Was ist denn los? Warum rennst du denn so?«

»Ich habe etwas sehr, sehr Wichtiges zu erledigen. Das Wichtigste überhaupt.«

»Aber doch nicht heute.«

»Doch, heute. Jetzt sofort!«

Ich renne wie ein Irrer quer durch den Ballsaal, und vermutlich denkt die Hälfte der anwesenden Spontis und Leninisten und Trotzkisten und Spartakisten, dass die nächste Runde im Kampf beginnt, aber noch im Laufen beruhige ich sie.

»Macht euch keine Sorgen. Es ist nichts passiert. Es lebe die Liebe. Es lebe der Weltfrieden.«

»Ja, es lebe der Frieden«, schallt es mir aus hundert Kehlen entgegen.

»Und die Revolution.«

»Der Kommunismus.«
»Die Windenergie.«
»Das Vegetariertum.«
»Die Rolling Stones.«

Und dann fallen sich all die alten Kämpfer um den Hals, und abgesehen davon, dass ohnehin schon ein nicht unbeträchtlicher Teil der Gäste, dank der Joints und dank Mayas Magie, aneinander herumfummelt, scheinen sie sich nun endgültig alle dafür zu entscheiden, den Rest des Abends zärtlich zueinander zu sein, aber ich habe nichts dagegen und setze unbeirrt meinen Weg fort.

Ich stürme aus dem Saal und gelange ins Freie, und ich renne immer noch, und ich frage mich dabei, wie ich meinen Wagen jemals aus diesem chaotischen Meer von geparkten Autos herausbekommen soll.

Ich stehe für eine Sekunde ratlos auf dem schmalen Schotterweg, als mich die Scheinwerfer eines heranrasenden Wagens erfassen. Ich zucke vor Schreck zusammen und halte die Hände vor das Gesicht, und mir ist in der gleichen Sekunde klar, dass der Wagen genau auf mich zurast, dass es zu spät zum Bremsen ist, dass ich davonschleudern werde, und dass dies die letzte Sekunde meines Lebens ist…

Der Wagen hält mit quietschenden Bremsen, es fehlen nur ungefähr drei Zentimeter und mit Ho Krämer wäre es vorbei gewesen. Dann fliegt die Fahrertür des Wagens auf und ich höre ihre Stimme, und sie klingt wie alles Mögliche, aber garantiert nicht zärtlich und nicht friedlich, im Gegenteil, sie trifft mich mit der gleichen Wucht, wie mich gerade eben beinahe der Wagen getroffen hätte:

»Ho? Ho! Wie kannst du mir das antun! Ich hätte dich um ein Haar überfahren. Oh Gott, habe ich mich erschreckt. Was ist überhaupt los mit dir? Und was hast du da Komisches an? Und wieso rennst du mitten in der Nacht hier draußen wie ein Wahnsinniger herum? Und, überhaupt, ich…«

»Celia!«

»Was?«, schreit sie.

»Celia, bitte!«

»Was?«

Ich mache eine dämpfende Handbewegung, und es gelingt mir, Celia ein wenig zu beruhigen, und dann stehen wir voreinander, beide völlig außer Atem, wir sehen uns an, hechelnd, durcheinander, bereit zu fliehen, bereit zu kämpfen, bereit alles zu vergessen.

»Du willst wissen, was ich hier draußen mache?«

»Allerdings.«

»Und warum ich renne wie ein Wahnsinniger?«

»Ja.«

»Ich kann es dir sagen. Ich bin wahnsinnig, das heißt, nein, ich liebe dich wahnsinnig, und das wollte ich… also, ich war gerade…«

»Drück dich verdammt noch mal verständlich aus, Ho.«

»Celia…«

Ach, verdammt. Es hat alles keinen Sinn. Ab und zu sind ein paar Traditionen doch ganz nützlich, und jetzt ist es entschieden an der Zeit, darauf zurückzugreifen.

Ich knie mich hin. Ich knie mich direkt vor sie, und ich nehme ihre Hand, und ich sehe sie an, und dann sage ich es:

»Ich möchte dich bitten, meine Frau zu werden, Celia.«

»Wie bitte?«

»Ich möchte dich bitten, mich zu heiraten. Ich weiß natürlich, dass das ziemlich albern ist. Und ich weiß, dass du weißt, also, dass wir beide wissen, dass die Chance, dass wir es länger schaffen als die statistischen drei Jahre und sieben

Monate, nicht sehr groß ist, und dass wir uns vermutlich streiten werden, und dass ich mich zu wenig um das Kind kümmern werde, und dass du dich in eine grässliche, nervtötende Mutter verwandeln wirst, und dass wir vielleicht in Zukunft nur noch über unsere Anwälte miteinander sprechen werden, und…«

»Halt die Klappe, Ho.«

»Was?«

»Halt die Klappe. Und sag es einfach noch einmal. Du weißt schon, das Erste.«

»Ich… möchte dich bitten, meine Frau zu werden. Meintest du das?«

»Ja.«

»Ja?«

»Ja!«

»Heißt das, du willst? Oder heißt es…«

»Küss mich, Ho. Und es heißt: Ja, ich will, und es heißt, du hast vermutlich Recht, und wir werden es nicht schaffen, und unsere Anwälte werden steinreich, und…«

»Celia!«

»Was?«

Ich nehme sie in den Arm, und wir küssen uns, und ich glaube, die halbe Nacht ist vorüber, als sich unsere Lippen voneinander lösen. Celia sieht mich an, ihre Arme um meinen Nacken.

»Ich liebe dich, Ho.«

»Ich weiß.«

Daniel Bielenstein

Ein Mann zum Stehlen

Roman

Band 16738

Wer Herzen klaut, kriegt lebenslänglich!

»Mit der Liebe ist es ähnlich wie mit einer Topfpflanze. Man kann sie gießen, düngen, die Erde wechseln, die Wurzeln beschneiden oder ihr Mozart vorspielen. Am Ende ist es trotzdem purer Zufall, ob das gute Stück blüht und gedeiht oder ob es jämmerlich zugrunde geht.«

Paul hat ein Problem. Er ist Einbrecher – und wie soll man das einer Frau erklären, die man gerade erst kennen gelernt hat? Eben, das geht nicht. Deshalb ist Paul fest entschlossen, sich erst zu verlieben, wenn er seinen letzten großen Coup gelandet hat. Doch dann kommt ihm Lilly in die Quere, die ihm zuerst das Leben rettet und es dann gründlich durcheinanderbringt …

»In der zuckersüßen Liebeskomödie
›Ein Mann zum Stehlen‹ hat Autor Daniel Bielenstein
das menschliche Balzspiel in den Mittelpunkt
seines Romans gestellt und überaus gekonnt mit einem
Kriminalstück der Extraklasse zusammengebracht.
Verraten sei vorerst nur soviel:
Paul klaut Juwelen – Lilly klaut sein Herz.«
www.literaturtipp.com

Fischer Taschenbuch Verlag